현대시에 나타난
영상적 표현 연구

현대시에 나타난 영상적 표현 연구

박한라

A study
on visual image expression
of modern poetry

역락

　이 책은 한국 현대시의 이미지를 언어를 통해 분석하는 기존의 연구 방법을 탈피하고 '영상'으로 새롭게 해석해보고자 하였다. 언어는 시에서 상징적 체계의 잔여로서의 실재를 드러내지 못할 뿐만 아니라, 이미지를 '지시'할 뿐, 이미지의 '전반적인 양상'을 볼 수 있는 틀을 제공하지 않는다. 이러한 문제의식에 기반을 두어 이 책은 언어의 한계를 극복할 수 있는 '영상'의 기법을 통해 시의 실재와 전반적 이미지의 양상을 고찰하였다.

　시와 영상은 '이미지'를 통해 교접 지점을 찾을 수 있다. 시의 이미지는 기존 현실의 상식을 재현하지 않는다. 기존 현실을 탈주하고 새로운 이면을 향해 도전하고 실험하는 이미지가 바로 시의 힘이다. 이 과정에서 언어로 표현할 수 없는 의미의 찌꺼기들도 함께 이미지로 제시된다. 영상은 시의 자유로운 이미지의 운동과 언어로 포섭할 수 없는 부분까지 살펴볼 수 있는 매질로서, 필자는 영상을 다루는 기법을 통해 시의 이미지를 최대한 있는 그대로 살펴보았다.

시의 이미지를 영상으로 살펴보기 위해 다룬 시인은 이성복, 오규원, 김기택이다. 필자는 이들의 시를 전면적으로 살펴보는 것이 아닌, 영상으로 살펴볼 수 있는 시작 방법을 중심으로 텍스트를 선정하였다.

이성복, 오규원, 김기택의 시가 한국 현대시에서 처음으로 영상과 유사한 이미지를 선보인 것은 아니다. 다만, 동시대의 시인들 중에 영상적 표현 방법을 비교할 수 있는 텍스트로 한정짓고 살피다보니 결정된 시인들이었다. 이러한 점에서 이 연구의 통시적인 확장이 필요하다. 그래서 이 연구는 그 중간 지점에 점을 찍은 시작에 지나지 않는다.

필자가 부족함에도 연구를 계속 할 수 있도록 격려해주시고 연구의 바른 길로 인도해주신 이혜원 지도 교수님께 감사드린다. 여전히 지도 교수님을 뵈면 떨리고 기쁘다. 그 분의 엄격함과 다정함으로 지금까지 힘든 문학의 길을 올 수 있었다. 아울러 마음으로 언제나 격려해주시고 믿어주신 부모님과, 시부모님, 남편께도 감사하다고 전하고 싶다.

- 박한라

차례

현대시에 나타난
영상적 표현 연구

Ⅰ. 시와 영상과의 관계

1. 이 책의 목적

시는 시인의 정신적 총체를 재료로 하는 언어 예술이다. 시는 세계의 근원을 탐구하기 위해 단순히 표면적 현상으로 머문 이미지들에 대해 심층적인 의문을 제기함으로써 진리를 향해 나아간다. 이 과정에 있어 시인은 주체로서 세상을 인식하고 그것을 내면화하며 세계를 심상화한다. 즉 시인이 시를 창조함에 있어서 이미지를 제작하는 과정은 필수불가결하다. 그러므로 시에서 이미지란 시인이 의도한 세계를 보여주는 기호이며, 그것은 현실의 세계를 그대로 재현하는 것에 머무르지 않고 새로운 차원을 지시한다.

이미지란 용어는 의미가 광범위하므로 아직까지 개념 규정이 명확하지 않다. "이미지는 물질적 대상(회화나 조각)을 의미하기도 하면서, 정신적이고 상상적인 실체, 심리적 이마고imago, 꿈과 기억과 지각의 시각적 내용을 의미하기도 한다."[01] 이때 이미지는 단순히 대상에 대한 모방이 아닌 존재의 근원을 탐색할 수 있어야 하며, "상상력을 통하여 숨

---

01) W.J.T. 미첼, 김전유경 옮김, 『그림은 무엇을 원하는가』, 그린비, 2012, 18쪽.

어 있는 의미, 새로운 의미의 운반자로 변형시키는"[02] 역할을 한다.

이 책에서 다루는 이미지는 시적 이미지로서 시인이 나타내고자 하는 관념이나 대상을 언어를 통해 감각적으로 표현한 이미지를 일컫는다. 이미지는 "감각적인 현실 속에 그의 원천을 갖고 있으면서 감동적이고 불투명한 인식(connaissance obscure)이기 때문에 개념화할 수 없는, 즉 이성적이고 명료한 개념으로 표현할 수 없는 것"[03]이다. 시가 개념으로 잡아낼 수 없는 인식이나 직관으로부터 생겨난 예술 장르임을 고려해보았을 때, 시를 연구함에 있어 이미지는 전(前)의식적인 활동 영역을 알아낼 수 있는 요소이다.

시적 이미지를 기존 분류법으로 살펴보자면 '지각적 이미지', '비유적 이미지', '상징적 이미지'로 나누어 볼 수 있다. 지각적 이미지는 시각, 청각, 후각, 미각, 촉각, 신체 조직 기능 등으로 지각되는 감각적 이미지를 가리킨다. 비유적 이미지는 제유, 환유, 직유, 은유, 의인화, 풍유 등의 수사적 언어장치를 통한 이미지를 의미하며, 상징적 이미지는 비유적 이미지와 중첩되면서도 시인이나 작가 작품 전체를 통하여 반복적으로 드러나는 이미지 패턴이나 이미지 군을 포괄하는 복합적 개념이다.[04]

지금까지 시적 이미지에 대한 연구는 단어, 구, 문장의 단위를 바탕으로 오감에 의한 감각적 이미지를 나타내는 언술을 찾거나 비유나 상징의 특성을 연구하는 방법, 질료적 상상력에 따라 이미지를 분류하는 방법, 더 나아가 그러한 이미지들이 한 시대의 사회를 드러내는 의의를 증명하는 방법이 주안점을 이루었다. 그러나 이미지는 정

---

02) 유평근·진형준, 『이미지』, 살림, 2001, 95쪽.

03) 박선자, 「IMAGE와 詩와의 관계」, 『철학논총』제2집, 새한철학회, 1985, 2쪽.

04) 최동호, 「시와 이미지」, 『시를 어떻게 만날 것인가』, 작가, 2005, 172~188쪽 참조.

지하지 않고 작품 내에서 지속적으로 흘러가면서 시 세계의 시공간을 완성한다. 따라서 이와 같은 연구 방법은 단편적 이미지의 의미에만 집중한 나머지 작품 전체에서 유기적으로 흘러가는 전반적인 이미지의 양상을 놓칠 우려가 있다.

이 책은 이미지의 전반적인 시공간의 흐름을 가장 면밀하게 관찰할 수 있는 연구 방법으로 '영화기법'의 영상 이미지를 통해 시를 분석하고자 한다. 이것은 영화의 기본 단위인 쇼트가 "공간과 시간의 덩어리"[05]로 이루어져 있을 뿐만 아니라, 쇼트는 영화의 세포로 비유될 만큼 영화 속 세계를 증식시키기 때문이다. 시간과 공간은 세계 모델의 본질을 드러내기 마련이다. "우리의 인식 작용에 시간성과 공간성의 두 측면을 도입한 바 있는 칸트를 굳이 떠올리지 않는다 하더라도, 우리의 인식 작용의 결과를 기호화시켜 표현해내는 과정은 시간성과 공간성의 두 차원과 맞물릴 수밖에 없[06]"다. 이를 고려해 볼 때 시공간을 다루는 쇼트의 영상과 쇼트의 편집 영상은 시인의 인식과 사유를 고찰할 수 있는 요긴한 방식이라 할 수 있다.

시적 이미지에 대한 이러한 새로운 접근은 언어라는 싱징적 체계의 잔여로서의 실재를 영화기법의 영상 이미지로 이해할 수 있다는 점에서도 의의를 찾아볼 수 있다. 시는 언어 이상의 에너지를 내재화하기 때문에 인간의 무의식이나 기표로 대체될 수 없는 정신의 세계를 들추어낼 수 있으며, 이는 시가 실재의 영역을 언어로 대체하기 위해 부단히 작동한 결과다. 그러나 언어를 매질로 하는 시는 결코 상징계를 빠져나오는 실재를 온전히 포획할 수 없으며, 실재를 언어를 통해 파악

---

05) 엠마뉴엘 시에티, 심은진 옮김, 『쇼트』, 이화여자대학교출판부, 2006, 16쪽.

06) 함종호, 「현대시의 영화적 기법 수용 양상」, 『시선』, 2006 겨울, 244쪽.

하기란 한계가 있다. 영화기법의 영상은 언어가 놓치는 실재를 이미지 속에 내재하기도 하며, 그것의 징후로서의 운동 양상이나 사유의 진행 과정을 시공간의 흐름을 통해 내보인다.

따라서 이 책에는 기존 분류법을 통한 시적 이미지의 연구 방법을 벗어나 '영화기법'의 영상이미지를 통해 그것의 양상을 타진함으로써 새로운 시적 가치를 발견하고자 한다. 시적 이미지는 언어를 매개로 심상을 재현하지만 반드시 언어의 메커니즘 안에서 그것의 특질을 파악할 필연성은 없다. 시적 이미지를 언어 외의 다른 매체를 통해 다 각도로 살펴볼 때 기존의 해석을 넘어선 새로운 의의를 발견할 수 있 는 여지가 발견된다. 시의 정체성을 규명하기 위한 작업으로서 "시를 다른 예술 장르에 견주어 비교, 분석하는 태도는 시적인 사유가 어떻 게 발생하는지에 대한 해답을 구하는 데 있어 매우 긴요하다고 할 수 있다."[07]

여기서 주시해 볼 점은 영화기법의 영상을 통해 시의 이미지를 살 펴볼 수 있다하더라도 그 시가 '영화적'이라고는 볼 수 없다는 사실이 다. '영화'는 촬영 기법과 편집 방법 이외에도 서사 양식, 영화배우의 연기, 영화감독의 사상, 음악 등 다양한 요소들이 복합적으로 어울려 만들어진 총체적 예술이기 때문이다.

영상이란 그래픽으로 추출되거나 사진으로 복사된 이미지, 텔레비 전이나 영화의 화면에 투영되어 시각으로 감지될 수 있는 형태와 움 직임의 복합체를 일컫는다. [08] 영화는 영상을 제작하거나 편집하는 기 술이 발전한 장르로, 이 책에서는 영화기법의 영상을 통해 언어 분석

---

07) 함종호, 「시와 영화의 이미지와 시간이미지」, 『시선』, 2006, 가을, 283쪽.

08) 박명진, 『이미지 문화와 시대 쟁점』, 문학과지성사, 2013, 38~39쪽 참조.

만으로는 해결하지 못하는 시적 이미지의 특징을 분석하기로 한다. 이러한 시도를 통해 알게 된 시의 특징은 따라서 '영화적'이기보다는 '영상적'이라 할 수 있다. 요컨대 시의 이미지를 영상을 통해 연구하는 과정에 있어 영상을 가장 잘 활용한 영화기법이 활용된 것이다.

베르그손에 따르면 "우리 일상적 인식의 작동방식은 영화적 본성을 가진다."[09] 즉 "'감각-지각'의 정신작용과 언어가 개입된 사유 역시 영화 영상과 같은 이미지 운동을 경유한다"[10]는 것이다. 이러한 점은 영상 이미지를 통해서도 인식을 표현하고 사유할 수 있음을 시사한다.[11] 물론 영화는 영상을 통해 이미지를 구축하며 시는 언어를 통해 이미지를 형성하므로 표현 매체의 간극을 전부 없앨 수는 없다. 엄격하게 본다면 두 장르는 매체나 전통에 있어 서로 다른 차이를 보인다. 그럼에도 시와 영화는 '이미지'가 주조를 이루고 있다는 점에서 공통점을 찾을 수 있다. 시에서 이미지가 중요하다는 사실은 시와 회화의 관계를 통해서도 알 수 있다. "16세기의 시인이자 비평가였던 필립 시드니는 시를 '말하는 그림(a speaking picture)'이라고 했다."[12] 이는 회화와 시가 매개는 다르다 할지라도 결국은 이미지 표현으로 종착된다는 인식을 드러낸다. 영화는 영상을 매질로 표현하기 때문에 그것의 전부가 이미지로 구성된

---

09) 앙리 베르그손, 황수영 옮김, 『창조적 진화』, 아카넷, 2006, 452쪽.

10) 안승범, 『시와 영화의 방법론적 상관성 연구』, 경희대학교 박사학위 논문, 2010, 176쪽.

11) "시인과 작가에게는 단어 하나하나가 재료이다. 단어는 광범위하고 다양한 의미를 지니고 있지만 문장 내에서의 위치에 의해 의미가 정확해진다. 단어가 문장 전체에서 중요한 부분이듯이, 단어가 조직된 예술적 형태로 고정될 때가지는 그 효과와 의미가 유동적이듯이, 영화감독에게 있어서 완성된 영화의 쇼트 하나하나는 시인에게 있어서 단어의 역할을 하는 것이다."(로버트 리처드슨, 이형식 옮김, 『영화와 문학』, 동문선, 2000, 55쪽.) 이처럼 영화의 쇼트를 통해 인식을 표현하고 사유할 수 있다.

12) 송희복, 「시와 영화의 상호관련성 연구」, 『한국어문학연구』34권, 한국어문학연구학회, 1999.2, 302쪽.

다. 시와 영화 간의 이미지를 통한 교차 지점은 서로 간 장르의 특질을 새롭게 규명하는 데 유용한 연구 방법이 될 수 있다.[13]

이미지를 매개로 조직되는 시와 영화 간의 연계성은 유래가 깊다. "에이젠슈테인의 영화와 글은 그가 계속해서 문학을 상상적으로 사용해 왔음을 보여주며, 그의 유명한 〈영화 감각〉은 사실상 문학적 상상력의 확장된 버전"[14]이다. "장 콕토, 얀초, 타르코프스키 등과 같이 최고 수준의 영상시인들이 보여 주었던 사례"[15]는 영화도 시의 미학을 충분히 소화할 수 있다는 것을 증명하며, "엘리엇의 시는 몇몇 영화기법을 자주 사용하고 있다."[16] 뿐만 아니라 랭보의 새로운 감성과 인지에도 영상시학이 내재되어 있음에 대한 가능성이 제기되었다.[17] 이와 같은 사례의 발생 원인은 "현대의 문학 장르 가운데는 시가, 특히 이미지의 사용과 연상논리의 사용이라는 문제에 있어서 영화에 가장 가까운"[18] 편이기 때문이다. 즉 하나의 시가 영화적이라고는 볼 수 없으나, 시의 이미지와 영화의 영상이 상응하는 지점은 분명 존재한다.

영화기법을 통한 시의 영상적 표현을 살펴보기 위하여 필자는 김기택, 오규원, 이성복의 시가 적합하다고 판단하였다. 김기택, 오규

13) 시와 영화 간의 교차 지점을 연구하기 위해 '이미지'를 공통 요소로 둔 선행연구는 이미 다수 게재되었다. 선행연구에서 시와 영화와의 상호연관성에 관련된 논문들 참조.
14) 로버트 리처드슨, 『영화와 문학』, 동문선, 2000, 19쪽.
15) 송희복, 앞의 논고, 303쪽.
16) 로버트 리처드슨, 앞의 책, 155쪽.
17) 김혜신, 「새로운 감성과 인지의 '포에티시테' -아르튀르 랭보에 내재된 영상시학으로부터 시와 영화의 상호 대화와 결합까지-」, 『프랑스문화예술연구』제21집, 프랑스문화예술학회, 2007.8, 222쪽 참조.
18) 로버트 리처드슨, 앞의 책, 36~37쪽.

원, 이성복은 1980~90년대에 개성 있는 시 창작 방법을 통해 각자의 모더니티[19]를 획득한 시인들이다. 모더니티를 개척하는 시인에게 이미지의 양상은 자아의 인식과 사고 과정이 드러나는 독창적인 표현 방법이다.[20] 모더니티는 이미지의 양식적 확충을 통해 그것의 가치와 의의를 실현하기 때문이다. 그렇다면 이와 같은 새로운 이미지 양식이 영화의 영상과 상응되는 지점을 살펴보도록 한다.

먼저 김기택 시인은 1990년에 첫 시집을 상재한 후 '봄(seeing)'의 새로운 방식을 통한 모더니티를 실현한다. 다음 글을 통해 자세히 살펴보도록 한다.

> "90년대에 시의 청년기를 보낸 그는 90년대적이면서도 90년대의 흐름에서 비껴나 있었다. '내면적 신서정'이라는 자장권 안에 있으면서, 자아의 내면을 통과하는 타자성이 아니라, 타자의 내면을 통과하는 주체의 시선을 그려냄으로써 역방향으로 90년대적 새로움을 획득하였다. 또한 그는 2000년대적 새로움인 탈주체들의 미학적 기획에 동의하면서 방법에서는 슬쩍 비껴서 있다. 김기택 시의 주체는 오히려 견고하고 육중함에도 새로움이 겨냥하는 탈주체적 위반과 전복이 물결에 자신을 등재한다. 사물 안에 내장된 대립구도를 대결이나 통합 또는 해체나 분

---

19) 19세기 부르주아 사회가 신봉하던 사회적·경제적·철학적 전통과 인습을 모두 배격하면서 모더니즘이 나타나는데, 이것은 19세기 전통적인 가치관이 더 이상 20세기 현대인에게 적합하지 않기 때문이며 전통적 방식을 부정하고 새로운 미적 모더니티를 완성한다. (김욱동, 『모더니즘과 포스트모더니즘』, 현암사, 1992, 59쪽 참조.) 따라서 이 책에서 지칭하는 모더니티란 기존 한국시에서 관찰되지 않은 반전통의 새로운 시창작 방법을 일컫는다.

20) 서진영, 「1950-60년대 모더니즘 시의 이미지와 자아 인식」, 『한국현대문학연구』제33집, 한국현대문학회, 2011.4. 374~375쪽 참조.

열이 아니라, 사물의 새로운 존재 방식으로 전유하는 역동적인 방식들, '눈'을 가진 강력한 주체이면서, 보는 지점을 보이는 것들의 소실점으로 전이시키는 새로운 '봄'의 방식들. 김기택 시들은 동시대적 새로움의 경향인 탈주체 시들의 전략에 동의하면서 전혀 다른 방식으로 실현한다."[21)

김기택은 새로운 '봄'의 방식들을 통해 1990년대 이후 자신만의 모더니티를 구축했다. 이때 새로운 '봄'의 방식이란 대상을 통찰하는 관찰과 묘사의 방법에 기인한다. "김기택의 시적 문법은 대상의 외관에 대한 섬세한 관찰력을 보여주면서도, 대상의 미세한 음역을 드러내면서 그 본래적 모습과 본원적 특징을 포착"[22)한다. 그의 해부학적 상상력은 대상과 관찰자의 거리가 매우 가까워야만 가능한 작법이다.

오규원의 날이미지 시도 마찬가지로 '봄'의 새로운 방식에서 모더니티를 찾아낼 수 있다.

오규원은 이를 위해 눈에 비치는 현상들의 물리적 사실만을 기록하면서도, 인간의 앎에 대한 속성상 그것에 부과되기 십상인 의미의 고정화를 무화시키는 방법을 구사한다. 이러한 시들은 대체로 선시(禪詩)적 특성을 띠게 된다.[23)

오규원 시인은 있는 그대로의 현상을 사실적으로 바라보는 '눈'을

21) 임지연, 「확대경 투시경 내시경」, 『시작』, 2005 겨울, 251쪽.
22) 이광호, 「투시적 상상력의 힘」, 『문학정신』, 열음사, 1991, 34쪽.
23) 최현식, 「'사실성'의 투시와 견인 -오규원론」, 『시와반시』, 2007 가을, 193쪽.

지닌다. 또한 본인의 시론에서 "풍경의 의식"[24]을 강조하는 바와 같이, 김기택 시와는 반대로 대상과 거리를 두어야만 볼 수 있는 풍경을 묘사한다. 날이미지 시에서 제시되는 풍경 이미지는 관념이나 의미로 고정되지 않는 있는 그대로의 현상이라는 점에서 기존 한국시에서는 볼 수 없었던 새로운 이미지이다. 거리를 유지한 채 사실을 구현하는 날이미지 시는 "객관적 대상만 있을 뿐, 인식 주체의 판단이나 감정은 개입되지 않는다. 날이미지는 이처럼 의미화되기 이전의 순수 객관에 가깝다. 그것은 어떤 의미로 가공되기 이전의 〈날〉것"[25]이기 때문이다.

그럼에도 두 시인의 새롭게 '보는' 방식은 주관과 객관의 시선이 합용되어 나타난다. 객관적으로 묘사된 대상이나 풍경도 결국 보는 지점에 따라 지정되는 이미지이므로 주관적인 의도를 가질 수밖에 없기 때문이다. 두 시인 모두 객관적인 묘사에서 주관적인 의도를 발현해나가는데, 이때 주관적 의도는 시의 언술이 기록이 아닌 예술이 될 수 있는 지점을 마련한다.

여기에서 대상이나 풍경을 보는 새로운 형식으로서의 모더니티는 이미지에 대한 기존 해석 방법으로 설명해내기보다 '영화기법'의 영상을 통해 이해할 필요가 있다. "카메라는 객관적인 매체이다. 그것은 생각하지도 않고 느끼지도 않는다. 우리 시대에, 물리적 실재의 표면에 대해 카메라보다 더 객관적인 정보를 제공해 줄 수 있는 기술은 없다. 그러나 또 한편으로, 카메라는 주관적인 매체이기도 하다. 카메라는 자체의 물리적 위치(대상과의 각도, 거리)를 보여주는 것의 일부로

---

24) 모리스 메를로-퐁티, 오병남 옮김, 『현상학과 예술』, 서광사, 1983, 199쪽. (오규원, 『날이미지와 시』, 문학과지성사, 2005, 67쪽 재인용.)

25) 이남호, 「날이미지의 의미와 무의미」, 『세계의문학』, 1995.8, 140쪽.

드러내지 않고는 어떤 대상도 보여줄 수 없다. 대상을 결코 총체적으로 이해하지 못하게 하는 것이 이미지의 존재론이다. 이는 동영상 카메라가 찍은 이미지들이 일정한 관점을 통해 대상을 경험하게 할 뿐이라는 것을 의미한다."[26] 즉 카메라가 보여주는 영상은 주관적인 각도와 거리에 의한 단면적 이미지일 수밖에 없다. 이러한 카메라의 눈은 촬영기법에 따라 위에서 언급한 김기택과 오규원의 보는 지점과 유사한 구조를 취한다. 김기택과 오규원 시에서 객관적으로 묘사된 대상이나 풍경은 '거리'에 의한 주관적 지점으로부터 현현된 결과이기 때문이다. 따라서 대상과 거리가 가까운 눈으로 묘사하는 김기택 시의 이미지는 클로즈업이나 익스트림 클로즈업과 같은 '근거리 쇼트'의 영상과 유사하고, 풍경을 묘사하기 위해 대상들과 거리를 둔 눈으로 묘사하는 오규원 시의 이미지는 풀 쇼트, 롱 쇼트, 익스트림 롱 쇼트와 같은 '원거리 쇼트'의 영상을 통해 그 특징을 자세히 살펴볼 수 있다.

이성복의 작품은 '눈'의 지점보다 시공간의 질서를 해체하고 새롭게 연결하는 부분에서 모더니티의 지점을 찾아볼 수 있다. 다음의 글은 그러한 이성복의 특징에 관한 것이다.

> 1977년 겨울 〈정든 유곽에서〉를 『문학과 지성』에 발표하면서 시단에 등장한 이성복은 1980년에 첫 시집 『뒹구는 돌은 언제 잠 깨는가』를 펴냈는데, 이 시집에 실린 시들은 당시로서는 가히 혁명적이라 할 만큼 과감한 시적 문법의 파괴와 비속어·금기어를 가리지 않는 언어 사용, 반윤리적 진술로 표현되어 있어 독자들

---

26) 앨런 스피겔, 박유희·김종수 옮김, 『소설과 카메라의 눈』, 르네상스, 2005, 90쪽.

을 당혹케 한다. (중략) 이러한 관습적인 언어에 대한 파괴 행위를 보면서 우리는 기존의 질서를 해체하고 그에 상응하는 새로운 질서를 세우려는 시도를 엿볼 수 있다. 이 같은 전통적 언어 파괴 외에도 이성복의 시에서는 초현실주의적인 연상작용을 자주 만날 수 있다.[27]

이성복의 시는 시적 문법의 파괴를 통한 새로운 시도와 초현실주의적인 연상작용과 같은 시공간의 편집부분에 있어 모더니티를 드러낸다. 이 책에서는 이미지에 대한 논의로서 후자의 특징에만 집중하도록 한다. 이성복 시에서 일상의 장면들을 해체하고 조립하는 방식의 원리와 효과를 파악하는 데 영화기법은 유용한 참조틀이 되어준다. 시공간을 파편화하고 다시 조립하여 총체화하는 이미지 구성 방식은 영화의 편집 방법인 '몽타주'를 통해 살펴볼 때 그 원리와 효과가 더욱 효과적으로 드러난다. 몽타주는 시공간 덩어리인 쇼트를 이어 붙일 때 나타나는 효과를 중시하는 편집방법이기 때문이다.

따라서 김기택, 오규원, 이성복의 시에서 창출하는 새로운 이미지 구성 방식은 결국 영화기법에 의한 영상과 공통된 양식을 취한다.[28] 세 시인 중 김기택과 오규원의 모더니티는 객체를 보는 '눈의 특이성'을 통해 드러나며, 이는 '카메라의 눈'과 유사한 구조를 지닌다. 그럼

27) 김주성, 「1970년대 모더니즘시 경향에 대한 일 고찰-노향림·김승희·이하석·이성복을 중심으로」, 『고황논집』제36집, 경희대학교대학원, 2005.7, 90~91쪽.

28) 필자의 논고 「현대시의 수사학과 영화적 표현의 유사성 연구」(『비교문학』65집, 한국비교문학회, 2015.2.)와 「영화적 기법을 통한 현대시의 공간과 실재」(『한국문학이론과 비평』 68집, 한국문학이론과 비평학회, 2015.9.), 「영화적 기법을 통한 현대시의 시간과 사유」(『현대문학이론연구』65집, 한국문학이론학회, 2016.6.)에서 이미 이 세 시인을 영화기법으로 다룬 바 있다.

에도 두 시인의 시를 구분 지을 수 있는 변별점은 눈과 객체 사이의 거리에 있다. 거리를 통해 다르게 구현되는 시공간의 효과는 두 시인만의 예술성을 창출한다. 이와는 달리 이성복의 모더니티는 서로 다른 시공간을 '연결'하는 방법과 그것의 효과를 통해 규정할 수 있다. 이는 영화기법 중 '몽타주'라는 시공간 편집 방법을 통해 살펴볼 때 그것의 특징을 가장 효과적으로 고찰해볼 수 있다.

영상 이미지는 기본적으로 시공간의 특징이 잘 드러난다. 영상 이미지를 통한 시의 시공간은 언어 밖으로 밀려난 실재를 있는 그대로 영상화하거나 전반적인 이미지의 양상을 구조화할 수 있는 틀을 마련하여 실재의 징후와 사유의 흐름을 관찰할 수 있도록 돕는다. 따라서 이 책에서는 이를 통해 김기택, 오규원, 이성복 시 등 모더니티가 강한 현대시에서 핵심을 이루는 이미지 표현법에 대한 새로운 탐구 방법을 제시하는 것을 목적으로 한다.

2. 선행 연구

영화기법의 영상이미지를 통하여 김기택, 오규원, 이성복의 시를 고찰하기 위해 이 책에서는 우선 시와 영화 간의 친연성을 살펴보기로 한다. 이는 시에서 영화기법의 영상이미지를 통해 드러나는 시공간의 특징을 통해 이미지의 전반적인 양상과 의의를 살펴보기 위한 전제에 해당한다.

지금까지 소설과 영화 간의 서사관계를 모색하는 연구는 활발히 진행되었으나 시와 영화와의 상호연관성에 대한 연구는 미진하다.

학위 논문의 수도 적을 뿐만 아니라 소논문의 양도 그리 많은 편이 아니다. 이는 시와 영화 사이에 연관성이 희박하다고 생각하는 기존의 선입견과 더불어 문학 중 가장 유래가 깊은 시와 최첨단의 장르인 영화와의 연관성을 낯설어하는 경향이 많기 때문이다.

그러나 시와 영화와의 관계에 대한 연구는 1990년대부터 꾸준히 증가하고 있기 때문에 그 중요성이 점차 입증되고 있다. 영화와 시에 관한 그간의 선행연구는 소수에 해당하기 때문에 총체적으로 살펴보고, 이 책과 관련 있는 선행연구에는 이 책과의 차이점을 제시하도록 한다.

선행 연구를 내용상으로 간단히 분류를 해보면 '시의 이미지와 영화의 영상과의 상호연관성', '수사학과 영화기법과의 연관성', '특정 시인 및 동인에 나타나는 영화기법의 영상적 표현'으로 나누어 살펴볼 수 있다. 우선 이 책의 전제가 되는 이론인 시의 이미지와 영화의 영상과의 상호연관성에 관한 연구를 살펴보기로 한다.

학위 논문으로 최민성의 「멀티미디어시대의 시적 이미지 연구」에서는 영상시대에 이르러 필연적으로 문자매체를 존재조건으로 하는 문학의 변화가 일어남에 따라 문자와 영상 이미지를 통합하는 작품들이 나타나는 현상을 지적한다. 아울러 동영상과 결합한 영상시나 멀티미디어시, 뮤직비디오 등을 통해 적극적으로 실험되고 있는 시적 이미지의 중요성을 밝히고 현대 시대의 기술에 적용한 시적 활용 방안을 탐구하였다. 그 과정에서 이 논문은 시 안에서 몽타주 기법을 수용한 점을 제기하며 시와 영화와의 교차 지점을 부분적으로 밝혀낸다.[29]

학술지 논문과 평론에서 먼저 송희복의 「시와 영화의 상호관련성

---

29) 최민성, 「멀티미디어시대의 시적 이미지 연구」, 한양대학교 대학원 박사학위 논문, 2002.

연구」는 가치중립적인 관점으로 본다면 분명 시와 영화는 차이날 수밖에 없으나, 그럼에도 불구하고 많은 부분을 공유한다는 점의 예로 영화의 압축적인 이미지를 거론한다. 이를 통해 시적 영화의 성립을 주장하고, 시적 영화란 시와 그림 같은 심미적 경험을 나타내는 가운데 심오한 내적 통찰을 진지하게 드러내는 영화로 한정짓는다. 이 논문은 시적 영화가 영화를 본다는 것에서 영화를 읽는 것으로 기존의 방향을 전환했다고 보며, 이러한 시적 영화를 어떻게 읽어낼 것인지에 대한 문제를 탐구한다.[30]

최민성의 「한국 현대시의 영화적 기법」에서는 영화기법에 있어 시공간과 시점과 거리의 자유로움을 특징으로 잡고 시에서도 이와 같은 영화기법의 양상이 있음을 살펴본다. 따라서 시공간의 변용으로 몽타주 기법과 시간의 공간화를 들고, 시점과 거리의 자유로운 활용으로서 극도로 객관적 시각인 카메라의 눈과 시점의 변화, 거리의 조절을 사례로 든다.[31] 이는 영화와 시와의 상호관련성에 대해 다양한 연구 가능성을 열어놓았다는 의의가 있다. 영화 장르에 있어서 시공간의 중요성을 언급한 점과 몽타주나 거리의 조절 면에서 시 창작 방법과 견주어보는 연구 방법은 이 책과 유사한 점이 있으나, 이 책은 이러한 점을 기반으로 시의 시공간의 양상에 있어 시적인 지점을 찾아낼 것이다.

함종호의 「시와 영화의 이미지와 시간 이미지」에서는 시에서 영화기법을 차용하고 있다는 점이 이미지 발생적 차원에서 시가 영화와 긴밀한 유대 관계에 놓였기 때문이라고 언급한다. 따라서 들뢰즈가 영화를 사유하는 과정에서 나온 개념인 '운동이미지'와 '시간이미지'

---

30) 송희복, 「시와 영화의 상호관련성 연구」, 「동학어문논집」 제34집, 동학어문학회, 1999. 2.
31) 최민성, 「한국 현대시의 영화적 기법」, 「한국언어문화」17집, 한국언어문화학회, 1999. 12.

를 주요 개념으로 삼아 시에 나타난 영화적 이미지를 고찰한다.[32] 그의 다른 글인 「현대시의 영화적 기법 수용 양상」에서는 영화 장르에 있어서 시공간의 중요성을 언급하고 기억을 통한 시간의 중첩이나, 동적 단면의 중첩, 공간의 중첩 등을 살펴보며 시에서 영화기법이 어떻게 적용되고 있는지 예를 들어 살펴본다.[33]

심영덕의 「시(詩)의 영화화에 따른 소통미학 고찰」에서는 멀티미디어 시대에서의 문학과 영화에 대해 모색하며 소설과 영화와의 관계뿐 아니라 시와 영화와의 상호보족적인 관계에 대한 관심을 요구한다. 아울러 시가 예전의 '음향시'에서 요즘에는 '영상시'로 바뀌고 있음을 지적하며 시의 영화화에 대한 사례를 고찰하고 있다.[34]

손은진의 「시와 영상예술의 상호 관련성 연구」에서는 1930년대, 1950년대 시와 영화기법의 관련 양상을 살펴볼 뿐만 아니라 1980년대 이후 영화의 문법을 차용한 영상시들에 나타난 세계관을 고찰한다. 결국 이 논고의 요지는 시와 영상예술의 능동적 의미구성의 문제를 고찰하는 것에 있다.[35]

지금까지 정리한 선행연구는 시와 영화와의 교차 지점에 관한 논의라면, 두 번째 논의는 수사학과 영화기법과의 연관성을 고찰한 논의들이다. 이 연구들에서는 시와 영화와의 교차 지점의 범위에서 세부적인 관점으로 들어가 '수사학'과 '영화기법'과의 상관성을 중점으로 모색한다.

학위 논문으로 안숭범의 「시와 영화의 방법론적 상관성 연구」에서

---

32) 함종호, 「시와 영화의 이미지와 시간이미지」, 『시선』, 2006 가을.
33) 함종호, 「현대시의 영화적 기법 수용 양상」, 『시선』, 2006 겨울.
34) 심영덕, 「시의 영화화에 따른 소통미학 고찰」, 『반교어문연구』23권, 반교어문학회, 2007.
35) 손은진, 「시와 영상예술의 상호 관련성 연구」, 『어문학』제100집, 한국어문학회, 2008. 6.

는 시와 영화의 방법론적 상관성을 고찰하기 위해 은유와 몽타주의 의미를 검토하고, 1970년대 산출된 모더니즘 시의 은유 형식과 2000년대 한국 영화의 몽타주 형식을 비교분석하였다. 또한 시의 은유 효과를 영상의 흐름 속에서 구현하는 영화들을 통해, 몽타주의 미학을 재고찰하였다.[36]

학술지와 평론을 살펴보면 먼저 권혁웅의 「영화의 문법과 시의 문법」에서는 영화의 형성 원리가 시의 형성 원리와 연관성을 갖고 있음을 규명한다. 그리하여 영화에서는 은유와 같이 개별 숏과 숏의 충돌과 결합으로 의미를 형성하며, 환유나 제유와 같이 부분을 통해 전체를 제시하여 화면의 구성과 인물 제시 방식에서 수사적 원리를 추론해낼 수 있음을 밝힌다.[37] 이러한 고찰은 영화와 수사학과의 관계를 논하는 첫 번째 논고로서 큰 의의가 있으며 이 책의 Ⅱ장에서 영상적 표현과 수사적 원리를 찾아낼 때 많은 영향을 주었으나, 이 책은 결합이나 충돌의 원리로 작동하는 소비에트 몽타주를 넘어서 '현대적 몽타주'도 검토해볼 것이며 제유와 환유를 각각 다른 영화 기법의 영상적 특질과 연관시켜 시공간의 원리를 알아낼 것이다.

김용희의 「시와 영화의 문법과 현대적 미학성」에서는 부분적으로 몽타주와 은유의 관계성에 대해서 언급한다. 즉 영화와 시는 추상적인 명제를 보여주기 위해 구체적인 이미지를 선택하고 한 장면에서 다른 장면으로 디졸브되면서 시행의 구절이 변이되는 효과가 있으며

---

36) 안숭범, 「시와 영화의 방법론적 상관성 연구-은유와 몽타주의 수사적 효과를 중심으로」, 경희대학교 박사학위 논문, 2010.

37) 권혁웅, 「영화의 문법과 시의 문법」, 『한국문학이론과 비평』9호, 한국문학이론과비평학회, 2002. 9.

이것은 시적 문법의 은유와 일치함을 밝힌다. [38)

안숭범은 「시와 영화의 수사론적 비교연구」, 「시적 수사로서 병치 은유의 영화적 발현방식에 관한 시론」, 「시적 은유로서 몽타주와 영화적 '무딘 의미' - 〈비몽〉에 나타난 몽타주 분석을 통해」, 「시와 영화의 수사학에 관한 정신분석적 일고찰 - 라깡의 '은유'와 '환유' 개념을 중심으로」에서 시의 수사적 원리가 영화의 의미생산 체계와 유사함을 밝히고 두 장르의 상응점을 밝혀낸다. 그는 다수의 논문을 통해 수사학과 영화와의 상동성에 관한 연구를 심화·확장시킨다. [39) 이 책의 Ⅱ장에서 다룰 영화적 표현의 수사학적 원리는 김기택, 오규원, 이성복의 시세계와 밀접한 관련성을 맺는다는 측면에서 이 논고의 수사학적 연구와는 방향이 다르다.

본 연구자의 논문 「현대시의 수사학과 영화적 표현의 유사성 연구」에서는 이성복, 오규원, 김기택의 작품에 나타나는 영화적 표현을 통해 시공간의 흐름을 수사학적 원리로 재해석했다. [40) 이러한 연구의 의도는 각각의 시세계의 창작 방법을 고찰함으로써 시공간의 의의를 탐색하기 위한 것으로써 이 책의 Ⅱ장에서 활용될 것이다.

영화와 시와의 교차 지점에 관한 세부 연구로서 그 세 번째는 특정

---

38) 김용희, 「시와 영화의 문법과 현대적 미학성」, 『대중서사연구』12, 2006. 6.

39) 안숭범, 「시와 영화의 수사론적 비교 연구 -시집 『지하인간』과 영화 〈강원도의 힘〉을 중심으로」, 『문학과 영상』, 9권3호, 문학과영상학회, 2008.12.
_____, 「시적 수사로서 병치 은유의 영화적 발현방식에 관한 시론」, 『한국시학연구』26호, 한국시학회, 2009.12.
_____, 「시적 은유로서 몽타주와 영화적 '무딘 의미'- 〈비몽〉에 나타난 몽타주 분석을 통해」, 『문학과영상』10권 3호, 문학과영상학회, 2009.12.
_____, 「시와 영화의 수사학에 관한 정신분석적 일고찰 -라깡의 '은유'와 '환유' 개념을 중심으로」, 『한국문학이론과 비평』45집, 한국문학이론과 비평학회, 2009. 12.

40) 박한라, 「현대시의 수사학과 영화적 표현의 유사성 연구」, 『비교문학』65집, 한국비교문학회, 2015. 2.

시인이나 동인의 작품에 나타난 영화기법의 영상적 표현을 탐구하는 논의다. 이는 시의 이미지 양상을 영상적 표현과 상응시키는 연구로서 영상과 개별 시 작품 간의 소통미학을 고찰한다.

학위 논문으로 양인경의 「한국 모더니즘시의 영화적 양상 연구」에서는 김수영, 김춘수, 이승훈의 아방가르드적인 면모에서 영화적 양상을 모색한다. 김수영 시를 카메라 렌즈와 시적화자의 시선으로 대비하여 작품을 분석하고, 김춘수 시의 장면묘사 기법을 영화의 영상으로 독해해 무의미시를 재규정했다. 이승훈 시의 비대상의 비언어 시론은 앤디워홀의 무성영화기법을 통해 시의 조형화와 스크린화 가능성을 탐구하였다.[41]

다음으로 학술지를 살펴보기로 하겠다. 먼저 정문선의 「모더니즘 시와 영화기법 - 박인환 시의 시간의식과 화자의 시선 이동을 중심으로」에서는 50년대 전후시에서 박인환의 작품을 중심으로 클로즈업 기법, 파노라마 기법, 조화의 몽타주와 갈등의 몽타주라는 영화기법을 통해 그의 시세계를 살펴본다. '클로즈업 기법'은 감정적 분산을 막고, '파노라마 기법'은 카메라의 무관심한 듯한 객관 진행을 유도하며, '조화의 몽타주'에서는 정서를 환기하면서 유기적 통일성을 갖추고 '갈등의 몽타주'에서는 낯설게 하기의 효과를 노리고 미학적 거리를 확보하고 있다고 본다.[42]

김은영의 「한국 현대시와 영화의 영향관계 연구 - 1950년대 〈후반기〉 동인의 시를 중심으로」에서는 1950년대 〈후반기〉 동인의 시를 중심으로 현대시와 영화의 영향 관계를 살펴본다. 〈후반기〉 동인의

41) 양인경, 「한국 모더니즘시의 영화적 양상 연구」, 한남대학교대학원 박사학위 논문, 2008.

42) 정문선, 「모더니즘 시와 영화기법 - 박인환 시의 시간의식과 화자의 시선 이동을 중심으로」, 『시학과 언어학』1권, 시학과 언어학회, 2001. 6.

시에서는 카메라의 눈 기법이나 영화적인 전개방식을 관찰할 수 있으며, 이러한 영화기법의 영상이 시각적인 이미지만 강조하는 것이 아닌 사회 현실에 대한 비판에도 일조한 것으로 평가한다. 또한 이러한 영향은 프랑스의 아방가르드 영화 운동의 영향으로 본다.[43)

함종호의 「박목월 초기시의 이미지 발생 구조 - 영화기법과의 상관성을 중심으로」에서는 박목월의 초기시가 시각적 이미지를 중심으로 자연을 묘사하는 시상을 전개하고 있음에 주목하고, 그의 회화성을 영화적인 요소로 재해석한다. 그리하여 박목월 초기시의 특징인 여백미를 몽타주 기법의 상관성 속에서 논의하고 있다.[44)

조용훈의 「한국 현대시에 나타난 영화적 양상 연구 - 백석 시를 중심으로」에서는 백석의 모더니즘을 강한 서사성과 짧고 경쾌한 즉물적 묘사에 의한 것이라 하며 그 중 후자의 특징을 영화기법으로 바라본다. 즉 시적 대상을 즉물적으로 포착할 때 영상처럼 제시하며 이것은 파노라마 기법과 몽타주 기법이 효과적으로 적용된 사례로 본다. 또한 근경에서 원경이나 원경에서 근경으로 갈 때 줌-인, 줌-아웃의 기술도 사용하고 있음을 주시한다. 이러한 영화기법의 영상은 시인의 시가 생동감을 잃지 않으며 시인의 유년 체험에 정서적으로 공감할 수 있는 바탕이 되었다는 것이 이 연구가 바라본 시의 영상이미지 효과다.[45)

조영복의 「김기림 시론의 기계주의적 관점과 '영화시'(Cinepoetry)」에서는 '시네마틱 모더니즘'이라는 관점으로 1930년대 김기림의 시론과

43) 김은영, 「한국 현대시와 영화의 영향관계 연구 - 1950년대 〈후반기〉동인의 시를 중심으로」, 『배달말』 32권. 배달말학회, 2003. 1.

44) 함종호, 「박목월 초기시의 이미지 발생 구조 - 영화기법과의 상관성을 중심으로」, 『인문연구』제52호, 영남대학교 인문과학연구소, 2007. 6.

45) 함종호, 「박목월 초기시의 이미지 발생 구조 - 영화기법과의 상관성을 중심으로」, 『인문연구』제52호, 영남대학교 인문과학연구소, 2007. 6.

'영화시'를 조명한다. 여기서 주목한 것은 전위 예술의 문맥 속에서 강조된 '기계주의' 인식론과 미학이다. 이들은 공통적으로 '기계'의 행위를 인간 행동의 연장선상에서 파악했기 때문에, 기계의 형태를 인간 육체와 아날로지 하는 다양한 표현 기법을 탐구한다. 특히 기계적 시각 예술의 총화인 영화는 이 같은 새로운 육체를 재현하는 데 결정적인 역할을 하게 된다고 보며, 이 '기계미'의 근원은 미래파들에게로 거슬러 올라가게 되는데, 김기림 초기 미학과 문학관을 지배한 것은 이들 미래파류의 동력학적 속도감이나 기계주의 세계관이라고 본다.[46]

주혁채·이승하의 「영화와 시의 상호 영향에 관한 연구 - 장정일과 유하를 중심으로」에서는 유하와 장정일의 시에서 롱 쇼트, 클로즈업 등 다양한 촬영기법을 통해 시점의 변화를 주는 것과 다양한 위치와 각도, 거리와 시선을 이동하며 시공간을 넘나드는 모습에서 영화기법의 영상적 측면들을 찾는다.[47]

본 연구자의 논문 「영화적 기법을 통한 현대시의 공간과 실재」에서는 김기택, 오규원, 이성복의 시를 각각 몽타주, 원거리 쇼트, 근거리 쇼트의 영상으로 살펴봄으로써 공간적 특성을 확인하고 이러한 특징을 '실재'와 연관시켜 시세계를 탐색해보았다.[48] 이 논문은 본문의 Ⅲ장에서 활용될 것이다. 또 다른 논문으로 「영화적 기법을 통한 현대시의 시간과 사유」에서는 김기택, 오규원, 이성복의 시에서 시제 어미로는 파악할 수 없는 시적 시간을 영화적 기법의 영상을 통해 살

---

46) 조영복, 「김기림 시론의 기계주의적 관점과 '영화시'(Cinepoetry)」, 『한국현대문학연구』26집, 한국현대문학회, 2008. 12.

47) 주혁채·이승하, 「영화와 시의 상호 영향에 관한 연구 -장정일과 유하를 중심으로」, 『현대문학이론연구』39권, 현대문학이론학회, 2009. 12.

48) 박한라, 「영화적 기법을 통한 현대시의 공간과 실재」, 『한국문학이론과 비평』68집, 한국문학이론과 비평학회, 2015. 9.

퍼보고 그것을 통해 사유의 흐름을 알아보았다.[49] 이 논문은 본문의
Ⅳ장에서 활용하도록 한다.

특히 세 번째 연구 분류는 시인의 세계를 영화기법의 영상적 특질
을 통해 탐색한 결과로서 이 책의 연구 맥락과 상응한다. 이 책은 영
화기법의 영상이미지를 통하여 김기택, 오규원, 이성복의 시세계를
살펴볼 것이며, 위의 연구 방법과 차별점이 있다면 단순히 시 안에 영
상적 특징을 찾는 것이 아닌, 영상을 통해 드러나는 '시공간'의 양상이
시의 실재 및 사유와 어떠한 관련을 맺고 있는지 분석해낸다는 점이
다. 즉 시에 적용된 영화기법에 따른 영상적 특질을 발견하는 것에 그
치는 것이 아니라 그것에 의해 부각되는 시공간의 양상을 통하여 시
세계를 파악함으로써 이들의 시를 보다 근본적으로 고찰하는 것이
이 책의 목적이다.

지금까지 검토한 선행연구를 정리해보면 첫째, 시와 영화가 결국
표현 매체만 다를 뿐 '이미지'로 귀착된다는 점에 주안점을 둔다. 따라
서 시의 이미지의 구성을 영화기법과 연관 지을 수 있는 가능성이나
그 역으로 시가 영화화 될 수 있는 방안에 대한 모색이 가능하다. 이
러한 논점은 이 책에서 세 시인의 작품을 영화기법으로 바라볼 수 있
는 이론적 토대가 된다.

둘째, 시와 영화와의 교차지점 중 '수사학'을 중심에 두고 두 장르
의 유사성을 성찰한다. 결국 영화의 촬영 기법이나 편집 방법은 문학
의 수사학에 기거하여 발전해왔으며, 이러한 영화의 역사적 사실을

---

49) 박한라, 「영화적 기법을 통한 현대시의 시간과 사유」, 『현대문학이론연구』65집, 한국문학
이론학회, 2016.6.

바탕으로 현재의 영화와 시와의 수사적 면모를 비교분석하는 것이 이 연구의 주안점이다.

셋째, 시에 있어서 영화기법의 영상적 특질이 적용된 사례를 본격적으로 살펴보는 연구로, 작품의 특징이나 시인의 시세계까지 탐색한다. 이와 같은 연구에는 시에서 발견된 영상적 특질을 토대로 어떻게 시세계가 주조되고 있는지 고찰한다. 이 책은 이러한 연구의 맥락에 상응하여 김기택, 오규원, 이성복 시의 모더니티를 영화기법과 관련하여 살펴보도록 한다.

위 세 시인의 시세계를 영화기법의 영상을 통해 고찰한 연구로는 본 연구자의 소논문 외에 부분적으로 언급한 연구가 전부다. 우선 최민성의 「한국 현대시의 영화적 기법」에서는 이성복 시 「그날」의 이미지가 시간이 공간화 되어 이어지는 몽타주와 유사함을 단편적으로 밝힌다.[50] 함종호의 「'날이미지시'의 표상공간」에서는 오규원 시 「우주1」의 동시성을 교차편집으로 해석하고[51] 임지연의 「확대경·투시경·내시경 - 김기택 시집, 『소』를 중심으로」에서는 김기택 시의 이미지가 카메라 렌즈의 특성인 확대, 투시, 내시의 특징을 지니고 있음을 주시한다.[52] 이처럼 기존 연구에서 세 시인의 시와 영화기법과의 관련성을 통해 심층적으로 거론한 논의들은 거의 찾아보기 힘들다.

지금까지 김기택 시의 선행연구에서는 미세한 관찰[53]과 몸의 시

---

50) 최민성, 앞의 논고. 339~341쪽 참조.

51) 함종호, 「'날이미지시'의 표상 공간」, 『서울시립대학교 도시인문학연구』2권 1호, 서울시립대학교 도시인문학연구소, 2010, 319쪽 참조.

52) 임지연, 「확대경·투시경·내시경 - 김기택 시집, 『소』를 중심으로 」, 『시작』 2005 겨울, 251쪽 참조.

53) 이광호, 「투시적 상상력의 힘」, 『문학정신』, 열음사, 1991.2.
_____, 「텅 빈 무게의 몸」, 『바늘구멍 속의 폭풍』, 문학과지성사, 1994.

학[54], 좁은 공간성[55]에 집중되어 있으며, 오규원의 날이미지 시에 대한 선행연구는 그의 시론에 집결된 비판 논의들[56]이 주를 이루고, 이

이혜원, 「시적 긴장과 이완의 거리-김기택·유하·김영승」, 『세계의문학』, 민음사, 1991.8.
_____, 「거대한 침묵」, 『소』, 문학과지성사, 2005.
이창기, 「시각적 인식의 두 유형-김기택과 김휘승」, 『문학과사회』, 문학과지성사, 1992.2.
이희중, 「해부학적 상상력과 진정한 소리의 터」, 『기억의 지도』, 하늘연못, 1998.
홍용희, 「비린내와 신생의 주술력-사무원」, 『창작과비평』, 창작과비평사, 1999.가을.
오생근, 「삶의 세부에 대한 강인한 관찰과 시적 고행」, 『동서문학』, 동서문학사, 2002.3.
손진은, 「실직의 심리적 차원-김기택, 「화석」」, 『한국 현대시의 정신과 무늬』, 새미, 2003.
김교식, 「시적 대상과 상상력의 거리」, 『시와정신』, 시와정신사, 2005.여름.
배문경, 「김기택 시의 대상과 미적 거리 연구」, 고려대학교 인문정보대학원 석사학위 논문, 2006.

54) 김진수, 「세 사람의 시인, 또는 숨쉬기 위한 노래들」, 『현대시세계』, 1991.12.
김용희, 「생명을 기다리는 공격성의 언어 - 김기택론」, 『문학과사회』, 문학과지성사, 1992.11.
황도경, 「몸의 시」, 『창작과비평』, 창작과비평사, 1995 봄호.
윤재웅, 「불쌍한 몸, 불쌍한 마음-김기택의 『바늘구멍 속의 폭풍』」, 『문학비평의 규범과탈규범』, 새미, 1998.
이재복, 「몸과 물성의 언어 - 김기택론」, 『현대시학』, 현대시학사, 2000.6.
오형엽, 「잠과 웃음의 방식 - 김기택론」, 『신체와문체』, 문학과지성사, 2001.
김수이, 「1990년대 '몸' 시의 반란에 대한 기억-최승호, 김기택, 김혜순을 중심으로」, 『내일을 여는 작가』, 내일을여는작가, 2004.겨울.
정은경, 「과육과 소음」, 『현대시』, 현대시, 2005.4.
라기주, 「김기택 시에 나타난 몸의 기호작용 - '훼손된 몸'을 중심으로」, 『한국문예비평연구』제23집, 2007.8.
김주연, 「신체적 상상력-직선에서 원으로 - 김기택의 시 세계」, 『본질과 현상』, 본질과현상사, 2008.9.
이은숙, 「김기택 시 연구 - 몸의 언어를 중심으로」, 중앙대학교예술대학원 석사학위 논문, 2010.
우지량, 「김기택 시 연구 - 식욕과 음식 표상을 중심으로」, 고려대학교 인문정보대학원 석사학위 논문, 2010.

55) 권채린, 「'틈'의 시학」, 『고황논집』제31집, 경희대학교대학원, 2002.12.
최현식, 「삶의 틈과 틈의 삶-김기택론」, 『문학과사회』, 2005 봄.

56) 이정은, 「오규원의 '날이미지시'의 구조적 특성 연구 - 시집 『토마토는 붉다 아니 달콤하다』를 중심으로」, 동국대학교문화예술대학원 석사학위 논문, 2001.
권혁웅, 「날이미지시는 날이미지로 쓴 시가 아니다 - 오규원 시집, 『토마토는 붉다 아니 달

성복 시의 선행연구는 주제[57], 시작 방법이나 형식[58], 변모양상[59]에 집중해 있다. "1980년대의 특성이라고 할 수 있는 역사의식, 현실의식을 바탕으로 하면서 서정성을 추구"[60]하는 시의 흐름 속에서 이성복은 시공간을 해체하고 다시 이어붙이는 독특한 시 창작 방법을 시도하였다. 또한 "1990년대 들어서면서 전 시대를 주도했던 정치적

───
　　콤하다」, 『시와 반시』, 2007 가을.
　　김진수, 「'날이미지시'의 의미론적 차원 - 오규원의 시집 『새와 나무와 새똥 그리고 돌멩이』와 시론집 『날이미지 시』」, 『시와반시』, 2007 가을.
　　문혜원, 「오규원의 날이미지 시론」, 『시와 반시』, 2007 가을.
　　함종호, 「김춘수 '무의미시'와 오규원 '날이미지시' 비교 연구 - '발생 이미지'를 중심으로」, 서울시립대학교대학원 박사학위 논문, 2009.
　　이혜운, 『오규원의 날이미지시 연구』, 숭실대학교대학원 석사학위, 2009.
　　오연경, 「'날(生)이미지'와 사건의 시학 - 오규원의 후기시에 대하여」, 『문학·선』, 2009 봄.
　　김혜원, 「오규원의 '날이미지시'에 나타난 사진적 특성 - 롤랑 바르트의 『카메라 루시다』를 중심으로」, 『한국언어문학』제83집, 한국언어문학회, 2012.12.
57) 이승훈, 「한 시인의 내면공간」, 『현대문학』, 1986.11.
　　김헌선, 「집 없는 시대의 서정적 묘사와그 전망」, 『문학과사회』, 1990 겨울.
　　이희중, 「생명의 회복과 식물성의 꿈」, 『서정시학』, 1992.6.
　　동시영, 「이성복의 〈금촌 가는 길〉 분석」, 『한양어문연구』제14호, 1996.12,
　　김수이, 「가족 해체의 세 가지 양상- 1980~90년대 이성복·이승하·김언희의 시에 나타난 가족」, 『시안』, 2003 여름.
　　허혜정, 「마야(Maya)의 물집」, 『작가세계』, 2003 가을.
　　김나영, 「이성복 시 연구 - 몸·감각을 중심으로」, 고려대학교대학원 석사학위 논문, 2008.
58) 장석주, 「방법론적 부드러움의 詩學; 李晟馥을 중심으로 한 80년대 시의 한 흐름」, 『세계의 문학』, 1982 여름.
　　김성민, 「이성복 시의 서사적 구조」, 동아대학교 대학원 석사학위 논문, 1997.
　　최현식, 「이성복론 - '관계' 탐색의 시학」, 『현대문학의 연구』10권, 한국문학연구학회, 1998.
　　홍인숙, 「이성복 초기시 연구- 서사 구조와 해체적 기법을 중심으로」, 한국교원대학교대학원 석사학위 논문, 2003.
59) 김현, 「따듯한 悲觀主義」, 『현대문학』, 1981.3.
　　정과리, 「'이별의 '가'와 '속'」, 『문학과사회』, 1989 여름.
　　이희중, 「한글 세대 시인의 지형과 독법」, 『세계의 문학』, 1990 겨울.
　　김혜순, 「정든 유곽에서 아버지 되기」, 『문학과사회』, 1993 가을.
60) 김윤식·김우종 외, 『한국현대문학사』, 현대문학, 2005, 553쪽.

상상력의 시들은 상대적으로 약화"[61]된 가운데 김기택과 오규원은 각자 섬세한 관찰과 미학적 거리를 통해 새로운 이미지의 양상을 도출해냈다. 이러한 이유로 김기택, 오규원, 이성복 시인은 1980년대에서 1990년대에 자신만의 시창작 방법을 확고히 마련한 시인들로서 기존 연구에서도 이미 중요하게 다루어졌다.

그럼에도 그들의 시에서 관찰되는 새로운 이미지 양상에 대한 연구가 심층적으로 이루어지지 않았다. 따라서 이 책에서는 이에 부응하여 이들의 시에 나타난 영상적 특질에 주목함으로써 이미지에 대해 언어적 접근만으로는 설명하지 못하는 모던한 특성들을 탐색해보고자 한다.

3. 연구 방법

이 책에서는 김기택, 오규원, 이성복의 작품이 영화기법의 영상과 관련 있음을 밝히고 이것을 수사적으로 재고하여 시와 영화와의 친연성을 확인하고, 영상적 표현을 통해 부각되는 공간과 시간의 양상을 통해 시의 실재와 사유를 알아보고자 한다.

시에서는 언어를 통해 이미지를 발현하고 영화는 영상을 통해 이미지를 표출한다. 비록 두 장르를 이루는 자질적 요소가 다를지라도 그것이 '이미지'를 이룬다는 점에서 두 장르 간의 교류가 가능해진다. 시는 단어와 행, 연으로 구성된 단위로 이미지를 조직해나가며, 영화

---

61) 위의 책, 613쪽.

에서는 동일한 시공간의 단위인 쇼트나 쇼트의 조합을 통해 이미지를 구성해간다. 영화기법의 영상은 이미지를 다루는 기법들로서 시의 이미지를 분석하는 데 주요한 틀을 제공한다. 이 책에서는 '쇼트의 촬영 방법'과 '쇼트의 편집 방식'을 통해 언어의 한계인 실재를 심상화하는 동시에 시 세계의 시공간을 역동적으로 분석하여 사유의 원리와 의의를 분석해볼 것이다. 소설이 서사 측면에서 영화와 공통점을 내재하고 있다면,[62] "영화의 기술적인 과정들, 이를테면 카메라의 움직임, 이미지의 연출, 쇼트의 배열 등의 과정에서 영화는 시적 특질과 매우 밀접한 관련을 맺는다."[63] 영화기법은 영상의 사용 및 연상 논리에 직접적으로 관여하며 이러한 특징으로 말미암아 시의 이미지 양상과의 친연성도 확인할 수 있다.

영화의 제작 또한 "쇼트의 촬영과 쇼트의 편집이라는 두 개의 커다란 작업으로 이루어진다."[64] 쇼트의 촬영 기법은 시공간을 선택하고 편집 방법은 다양한 시공간들을 연결하는 역할을 하며, 영화는 이러한 기술을 통해 구성된다. 따라서 영화기법에 따른 영상은 세계가 어떠한 의의를 갖고 구성되는지 알아보는 데 효과적이다.

영화에서 쇼트의 촬영기법은 거리에 따라 크게 세 분류로 나눌 수 있다. 가까운 거리에서 촬영하는 '근거리 쇼트', 중간 거리에서 촬영하는

---

62) 소설은 영화에 있어서 이야기의 원천이자 서술 방식의 참고 틀로 기능해왔다. 초기 영화는 널리 알려진 소설의 이야기에 기대어 영상의 나열이 이야기를 만든다는 것을 관객이 이해하도록 했고, 영상의 편집이 자연스럽게 수용되는 관습이 형성되면서부터는 재미있는 소설, 대중에게 인기 있는 소설의 이야기를 영화가 탐내왔다. (박유희, 「영화 원작으로서의 한국소설 - 2000년 이후 한국소설의 영화화 동향을 중심으로」, 『대중서사연구』제16호, 대중서사학회, 2006.12, 107쪽.)

63) 김용희, 「시와 영화의 문법과 현대적 미학성」, 『대중서사연구』제15호, 대중서사학회, 2006. 6, 257쪽.

64) 엠마뉴엘 시에티, 앞의 책, 15쪽.

'미디엄 쇼트(medium shot)', 먼 거리를 두고 촬영하는 '원거리 쇼트'가 그것이다. 여기에서 근거리 쇼트는 클로즈업, 익스트림 클로즈업을 포함하며, 원거리 쇼트는 풀 쇼트, 롱 쇼트, 익스트림 롱 쇼트를 포함한다.

클로즈업은 비교적 작은 대상, 예로 들면 사람의 얼굴 정도의 크기를 집중적으로 보여주는 촬영기법이다. 클로즈업은 대상의 크기를 확대하여 중요성을 부각시키거나 의미를 암시하기도 한다. 익스트림 클로즈업은 이 쇼트의 변형으로서 전체 얼굴에서도 눈이나 입과 같은 이목구비 정도의 작은 공간을 보여주는 기법이다. 미디엄 쇼트는 인물의 무릎이나 허리 위에서 머리까지 찍을 수 있는 거리에서 진행되며 상황 설명의 씬을 찍거나 움직임이나 대화를 전달할 때 유용하다. 풀 쇼트는 전신을 찍을 수 있는 거리이며 롱 쇼트는 관객과 무대 사이의 거리 정도와 거의 일치하고 익스트림 롱 쇼트는 사람이 점으로 보일 때가지 아주 먼 거리에서 촬영한다.[65]

그러나 어떤 감독에게는 미디엄 쇼트medium shot인 것이 다른 감독에게는 클로즈업close-up으로 간주될 수 있다. 게다가 쇼트가 길면 길수록 그 명칭은 더 불명확해진다.[66] 또한 거리의 비교가 책마다 다르고 개별자의 몸 크기에 따라서도 차이가 나기 때문에 이 책에서는 비교적 확연히 구분되는 '근거리 쇼트'와 '원거리 쇼트'를 시에 적용하도록 한다. 근거리 쇼트는 작은 공간을 크게 확대하여 익숙한 일상의 이미지에 충격을 가하여 낯선 효과를 발현한다. 이러한 촬영방법은 눈으로 보지 못하는 대상의 미세한 움직임이나 내면의 성질을 파악할 수 있으며 작은 대상에 집중하기 때문에 촬영의 의도가 가해질 수밖

---

65) 루이스 자네티, 박민준·전기행 옮김, 『영화의 이해』, K-books, 2012, 9~10쪽 참조.
66) 위의 책, 9쪽 참조.

에 없다. 이와 반대로 원거리 쇼트는 풍경 이미지를 생산해내며, 바라보는 대상과 거리가 멀어 최대한 주관성이 배제되고 있는 그대로의 이미지를 담아낸다. 이 두 촬영기법에 따른 영상은 특질이 서로 상반되기 때문에 같은 대상을 촬영하더라도 다른 효과를 얻어낼 수 있다.

쇼트의 편집 방법은 '몽타주'라 일컫는다. 몽타주는 위에서 설명한 '쇼트'들을 조합시켜 새로운 효과를 창출해내는 기법이다. 거리에 따른 쇼트의 촬영기법은 고전부터 현대까지 이어져오는 기본적인 기법이지만, 몽타주는 어떻게 조합하느냐에 따라 새롭게 그 방법이 개발될 수 있다는 점에서 다른 촬영 기법보다 좀 더 논의해 볼 필요가 있다.

몽타주는 파편적 시공간의 조합을 통해 전체에 의해 한정되거나 전체의 바깥을 향해 나아간다. 이때 전체란 작품을 이루는 세계나 의미를 일컫는다. "에이젠슈테인은 편집이 영화의 전체이며 이념Idée이라는 것을 끊임없이 상기시킨다."[67] 편집은 나중에 이루어지는 것이 아니라 이미 전체와 이념이 정해지고 난 후 이루어지기 때문이다. 이와 같은 방식에서 쇼트들은 충돌과 갈등, 작용과 반작용으로 이루어지는 어떠한 상황 속에서도 유기적인 통일체를 이룬다. 그러므로 전체나 이념에 대해 모든 쇼트들이 수렴적으로 종속되어 있다. 그러나 전체의 구속 외에 전체의 바깥을 향해 나아가는 무리수적 단절들로 이루어진 편집이 있다. 무리수적 단절이란 정확히 의미 단위로 구분되지 않아 음악처럼 흘러가는 형식을 일컫는다. 이때에 쇼트들은 전체에 구속되지 않으며 전체의 바깥을 사유하는 형태로 편집된다. 따라서 쇼트들은 중심이탈적이며 이미지들을 사유하도록 유도한다. 전체에 구속받는 몽타주를 '고전적 몽타주'로 분류한다면 전체에 구속

---

67) 질 들뢰즈, 유진상 옮김, 『운동-이미지』 시각과언어, 2002, 62쪽.

받지 않는 몽타주를 '현대적 몽타주'로 분류한다.[68] 본문에서 다시 보충하겠지만 이 책에서는 고전적 몽타주에서는 에이젠슈테인의 몽타주를, 현대적 몽타주에서는 들뢰즈가 언급한 시간-이미지의 원리를 바탕으로 한 '현대적 몽타주'를 대입하여 시세계를 탐색해볼 것이다.

이 책에서 시를 영화기법의 영상을 통해 탐색하려는 이유는 영화는 시공간 덩어리인 쇼트를 통해 세계가 분열·확장되는 예술장르이므로 어떠한 예술 장르보다 시공간의 양상을 용이하게 파악할 수 있기 때문이다. 시간과 공간 단위인 쇼트들이 어떻게 촬영되며 편집되느냐에 따라 영화의 의도는 확연히 달라진다. 시도 이와 마찬가지다. 시는 언어를 통해 이미지를 구축하고 이미지는 시의 세계를 형성하며, 이러한 세계는 시간과 공간으로 이루어지기 마련이다. 영화와 시를 비교해본다면 표현 기호의 차이가 있을 뿐 세계의 시공간성에서 두 장르는 만나게 된다. 언어는 단어로 이루어져 있어 이미지를 구사하는 데 있어 불가피하게 단절이 일어나기 마련이다. 그러나 단어와 단어, 더 나아가 구와 구, 문장과 문장 사이의 시공간을 상상하며 시를 독해해야지 언어의 단절을 사진처럼 분절된 형태로 수용해서는 안 될 것이다. 이에 반해 "영화는 사진소들photogrammes, 즉 초당 24개의 이미지들(초창기에는 18개의 이미지들)이라고 하는 부동적 단면들로 이루어"[69]지고 이러한 부동적 단면들이 빠르게 돌아가면서 평균적 이미지로서의 운동성을 획득하게 된다. 이때 시공간은 단절되지 않고 지속적인 형태로 흘러가며, 따라서 어떠한 장르보다 영화의 영상은 역동적으로 시공간의 흐름을 나타낼 수 있다. 이 책에서 시를 영화기법의 영상을 통해 파악하는 이유는

---

(68) 고전적 몽타주와 현대적 몽타주의 분류는 이지영, 「몽타주 개념의 현대적 확장-들뢰즈의 논의를 중심으로-」(『시대와 철학』제22권, 한국철학사상연구회, 2011)를 참고하였다.

(69) 질 들뢰즈, 앞의 책, 11쪽.

여기에 있다. 영화기법을 통한 영상은 시에 나타난 시공간의 역동성과 지속성을 분석하기 위한 효과적인 방법이며 있는 그대로의 현상을 담아내므로 언어가 포착하지 못하는 '실재'를 현현할 수 있다.

연구의 모형으로 삼는 김기택, 오규원, 이성복의 시는 1980년대 이후로 시 창작에 있어서 각자의 개성을 획득할 뿐만 아니라 한국 현대시의 지평을 확장시켰다. 김기택은 작은 대상을 세밀하게 묘사했으며, 오규원은 있는 그대로의 현상을 옮겨 적는 극리얼리즘적인 시작(詩作)을 이루어냈고, 이성복은 자아와 시공간의 해체로 이루어진 실험을 시도했다.

김기택 시인은 1991년에 첫 시집 『태아의 잠』을 출간한 이후 현재까지 유사한 시 창작 방법을 통해 꾸준히 작품 활동을 하고 있다. 이성복 시인도 1980년에 『뒹구는 돌은 언제 잠 깨는가』를 출간으로 본격적인 시작활동을 시작한 이후 다양한 시공간의 조합을 통해 시를 조직하는 경향을 유지한다. 그러므로 이 두 시인은 현재까지 상재된 전편을 통해 이미지의 특징을 살펴보도록 한다. 오규원 시인은 1971년에 첫 시집인 『분명한 사건』을 출간했으나 이 책에서는 그의 후기 시인 '날이미지 시'에 국한하여 작품을 검토할 것이므로 1995년에 나온 『길, 골목, 호텔, 그리고 강물소리』 이후에 상재된 시집들을 살펴보기로 한다. 1991년에 나온 『사랑의 감옥』은 날이미지 시의 시작점이라고 보기엔 소수의 시를 제외하고 날이미지의 특성이 명확히 드러나지 않으므로 생략하기로 한다.

김기택, 오규원, 이성복의 시가 모더니티를 구축할 수 있었던 공통점을 '영화기법의 영상'과 연계되어 있음으로 살펴보기 위해 Ⅱ장에서는 이 세 시인의 시세계와 영화기법의 영상과의 유사성을 살펴보는 것에 주안점을 둘 것이다. 그러기 위하여 각 시인의 작품 속 이미지 구성과 유사한 영화기법의 영상적 특질을 찾아내고 '수사적 원리'로 재해석함으로써 시와 영화 간의 친연성을 확인할 것이다. 선행 연구에서 살펴본 바와 같이 영화기법과 수사학과의 연관성에 대한 논의는 꾸준히 진행되어 왔다. 기존의 논의와 이 책의 차이점은 시에 적용되는 영화기법의 영상을 수사적 원리를 통해 재고해봄으로써 이미지의 구성 과정을 분석적으로 이해하고 위에서 밝힌 세 시인의 시세계를 체계적으로 탐색하는 것에 있다. II장은 김기택, 오규원, 이성복 시가 영화기법과 관련 있음을 증명하는 단원으로, III장과 IV장의 전제가 된다.

III장에서는 본격적으로 각 시인의 작품에 적용된 영화기법의 영상을 통해 공간의 양상과 의의를 주시해보도록 한다. 근거리 쇼트는 좁은 공간을 전체로 확대하며, 원거리 쇼트는 넓은 공간을 있는 그대로 보여주고, 몽타주는 여러 공간을 이어 붙인다. 촬영 기법과 편집 방법에 따라 공간은 다양한 양상을 드러내며, 영화기법의 특징을 통해 시의 공간이 지닌 특유성을 발견해내는 것이 일차적 목표다.

시의 공간 유형을 파악한 후 그러한 유형이 시에서 왜 나타날 수밖에 없었는지 설명하기 위해 이 책에서는 '실재'의 개념을 적용한다. 이 책에서 지시하는 실재는 라캉이 상징적 기호로 기록되기 이전이나 그 이후의 잔여물이다. 즉 상징적 기록으로 포획되지 않는 것을 의미한다. 이 책에서 응용하는 실재의 유형으로는 '대상 a', '날이미지 자체로서의 실재적 이미지', '트라우마'가 있으며 이는 공간의 유형이 시인의 시세계를 형성함에 있어서 어떠한 역할을 하는지 고찰하는 데 유용하다. "현대의 시인들에게 근원적인 것에 대한 추구는 자신의 실재에 도달하는 일과 분리되지 않"[70]는다. 현시되어 명징된 것 너머에 대한 추구는 시인도 알지 못하는 미지의 세계이자 모든 창작자들의 욕망의 근원지다. 공간의 유형을 통해 실재를 파악해낸다는 것은 그러므로 시세계의 본적을 찾아나서는 일이며 시의 이미지가 역동적으로 흘러가는 원천적 에너지를 탐구하는 일이다.

Ⅳ에서는 각 시인들이 시에 적용된 영화기법의 영상을 통해 시간의 유형을 파악해 볼 것이다. 시에서 시간을 살펴볼 때 통사구조를 살펴보자면 '시제어미'에 의존할 수밖에 없다. 그러나 시제어미가 동일하게 진행되어 선행적 시간이 흘러가는 것으로 보임에도 불구하고 이미지가 과거와 현재가 혼융되거나 동시적인 현상인 경우가 있다. 시는 기존의 시간 방식을 따라 조직되는 것이 아니라 이미지를 통해 새로운 시간을 창조한다. 그러므로 과거·현재·미래의 개념을 초월할 수도 있으며 현실에서 초월적인 시간으로 이동할 수도 있다. 시의 특별한 시간을 관찰하기 위해서는 이미지의 흐름을 살펴보는 것이 중요하다. 따라서 이 책에서는 영화기법의 영상을 통해 이미지의 흐름을 추적하여 시간이 표현되는 양상을 알아볼 것이다.

이 책은 1980년대 이후 각자의 개성적 시창작 방안을 마련한 김기택, 오규원, 이성복의 시의 이미지 양상을 영화기법의 영상으로 해석될 수 있음을 밝힌 후, 영상을 통해 시공간의 양상을 검토해봄으로써 언어의 한계인 '실재'나 시제어미로 관찰할 수 없는 시적시간을 탐구해보고자 함에 있다. 이는 세 시인의 시창작 방법과 관련된 시공간의 심층적인 이해를 가능케 하기 때문에 그들의 모더니티를 새롭게 규명하는 방법이 될 것이다.

---

70) 이혜원, 『지상의 천사』, 천년의 시작, 2015, 17쪽.

Ⅱ. 영상적 표현의
수사적 원리

이 장에서는 김기택, 오규원, 이성복의 시와 관련된 영화기법의 영상을 발견하고, 그것으로 시를 살펴보았을 때 드러나는 특징을 수사적 원리를 통해 재검토해볼 것이다. 그리스 사상가 중 수사학자 이소크라테스에게 수사학은 "이른바 '일반교양'이었으며, 그가 이름붙인 대로 '철학'이었다." [01] 수사학은 이천 년도 넘게 지속되어 온 학문으로서 미학적인 차원을 넘어 사유의 깊이를 드러낸다. 영화기법과 유사한 시의 이미지를 수사학으로 재고해보는 작업은 수사학에 내재된 철학을 통해 시의 영상적 표현을 심층적으로 이해하기 위함이다.

시의 영상적 표현을 살펴보기 위해 적용하는 영화기법으로는 우선 쇼트의 촬영 기법에서 클로즈업, 익스트림 클로즈업을 포함하는 '근거리 쇼트'와 풀 쇼트, 롱 쇼트, 익스트림 롱 쇼트를 포함하는 '원거리 쇼트'가 있으며, 쇼트의 편집 방법으로는 '몽타주'가 있다. 이는 각각 순차적으로 제유, 환유, 은유와 상응한다. 쇼트의 촬영 방법과 편집 방법은 영

---

01) 올리비에 르블, 박인철 옮김, 『수사학』, 한길사, 25쪽.

화가 이미지를 제작하고 완성하는 데 있어 시공간을 '선택'하고 '연결'하는 핵심 작업이며, 그에 상응하는 수사법인 제유, 환유, 은유는 시의 이미지를 조직하는 비유의 핵심 방법에 해당한다. 그러므로 영화기법과 수사법은 근본적으로 '이미지의 전개과정'에 관여할 수밖에 없다.

이 장에서는 김기택, 오규원, 이성복 시인의 시가 영화기법의 영상과 관련 있음을 논의하고 그것을 통해 바라보았을 때 드러나는 시의 특징을 밝힐 것이다. 그 후 시의 영상적 표현을 수사적 원리로 재해석해봄으로써 이미지 양상의 의의에 대해 고찰해 볼 예정이다. 이러한 작업은 앞으로 Ⅲ, Ⅳ장에서 이루어질 논의의 전제로서 각각의 시인의 시에 해당하는 영화기법의 영상을 밝히고, 문학의 수사학과 영화기법을 통한 영상과의 친연성을 살펴보기 위한 것이다.

1. 김기택 시와 근거리 쇼트의 효과

1.1. 감정 유도와 명료한 이미지

김기택 시는 "최근 우리 시단에서 거의 독자적이라고 불러도 좋을 상상력에 의지"[02]하여 개성적인 시세계를 구축한다. 그의 상상력은

---

02) 손은진, 「비움 그 虛寂의 공간」, 『현대시학』, 1994. 12, 203쪽.

대상을 바라보는 직관에 기인하며, 그가 바라보는 대상은 "틈"[03]과 같이 내밀하고 좁은 공간성에서 비롯된다. 그의 시에서 '세밀하고 면밀한 관찰력'은 필요조건일 수밖에 없다. 미세한 공간을 투시하듯 바라보는 그의 시창작 방법은 "정교하고 냉정한 관찰력과 묘파력"[04]이나 "마치 실험실의 과학자처럼 정밀한 시각으로 시적 대상의 내밀한 실체를 미세하게 분석하고 조망"[05]하는 것으로 평가되기도 한다.

그러나 '정교하고 냉철한 관찰력'만으로 김기택 시의 이미지를 연구하기에는 미진한 부분을 피할 수 없다. 그의 시는 대상에 대한 감정을 전달하는 면모도 있기 때문이다. 이에 영화기법 중 '근거리 쇼트'의 영상은 김기택 시의 '객관적인 관찰을 바탕으로 한 감정 유도'의 특징을 갖고 있으며, 이는 김기택 시의 영상적 표현의 원리를 알아내는 데 도움이 된다.

이 책에서 일컫는 '근거리 쇼트'란 대상과 근거리에서 촬영하는 쇼트를 의미한다. "공간과 시간의 덩어리들을 우리는 영화의 쇼트라고 부른다."[06] 쇼트를 촬영기법으로 바꾸어 말하자면 카메라를 켜고 끄는 사이의 시공간을 의미한다. 즉, 근거리 쇼트는 대상과 거리가 가까운 상태에서 카메라를 중간에 끄지 않고 촬영한 영상이다. 클로즈업, 익스트림 클로즈업이 이에 해당하는데, 우선 클로즈업은 "배경을 보여줄 경우에도 극히 일부를 보여주고, 비교적 작은 대상-이를테면 사람의 얼굴-을 집중적으로 보여준다. 클로즈업은 대상의 크기를 확대

---

03) "사물의 틈, 몸 속의 틈, 시간의 틈, 소리의 틈 등, 김기택이 사유하는 세계는 틈의 세계이다." (권채린, 「틈의 詩學 - 김기택론」, 『고황논집』제31집, 경희대학교대학원, 2002.12, 2쪽.)

04) 홍용희, 「비린내와 신생의 주술력」, 『창작과비평』, 1999 가을, 383쪽.

05) 위의 논고, 같은 쪽.

06) 임마누엘 시에티, 심은진 옮김, 『쇼트』, 이화여자대학교출판부, 2010, 16쪽.

하기 때문에, 일의 중요성을 부각시키거나 종종 상징적인 의미를 암시하기도 한다. 익스트림 클로즈업은 이 쇼트의 한 변형이다. 따라서 익스트림 클로즈업은 전체 얼굴 대신에 사람의 눈이나 입만 보여줄 때도 있다."[07] 근거리 쇼트는 대상과 시선의 주체의 거리가 좁기 때문에 대상의 내면을 투사하여 '심리 묘사'가 가능하며, 좁은 공간을 전체로 확대하는 과정에서 '명료한 이미지'의 특성을 드러낸다. 이와 같은 카메라의 눈은 김기택 시의 정교하고 냉정한 묘사와 대상이 갖는 감정을 동시에 풀이할 수 있는 단서를 제공한다.

이 책에서는 김기택의 세밀한 시적 이미지가 클로즈업 영상과 유사함을 밝히고, 클로즈업 영상으로 보았을 때의 특성을 '감정 유도'와 '명료한 이미지'로 파악했다. 그렇다면 감정 유도와 명료한 이미지가 어떻게 시 안에서 발현되는지 살펴보기로 한다.

구멍의 어둠 속에 정적의 숨죽임 뒤에
불안은 두근거리고 있다
사람이나 고양이의 잠을 깨울
가볍고 요란한 소리들은 깡통 속에
양동이 속에 대야 속에 항상 숨어 있다
어둠은 편안하고 안전하지만 굶주림이 있는 곳
몽둥이와 덫이 있는 대낮을 지나
번득이는 눈과 의심 많은 귀를 지나
주린 위장을 끌어당기는 냄새를 향하여
걸음은 공기를 밟듯 나아간다

---

07) 루이스 자네티, 박민준·전기행 옮김, 『영화의 이해』 k-books, 2012, 10~11쪽.

꾸역꾸역 굶주림 속으로 들어오는 비누 조각
비닐 봉지 향기로운 쥐약이 붙어 있는 밥알들
거품을 물고 떨며 죽을 때까지 그칠 줄 모르는
아아 황홀하고 불안한 식욕

「쥐」 전문

위 시에서 주시하고 있는 대상은 제목에서 밝힌 바와 같이 "쥐"다. 쥐는 비교적 작은 동물로서 그것이 행태나 특징을 묘사하기 위해서는 대상과 거리가 가까워야 한다. "거리란 두 점 사이의 간격과 긴장을 뜻한다."[08] 거리가 가까울수록 대상과 시선의 주체와의 긴장도는 높아질 수밖에 없다. 대상과 시선의 주체와의 거리가 멀다면 대상과의 관계가 치밀하지 못하기 때문이다. 위 시는 쥐의 움직임을 좇아가며 크게 여섯 개의 행동 묘사로 구성된다.

① 구멍 속에서 **불안**에 떠는 쥐
② 깡통, 양동이, 대야 속의 쥐
③ 몽둥이와 덫을 지나가는 쥐
④ 사람들(눈과 의심 많은 귀)을 지나가는 쥐
⑤ 비누 조각과 쥐약 묻은 밥알들을 먹는 쥐
⑥ 거품을 물고 떨며 불안한 식욕을 놓지 못하는 쥐

위 시는 쥐를 따라 좇아다니며 행동과 특징을 묘사해내고 있다. 여기서 ①과 ⑦이 '불안'이라는 감정의 수미상관적 형태를 갖추고 있으

---

08) 엠마뉴엘 시에티, 앞의 책, 45쪽.

며, ②부터 ⑥까지는 '불안'이라는 감정을 형상화하기 위한 과정으로 보인다. 그렇다면 작은 대상에 대한 치밀한 묘사가 어떻게 '불안'이라는 감정을 유도할 수 있었는지에 대한 의문이 생긴다.

위 시는 "쥐"를 좁은 거리에서 시간의 경과에 따라 연속적으로 관찰하므로 영화기법에서 얼굴 크기 정도를 촬영하는 '클로즈업 쇼트'의 영상과 유사하며, 이것의 특징인 '감정 유도'는 이 시와 밀접한 관련이 있다. "관객이 인물과 가까우면 가까울수록 관객은 그 인물과 친밀하다는 느낌을 더 갖게 되고, 따라서 관객의 심정적인 유대도 더 커진다."[09] 그 예로 찰리 채플린은 바나나 껍질로 인해 넘어지는 장면을 멀리서 보여주었다. 그 사람을 가까이 보여주면 넘어지는 사람의 심정과 동화되어 웃을 수 없기 때문이다. 거리가 멀수록 그 사람과의 감정을 공유할 수 없기 때문에 관객은 웃음을 터뜨린다. 즉 클로즈업은 대상의 심리를 관객에게 내면화시킨다. 이러한 내면적 동화는 위 시에서 처음에 제시한 '불안'이 시의 말미에 와서 설득력을 갖게 되는 원리와 유사하다. 단순히 섬세한 관찰력만으로는 해결되지 않는 '감정'에 대한 설득력은 클로즈업 쇼트의 메커니즘을 통해 그 원인에 다가설 수 있다.

> 먹을 것이 아니라는 걸 알아채자 즉시
> 개는 초점에서 내 얼굴을 지우고
> 내 몸 뒤 끝없이 먼 곳을
> 철망과 담 산과 구름과 하늘
> 먹을것이 아닌 모든 것들을 뚫고
> 아득하고 깊은 곳을 바라보았다

---

09) 루이스 자네티, 앞의 책, 81쪽.

세상은 너무나도 고요하고 깨끗하다

고막이 제거된 개의 눈 속에서

먹은 것은 남김없이 영양분이 된

영양분은 남김없이 살이 된

살은 다시 무언가 먹을 수 있다는 희망이 된

개의눈 속에서

生老病死를 넘어 어디에선가

먹을것을 찾아낼 수 있을 것 같은

개의 눈 속에서

「개」 전문

개의 눈을 자세히 관찰하는 위 시의 이미지는 이목구비의 한 부분을 확대하여 보여주는 익스트림 클로즈업의 영상과 유사하다. 1행부터 7행까지는 개의 눈이 확대될 때의 객관적인 묘사가 이루어진다. 개의 눈 속에 보이는 세계는 "철망과 담 산과 구름과 하늘"을 넘어 "아득하고 깊은 곳"이다. 눈이 확대된 채 시간이 흘러갈수록 개의 눈은 객관적인 풍경을 넘어 어느 순간 "먹을것을 찾아낼 수 있을 것 같은" 희망, 즉 생로병사를 넘어 선 순진무구한 심정을 드러낸다. 이는 평범한 대상 속에 숨겨져 있던 세계를 확대할 수 있는 거리에서 대상의 정서에 공감할 수 있는 설득력을 마련한다.

이처럼 김기택 시에서 관찰되는 근거리 쇼트의 영상적 표현은 평범한 대상에서 심층부에 숨겨진 정서를 끌어올리며, 주체의 시선이 대상과 가까이 위치하기 때문에 그것에 쉽게 동화되게 한다.

다음은 명료한 이미지가 '의미'를 유도하는 과정을 살펴보도록 한다.

옆구리에서 아까부터

무언가 꼼지락거리고 있었다.

내려다보니 작은 할머니였다.

만원 전동차에서 내리려고

혼자 헛되이 허우적거리고 있었다.

승객들은 빈틈없이 할머니를 에워싸고

높고 툭툭한 벽이 되어 있었다.

할머니가 아무리 중얼거리며 떠밀어도

벽은 꿈쩍도 하지 않았다.

할머니는 있는 힘을 다하였으나

태아의 발가락처럼 꿈틀거릴 뿐이었다.

전동차가 멈추고 문이 열리고 닫혔지만

벽은 조금도 흔들림이 없었다.

할머니가 필사적으로 꿈틀거리는 동안

꿈틀거릴수록 점점 작아지는 동안

승객들은 빈틈을 더 세게 조이며

더욱 견고한 벽이 되고 있었다.

「벽」전문

위 시는 "할머니"라는 전신에서 "옆구리"에서 "무언가 꼼지락거리고 있"는 부분적 행위로 점차 작아지는 공간을 섬세하게 묘사한다. 그녀는 사방에 둘러싸인 사람들 때문에 전면으로 드러나지 못하고 "태아의 발가락처럼", "점점 작아지"며 꿈틀거린다. 그녀의 행위가 점점 작아질수록 반대로 점점 커지는 대상들은 "벽"과 같은 "승객들"이다. 섬세한 관찰력은 할머니와 승객들 간의 대립 구도를 형성한다.

대립구도를 정리하면 아래와 같다.

대립구도	양상
할머니	"무언가 **꼼지락**거리고 있었다."(2행) "혼자 헛되이 **허우적거리고** 있었다."(5행) "아무리 중얼거리며 **떠밀어도**"(8행) "태아의 발가락처럼 **꿈틀거릴 뿐**이었다."(11행) "**필사적으로 꿈틀거리는** 동안"(14행)
승객들	"승객들은 빈틈없이 할머니를 **에워싸고** / 높고 튼튼한 벽이 되어 있었다"(6~7행) "벽은 **꿈쩍도 하지 않았다.**"(9행) "벽은 조금도 흔들림이 없었다."(13행) "승객들은 빈틈을 더 세게 조이며/**더욱 견고한 벽**이 되고 있었다."(16~17행)

　　시간이 흐를수록 할머니와 승객들의 대립구도는 강도가 배가된다. 할머니는 초반에 "꼼지락"거리는 행위로 묘사되다가 말미에서는 "필사적으로 꿈틀"거린다. 이와 상대적으로 승객들은 처음에는 "에워싸고"있다가 점점 "빈틈을 더 세게 조이며/더욱 견고한 벽"이 되어간다. 시간이 흘러갈수록 대립구도가 명징해지는 위 시의 특징은 '클로즈업' 영상의 효과와 유사하다.

　　"현실적으로 우리가 촬영하는 카메라 바로 곁에 서 있다 하더라도 클로즈업으로 보여 주는 현미경적인 디테일을 통해 보이는 사물의 표면을 결코 볼 수 없다. 클로즈업 부분을 따로 떼어 보여 주는 것은 회화에서의 구도와 비슷한 것이다. 그림에 무엇이 포함되는가 혹은 제외되는가는 나름대로 의미가 있으며, 이 의미는 카메라에 의해서만 부여되며, 화면에 투사된 영상에 의해서만 우리에게 전달된다."[10] 이때 대상을 보여주는 것은 객관적이지만, '포함과 제외'의 작업은 필수불가결하게 '주관성'이 작동한다. 주관성은 '대상'을 선택한 이유에서 비롯되며, 그러므로 클로즈업 영상에 포착된 대상에는 시선의 의도가 내재된다. 클로즈업 에 포함된 작은 공간의 확대는 이미지가 명료해질 수밖에 없으며, 그것은 주체의 주관적 의도를 극대화한다. 객관적이면서 주관적인 시선은 명료한 이미지의 정확한 묘사와 거리에 따른 공간 선택 범위의 주관성으로 풀이해볼 수 있다. 즉 명료한 이미지는 사실적으로 표현되면서도 주관적인 의도를 내포한다. 이러한 클로즈업 영상의 특징은 위 시에서도 적용된다.

"할머니"의 모습에서 "옆구리"에서 "꼼지락"거리는 좁은 공간을 면밀히 바라보는 과정은 풀 쇼트에서 줌 인되어 점차 클로즈업으로 들어가는 이미지와 유사하다. 결과적으로 위 시는 '할머니의 행위'에 집중하고 있다. 승객들은 할머니의 행위를 통해 외각으로 밀려나 "벽"이 된다. 승객들이 "벽"이 될 수 있는 건 오직 할머니의 행위를 중심으로 시선이 집중해있기 때문이다. 이때 외화면으로 밀려난 이미지나 내화면의 프레임에서 외각이 있는 부분은 자연스레 의미 밖으로 탈락된다. 클로즈업은 선택된 공간의 의미를 증폭시키는데 이때 자연스레 외화면이나 프레임 외각의 화면은 선택된 공간의 정황을 잘 드러내기 위한 전제가 된다. 즉 위 시에서 "옆구리"에서나 관찰되는 "작은 할머니"의 "필사적인 꿈틀거"림은 확대되어 명료해지고 나머지 외각으로 밀려난 사람들의 신체는 오직 할머니의 행태를 위해서 존재하는 배경적 이미지가 되는 것이다. 영화에서 배경이 밤일 때 밝은 간

---

10) 벨라 발라즈, 이형식 옮김, 『영화이 이론』, 동문선, 2003, 51쪽.

판을 클로즈업하거나 시끄럽고 바쁜 도시 풍경 가운데 무표정의 얼굴을 클로즈업할 때 그 대상의 특징이 명징하게 잘 드러나듯이, 클로즈업에서 집중하는 공간은 자연스레 그렇지 않은 공간과 의미맺음에 있어서 거리를 두고 작동한다. 즉 클로즈업에 있어서 외화면이나 프레임의 외각은 클로즈업한 대상을 전경화시키기 위한 기반이 되며, 선택된 대상과 그렇지 않은 배경과의 관계에 있어 대립 구도도 그것에 대한 하나의 유형으로서 가능하다. 이처럼 승객들은 클로즈업 된 할머니의 행위가 있기 때문에 "벽"이라는 의미가 부여되며, 승객들을 통해 할머니의 행위는 더욱 두드러진다.

이러한 관계는 시간을 통해 점점 강도가 심화된다. 클로즈업 쇼트의 영상이 시간의 흐름을 전제로 대상을 확대하는 카메라 기법인 것을 생각해본다면, 공간의 배제에 의한 대립 구도가 시간에 따라 점점 심화되는 과정을 이해할 수 있다. 즉 위 시에서의 명료한 이미지는 근거리에서 가능한 묘사이며, 이미지가 명료해질수록 사실적 묘사가 가능하지만 '공간의 배제와 포함'에 의해 주관적 의미가 강조된다.

> 꼿꼿하게 걷는 수많은 사람들 사이에서
> 그는 춤추는 사람처럼 보였다.
> 한걸음 옮길 때마다
> 그는 앉았다 일어서듯 다리를 구부렸고
> 그때마다 윗몸은 반쯤 쓰러졌다 일어났다.
> 그 요란하고 기이한 걸음을
> 지하철 역사가 적막해지도록 조용하게 걸었다.
> 어깨에 매달린 가방도
> 함께 소리 죽여 힘차게 흔들렸다.

못 걷는 다리 하나를 위하여
온몸이 다리가 되어 흔들어주고 있었다.
사람들은 모두 기둥이 되어 우람하게 서 있는데
그 빽빽한 기둥 사이를
그만 홀로 팔랑팔랑 지나가고 있었다.

「다리 저는 사람」 전문

위 시는 전신을 보여주는 풀 쇼트에서 줌 인을 이용하여 저는 다리
만 보여주는 클로즈업 쇼트와 이미지가 유사하다가, 다시 줌 아웃하
여 풀 쇼트로 이동하는 과정이 반복되는 시다. 그러나 시의 효과는 대
중 속에서 다리를 저는 모습인 풀 쇼트보다 "못 걷는 다리 하나"를 중
심으로 클로즈업 될 때 발현된다. 저는 다리의 흔들리는 부분만 확대
되어 이미지가 명료해질 때 그것의 활력이 부각되어 "춤"으로 읽어낼
수 있기 때문이다. 즉 기우뚱거리는 신체나 가방의 흔들림, 불균형한
다리의 움직임만을 확대하여 "춤"이라는 주관적 의미로 이끌어내는
것이다. 전체적 조망을 통해 다리 저는 사람의 사실적 면모를 관찰하
는 것과는 달리 '흔들리는 움직임'만 명료한 이미지로 조망될 때 시적
의미가 발현되며, 이것은 시의 발견으로 이어질 수 있다.

아삭아삭 빛이 부서지는 소리
송충이가 솔잎을 갉아먹는다
나뭇가지인 줄 알고 송진이
송충이 혈관을 지나간다
부서진 빛이 송충이 내장 속에서
퍼진다 꿈틀거리며 간다

솔잎인 줄 알고 송충이 털 속으로

수액이 송충이 털 속으로 들어간다

선인장 가시처럼 뿌리내린

푸른 빛 속에 뿌리내린 송충이 털

내장인 줄도 모르고 섬유질 속으로

꽃인 줄 알고 털 끝으로 희고 가는 선 끝으로

「송충이」전문

위 시는 "송충이"의 모습을 최대한 확대하여 면밀히 관찰한 결과다. 송충이가 솔잎을 먹는 소리, 솔잎이 송충이 몸속의 "혈관을 지나"가는 모습, 수액이 "송충이 털 속으로 들어"가는 과정까지 묘사해낸 위 시는 이미지가 각별하게 명료하다.

이러한 명료한 이미지는 근거리 쇼트의 영상을 통해 재해석할 수 있다. "송충이"는 이목구비와 같이 작은 크기에 해당하므로 위 시는 '익스트림 클로즈업 쇼트'와 유사하다. "영화 카메라에 의해 발견된 새로운 세계는 가까운 거리에서만 보일 수 있는 작은 사물의 세계, 작은 것들의 숨겨진 삶이었다. 이것을 통해 카메라는 지금까지 알려지지 않은 대상과 사건을 우리에게 보여 주었다. 풀잎에 앉은 딱정벌레의 모험, 양계장 구석에서 일어나는 하루살이 병아리의 비극"[11] 등은 "우리가 이미 너무나 잘 알고 있다고 생각한 삶의 숨겨진 원동력"[12]을 드러내준다. 이렇게 일반적인 대상을 특수한 의미로 승화시키는 근거리 쇼트의 특징은 "우리 삶의 시야를 확장했을 뿐 아니라 심화시켰

---

11) 벨라 발라즈, 앞의 책, 61쪽.

12) 위의 책, 같은 쪽.

다."[13] 대상의 표면을 확대함으로써 깊이의 장이 열리는 것이다. 위 시에서도 "송충이"의 모습을 확대하여 심도 있게 내부를 들여다봄으로써 단순한 벌레 이상의 '순수한 식욕과 생명력'이라는 본연적 성질을 드러낸다. 이러한 점이 드러나는 발견의 순간 김기택 시는 호소력이 상승한다. "클로즈업 쇼트는 새로운 것을 보여주는 것에만 한정되지 않는다. 그것은 새로운 것의 의미를 드러낸다."[14]

대상을 확대하여 '깊이를 들여다 볼 수 있는 시야의 확장'을 제공하는 명시적 이미지는 대상의 본연적 성질을 드러낼 뿐만 아니라 감성적인 면에서 색다른 효과를 지닌다. 즉 이는 평범한 대상에서 새로운 발견을 해내고 '낯설고 충격적인' 감성을 자극해내는 것이다. 이러한 특징은 클로즈업 영상이 "낯섦으로 인해 강렬한 이미지를 남기게"[15] 되는 이치와 유사하다.

근거리 쇼트는 대상을 확대하여 바라보는 촬영기법이며, 김기택 시에서 이와 같은 영상의 특질이 두드러진다. 김기택 시의 이미지가 밝혀내는 감정이 독자에게 설득력을 얻을 수 있는 이유는 근거리 쇼트와 마찬가지로 감정 유도 및 그것의 내면화에 있다. 명료한 이미지는 전체에서 부분이 분리되어 확대될 때 나타나는 현상으로, 부분을 선택하는 과정에서 의미의 주관성이 작동되기 때문에 이러한 지점에서 낯설고 새로운 시적 의미가 발현된다.

---

13) 위의 책, 62쪽.

14) 엠마뉴엘 시에티, 앞의 책, 97쪽.

15) 손보욱, 앞의 논고, 162쪽.

1.2. 근거리 쇼트의 제유적 원리

영화기법은 문학의 수사학과 연관이 깊다. 이는 신생 예술 장르인 영화가 발전하기 위해 문학의 기술을 차용한 점과, 결국 영화와 문학이 이미지에서 만난다는 점에 기인한다. 이미지를 조직하는 수사학은 두 장르의 공통된 원리로 작용할 수밖에 없다. 이에 따라 이 책에서는 앞에서 고찰한 근거리 쇼트의 영상이미지를 제유적 원리로 재해석함으로써 시 속에 나타난 영상적 표현의 의의를 재고해보기로 한다.

제유는 기본적으로 범주화 사고에 기인하며, 상위 범주와 하위 범주의 관계는 제유적 통로로 볼 수 있다. 제유의 '부분과 전체'를 환유의 인접 관계와 유사한 양태로 파악하고 제유를 환유에 포함시키는 경우도 있으나, 이 책에서는 제유와 환유는 서로 개별적이며 독자적인 영역이 있는 것으로 판단하도록 한다.[16] "궁극적으로 제유는 범주 개념을 바탕으로 한다는 점에서 환유와 차이가"[17]나기 때문이다.

제유에서 하위범주와 상위범주는 동일한 원리에 의해 작동된다. 이러한 사고는 '유기적 전체성'에 기인한다.[18] 이 책에서는 구조적으

---

16) 환유와 은유를 같은 원리로 보고 수사법을 '은유와 환유'로 2분법적 범주를 정한 야콥슨도 그가 죽을 때 "환유와 제유가 유사성에 기초하고 있는 은유적 관계와는 함께 대립되면서 인접성의 문채들로서 의심할 여지없는 공통성을 지니고 있기는 하지만 부분에서 전체로 또는 전체에서 부분으로 작동하는 제유는 환유적 근접성과는 명백하게 구분된다."(박성창, 「수사학의 뜨거운 감자, 제유와 환유」, 『한국프랑스학논집』36집, 한국프랑스학회, 2001, 211쪽)라고 밝힌다.

17) 박현수, 「제유」, 『詩論』, 황금알, 2008, 132쪽.

18) "'배' 대신 '돛'을 사용하는 것('50개의 돛')은 제유의 하나로 인정하면서, '마차' 대신 '말'을 사용하는 것은 왜 문제가 될까. 수사학의 전문가로서 퐁타니에가 '돛'과 달리 '말'을 전체와 부분의 관계로 인정하지 않은 것은 나름대로 일관된 기준에 의한 것이다. 즉 마차가 무기물로 된 마차 부분과 유기물인 말이 결합된 형태이기 때문이다. 제유가 유기적 전체성을

로 볼 때 '유기적 통일성'을 이루어 '범주적 전이'가 가능할 때 제유의
원리를 적용할 것이다. 수사학은 단순히 언어를 꾸미고 다듬는 학문
이 아닌 인식의 구조를 반영한다. 따라서 영화기법 중 '근거리 쇼트'의
영상이 제유적 인식과 얼마나 밀접한 메커니즘을 갖고 상통하는지
고찰해보겠다.

> 그는 언제나 그 책상 그 의자에 붙어 있다.
> 등을 잔뜩 구부리고 얼굴을 책상에 박고 있다.
> 책상 위엔 서류들이 어지럽게 널려 있다.
> 두 손은 헤엄치듯 서류 사이를 돌아다닌다.
> 하루종일 쓰고 정리하고 계산기를 두드린다.
> 전화벨이 울릴 때마다 거북등 같은 옆구리에서
> 천천히 손 하나가 나와 수화기를 잡는다.
> 이어 억양과 액센트를 죽인 목소리가 나온다.
> 수화기를 놓은 손이 다시 거북등 속으로 들어간다.
>
> 「화석」부분

> 길을 걷다가 구두를 보았다
> 찌그러져 형체를 잃은 승용차 옆에
> 아무렇게나 나뒹구는
> 한 켤레 헌 구두를

염두에 둔 개념이라 할 때 마차는 특이한 경우임에는 틀림없다."(위의 책, 133쪽) 그러나
이러한 경우에는 '범주 관계의 전이'를 따져봐야 한다. 세토의 기준으로 볼 때 말과 마차의
관계는 '실체관계 전이' 즉 환유에 속한다. 이처럼 같은 현상이라도 중의적인 수사학적 관
점이 발생될 수 있다.

발이 없는 구두

발이 빠져나간 구두

이상했다 발이 없는데도

뒤축이 닳아 있는 구두

무엇이었을까

한때 구두 뒤축을 동그랗게 닳게 했던

그 무게는

지금은 무게가 아닌 그 무게는

「구두 한 켤레」부분

「화석」에서 "그"는 "등", "얼굴", "손"의 행태를 통해 묘사된다. 묘사의 순서는 "등"→"얼굴"→"손"으로 이어진다. 등은 "잔뜩 구부"러져 있으며, 얼굴은 "책상에 박고 있"고, 손은 "서류 사이"나 "계산기", "전화기" 사이를 바쁘게 거쳐 다닌다. 그를 표현하기 위해 다양한 신체 부위의 행위들을 선택해서 보여주고 있으며 이러한 방법은 신체 한 부위를 확대하는 '클로즈업 쇼트'로 설명할 수 있다.

클로즈업 쇼트는 '서술적 기능'이 있는데, 이는 "대상을 크게 확대하여 자세하게 보여줄 수 있다는 것이다. 카메라가 가까이 근접하여 피사체를 담아냄으로써 훨씬 더 세밀한 묘사가 가능하며, 수용자에게 좀 더 자세한 정보를 제공해줄 수도 있다."[19] 「화석」은 "그"에 대한 특징을 묘사하기 위해 신체 일부분을 집중적으로 보여줌으로써 사무원으로 일하는 노동을 잘 그려내고 있다. 주체라고는 하나도 없는 일상 가운데 일이 주체가 되는 소시민의 모습은 시의 제목이 일컫듯이

---

19) 손보욱, 앞의 논고, 146쪽.

그를 사무 책상의 "화석"으로 만든다. "그"를 통해 시에서 보여주고자 하는 이러한 의미는 결국 "그"라는 전체에서 "등", "얼굴", "손"을 클로즈업한 영상적 표현을 사용하여 부분의 특색이 드러날 때 설득력을 얻는다.

"그"를 클로즈업 할 때 명료한 이미지로 드러날 수 있도록 선택한 신체부위들은 결국 같은 의미를 지닌다. 즉 구부러진 "등"이나, 책상에 박고 있는 "얼굴", 바쁘게 움직이다 "거북등 속으로 들어"가는 "손"은 일에 파묻혀 주체적 자아를 상실한 사무원인 "그"와 일맥상통한다. 이러한 특징은 제유를 통해 내적 원리를 파악할 수 있다. "제유는 일종의 프렉탈 구조를 지닌다. 제유에서 부분은 전체에 종속된 것이 아니라 하나의 독립된 전체이다. 하위범주는 본질적으로 상위범주와 동일한 구조를 지니는 것이다. 두 범주 간의 교환이 가능한 것도 이 때문이다. 이 점이 제유가 지닌 유기적 전체성이다."[20] 그러므로 "그"="등"="얼굴"="손"의 공식이 가능해지는 것이다. 클로즈업의 주관적 의도로 선택된 신체 일부들은 결국 전체로 나아가기 위한 응축된 대상이다. 실제로 클로즈업은 제유와 밀접한 관련을 맺는다.

> 에이젠슈테인은 예술의 힘이 '전체의 표현'이 아닌 '연상 작용을 일으키는 하나의 자극으로 작용하는 부분적인 형상물'에 있다고 믿는다. 가장 단순한 영화적 제유법은 클로즈업 숏이다. 에이젠슈테인은 그 예로 〈전함 포템킨〉의 오데사 계단 시퀀스를 들고 있다. 오데사 계단 시퀀스는 클로즈업으로 된 일련의 부분적인 묘사를 통해 기병들이 시민을 학살하는 전체적

---

20) 박현수, 「수사학의 3분법적 범주- 은유, 환유, 제유」, 『한국근대문학연구』17권, 한국근대문학회, 2008.4, 316쪽.

인 이미지를 불러일으킨다.[21]

위 지문에서도 살펴볼 수 있듯이 '시민을 학살하는 기병들'이라는 주관적 의미를 보여주기 위하여 부분적인 대상을 중심으로 클로즈업 영상을 촬영하고 있음을 알 수 있다. 이때 일련의 부분들은 기병과 범주적 관계에 놓이기 때문에 '영화의 제유법'이라 불리는 것이다. 즉 클로즈업 된 부분은 결국 전체의 성질과 연관되기 때문에 서로 유기적이다. 그러므로 클로즈업이 보여주는 대상은 단지 그 '대상'으로만 멈추지 않고 상위 범주로 나아가는 힘을 가지고 있음에 주시해야 한다.

「구두 한 켤레」에서는 "구두"가 확대되어 "아무렇게나 나뒹"굴거나 "뒤축이 닳아 있는" 등의 섬세한 묘사가 이루어진다. 이와 같은 언술 과정도 클로즈업과 같은 영상적 표현과 유사하다. 이때 "아무렇게나 나뒹구는/한 켤레 헌 구두"는 버려진 신발의 상위범주를 향해 나아갈 수 있다. 즉 이 시에서 드러난 구두뿐만이 아닌 모든 신발의 본질에 대해 생각해 볼 수 있는 사유의 기반이 마련되는 것이다. 이처럼 명료한 이미지로 선택된 부분 대상은 전체 범주와 같은 성질을 가지고 있다는 점에서 제유적 원리를 발견할 수 있다. 즉 김기택 시에서 드러나는 클로즈업과 같은 영상적 표현의 주관적 의미는 부분 대상에만 국한되지 않고 전체까지 나아간다.

그렇다면 '부분'에 해당하는 하위 범주가 어떠한 원리로 '상위 범주'인 전체를 향해 나아가는 것일까. 다음 시를 통해 이러한 문제의식을 살펴보도록 한다.

---

21) 김용수, 『영화에서의 몽타주 이론』, 열화당, 2012, 108쪽.

끊임없이 몸을 늘였다 줄였다 하면서
벌레 한 마리 걸어간다.
긴 몸을 늘였다가 움츠릴 때마다
몸 가운데가 봉긋하게 솟으면서
둥근 공간이 생긴다.
긴 몸으로 그 공간을 밀어
가만히 들여다보니
벌레는 투명한 알을 까며 가고 있다.
몸을 늘였다 줄였다 할 때마다
하나씩 뿜어져나오는 그 알을
수많은 짧은 다리들이 굴리며 가고 있다.

「벌레」전문

천장에 손이 닿지 않는다
쫓으려고 인기척을 보낸다
파리는 날아가지 않는다
팔을 더 크게 휘둘러본다
파리를 향해 바람을 불어본다
날아가지 않는다
신문지를 말아 살짝 건드려본다
다리 하나가 약간 꺾어진다
부석, 날개가 조금 부서진다
부서진 날개에서 떨어진 먼지들이
천천히 날개 대신 날아간다

그러고 보니 지난 겨울부터

저놈은 저 자리에 붙어 있었구나

(중략)

파리의 형태로 아슬아슬하게 붙어 있는 티끌들을

이제 공기가 하나하나 떼어내리라

「파리」부분

위 시들은 클로즈업 영상의 '명료한 이미지'를 잘 드러내는 작품들
이다. 「벌레」에서 "벌레"는 기어가는 모습이 섬세하게 묘사된다. "몸
을 늘였다 줄였다 하면서" "투명한 알을 까며 가고 있"는 벌레의 동작
은 생명의 경이함을 보인다. 이와 같은 벌레의 미세한 움직임은 벌레
가 앞으로 나아가는 추진력으로 알을 뿜어내는 모습을 통해 근원적
이고 원초적인 '생명력'으로 의미가 확장될 수 있다. 즉 하위범주에서
상위범주로 올라갈 수 있는 힘은 명료한 이미지를 통해 포착되는 대
상의 특징에 기인한다. 클로즈업 영상은 대상의 근본적 특징, 즉 부분
과 전체가 내재적으로 교통하는 연속성을 밝혀내면서 제유적 속성을
갖게 되는 것이다. 제유에서 하위범주는 본질적으로 상위범주와 동
일한 구조를 지니며, 제유가 이 두 범주간의 교류를 전제로 진행되는
것이라 볼 때, 김기택 시에 적용되는 클로즈업의 명료한 영상적 표현
은 대상의 '근본적 특징'을 밝혀내는 중요한 역할을 한다.
　「파리」에서 "인기척"을 주거나 "바람"이 불어도 꿈쩍하지 않는 "파
리"의 주검이 "티끌"로 분해될 것이라는 전언은 단지 파리만의 생태로
보기 어렵다. 오래전부터 말라 죽어있던 파리의 굳은 상태에 대한 끈

질긴 묘사와 "티끌"로 사라질 파리의 몸에 대한 해부학적 관찰은 클로즈업의 명료한 영상적 특질을 잘 드러내주고 있으며, 그것은 "파리"라는 하위범주에서 '곤충', 더 나아가 '유기물'로서의 생명체라는 상위범주까지 확장될 수 있는 '본질적 구조'를 제공한다. 명료한 이미지를 보여주는 클로즈업은 실제로 영화에서 "계층을 분명히 보여 주며, 개인적인 얼굴을 통해 그것을 나타낸다." [22)]

클로즈업, 익스트림 클로즈업 같은 근거리 쇼트의 영상과 유사한 김기택 시는 부분적 대상을 선택하여 보여주고자 하는 주관적 의도뿐만 아니라 그것으로 유도되는 감정까지 전체 대상으로 확장될 수 있다. 즉 「벌레」에서 나타나는 생명력에 대한 '경이함'이라든지 「파리」의 "그리고 보니 지난 겨울부터/저놈은 저 자리에 붙어 있었구나"와 같은 전언에서 보이는 죽음에 대한 회의는 "벌레"나 "파리"를 넘어 유기체라는 보편적인 존재에 대한 감정으로 확장된다.

지금까지 김기택 시에서 클로즈업과 익스트림 클로즈업과 같은 '근거리 쇼트'의 영상적 표현을 살펴보았다. 김기택 시에 주로 나타나는 섬세한 관찰력에 의한 이미지는 근거리 쇼트와 유사하며 근거리 쇼트는 '감정 유도'와 '명료한 이미지'를 특정으로 한다. '감정 유도'는 가까운 거리에 의해 대상의 감정이 독자에게까지 내면화되기 때문에 그것에 대한 설득력을 얻을 수 있다. 명료한 이미지는 주관적 의도에 따라 대상의 본질을 드러나게 하고 낯선 이미지를 발현시킨다. 김기택 시의 근거리 쇼트와 유사한 영상적 표현은 다시 한 번 '제유'를 통해 재고해볼 수 있다. 주관적 의도에 의해 선택된 부분은 결국 전체와 유기적 통일성을 이루며, 이는 제유와 동일한 원리로 읽어낼 수 있다. 즉 김

---

22) 벨라 발라즈, 앞의 책, 95쪽.

기택 시의 주관적 의미나 감정은 '전체'라는 보편적 원리를 향해 상승한다. 주관적으로 선택된 공간의 특징은 전체의 부분으로서 결국 전체의 보편성과 유기적으로 통일성을 갖기 때문이다. 또한 명료한 이미지는 부분이 전체로 향하는 본질적 구조를 설득력 있게 제시한다. 이와 같은 이유로 김기택 시에서 관찰되는 근거리 쇼트의 명료한 영상적 특징은 '부분'과 '전체'의 유기적 통일성을 향한 수직적 상승·하강 구조와 관련하여 읽어낼 수 있으며, 이러한 이미지의 특징은 한국시에서 김기택 시 이전에는 뚜렷이 관찰되는 이미지 양식이 아니므로, 새로움의 창안과 연결되는 모더니티의 성질로 규정할 수 있다.

2. 오규원 시와 원거리 쇼트의 효과

2.1. 사실 구현과 풍경 이미지

오규원은 끊임없이 자신의 시작 방법론에 대해 천착해왔다. "오규원의 시세계에 있어서 시의 변화란 시적 방법론의 변화에 다름 아니며, 시는 곧 그가 내세웠던 시적 방법론의 산물이라 해도 지나치지 않다."[23] 그의 '날이미지 시'는 후기시에 해당하며, 이는 그의 시작 방법 중 가장 투명한 언어를 통해 세계를 표상하는 시창작 방법이다. 날이미지 시는 "관념적인 설명 대신 실재의 사물을 제시"[24]하기 때문이다.

---

23) 김홍진, 「부정의 정신과 '날이미지'의 시 - 오규원론」, 『문예연구』2007 가을, 20쪽.
24) 오규원, 『날이미지와 시』, 문학과지성사, 2005, 39쪽.

날이미지 시는 은유적 언어체계와 같은 파편적이고 인본주의적이며 관념적인 언어를 최대한 탈피하고 사물의 본질에 가까이 다가가기 위해 사실적인 언어를 사용한다.

날이미지 시가 다른 시와 차별 지점을 갖는 특징을 살펴보자면, 우선 인간 중심 사고를 버리고 사물의 본질에 다가가기 위해 '개념화되거나 관념이 되기 이전의 현상'을 포착한다는 점이다. 즉 주체의 의도가 해체된 깨끗하고 투명한 현상이므로 현상과의 '일정한 거리' 유지가 필연적이다. 현상과 거리가 가까울수록 그것에 영향을 받거나 동화되기 때문이다.

두 번째로, 날이미지의 현상은 사진처럼 굳어진 이미지가 아니라 시간의 흐름에 따라 살아 움직이는 이미지다. 즉 "생성의 시간적 언어인 현상을 기록할 수 있다면 그것은 '살아있는 언어'이며 동시에 굳어 있지 않은 의미로서의 이미지인 것이다."[25] 그러므로 시간마다 이미지가 새롭게 생동하며 움직이는 날것의 이미지는 "굳어 있는 개념도 아니며, 추상적인 관념도 아니다. 그것은 존재의 살아 있는 의미망"[26]에 기인한다.

위 두 특징을 고려해보자면 영화기법 중 '풀 쇼트', '롱 쇼트', '익스트림 롱 쇼트'를 포함하는 원거리 쇼트의 영상과 날이미지가 유사한 원리로 작동하고 있음을 알 수 있다. 우선 기본적으로 쇼트는 시간의 흐름에 따른 공간 이미지이므로 날이미지 시에서의 시간성을 내재한다. 또한 "거리가 멀면 멀수록 감정적인 면에서 관객은 더 중립적"[27]인 원거리 쇼트의 특징은 날이미지의 비교적 사실적인 언어와 상통

---

25) 위의 책, 79쪽.
26) 위의 책, 107쪽.
27) 루이스 자네티, 앞의 책, 81쪽.

한다.

원거리 쇼트의 종류를 살펴보자면, 피사체와 가장 거리가 가까운 것이 풀 쇼트인데 이는 몸 전체가 프레임에 가까스로 들어가는 정도의 거리를 둔 쇼트다. 롱 쇼트는 관객과 무대 사이의 거리와 거의 일치하며, 익스트림 롱 쇼트는 야외 촬영 쇼트로 사람이 작은 점으로 보일 만큼의 먼 거리에서 촬영한 영상이다.[28]

이 책에서는 오규원의 '날이미지 시'를 원거리 쇼트를 통해 분석해봄으로써 드러나는 영상적 표현을 '사실 구현'과 '풍경 이미지'로 선정하고, 이 두 요소를 통해 드러나는 날이미지의 특징을 고찰해보도록 한다.

> 오후 두 시 나비가 한 마리
> 저공으로 날았다 나비가 울타리를
> 넘기 전에 새가 한 마리
> 급히 솟아올랐다 하강하고 잠자리가
> 네 마리 동서를 천천히
> 가로질러 갔다 동쪽의 자작나무와 서쪽의
> 아카시아나무 사이의 이 칠십 평의
> 우주는 잠시 잔디만 부풀었다
> 다시 남동쪽 잔디 위로 메뚜기
> 한 마리가 펄쩍 뛰고
> 햇빛은 전방위로 쏟아졌다 그리고 적막이
> 찾아왔다가 토끼풀 위로 기는

---

28) 위의 책, 9~10쪽 참조.

개미 한 마리와 함께 사라졌다

잠자리 두 마리가 교미하며 날았다

어린 메뚜기 세 마리가

차례로 뛰었다 사마귀 한 마리가 잔디밭

구석의 돌 위로 기어올랐다

그 사이에 동쪽의 자작나무 잎들이

와르르 바람에 쏟아졌다 순간

검은 나비 한 마리 서쪽 울타리를 넘다가

되넘어 잠복하고 이 우주는

오로지 텅 빈다 와르르 쏟아지던

자작나무 잎들이 멈추고 웃자란

잔디의 끝만 몇 개 솟아오른다

「뜰의 호흡」 전문

위 시는 "뜰"의 현상을 사실적으로 묘사한다. 뜰 안으로 들어왔다가 그 밖으로 나가는 생명체의 움직임은 "뜰의 호흡"이라는 시의 제목과 맞닿아있다. 뜰에는 "나비", "새", "잠자리", "잔디", "메뚜기", "햇빛", "개미", "사마귀", "자작나무 잎", "검은 나비"가 들어와 어느 순간 적막해지거나 사라진다. 이 중에 "잔디"나 "자작나무"는 식물이므로 계속 뜰 안에 거주하지만, 식물들도 "부풀"었다가 "솟아오"르는 역동적 이미지나 "와르르 쏟아지"거나 "멈추"는 하강·정지 이미지를 교차하며 뜰의 호흡에 일조한다.

시의 초점은 뜰 안의 작은 대상이 아니라 뜰 전체에 있다. 위 시는 뜰을 프레임으로 잡은 롱 쇼트의 영상적 표현으로 풍경 속 작은 대상들의 모습을 그려내는 것이지 대상들을 하나하나 클로즈업한 영상적 표현과는 거리가 멀다. 그 안의 생명체들을 자세히 들여다본다면 그 것들이 "뜰"이라는 "우주" 안에서 호흡처럼 존재하고 있음을 포착하지 못하기 때문이다. 즉 시선의 주체로서의 화자는 뜰을 한 눈에 바라볼 수 있는 거리에서 뜰 안의 생명체들이 움직이는 것을 통해 뜰이 "호흡"하고 있다고 생각한다. 따라서 뜰 안의 생명체들은 동시에 드러난 존재들이며 한 프레임 안에서 전체적으로 움직인다. 언술은 뜰이라는 전체를 사실적으로 구현해내기 위해 그곳의 생명체들을 배열하고 있을 뿐이다.

롱 쇼트가 사실을 구현할 수 있는 전제는 카메라의 기계적 정확성에 기인한다. 카메라는 있는 그대로를 투명하게 재현하기 때문이다. 이때 근거리 쇼트와 같이 대상과 가까이 카메라를 두면 대상과 감정적으로 동화되기 쉽기 때문에 카메라의 사실 구현의 효과가 감정적 동요로 이어진다. 그러나 원거리 쇼트일 때는 풍경과 거리가 먼 상태에서 현상을 재현하기 때문에 비교적 투명한 이미지의 복원이 가능하다. 즉 롱 쇼트는 '카메라의 기계적인 정확성'과 '거리 유지'에 따라 최대한 있는 그대로의 현상을 복원하며, 이와 같은 영상의 특징은 날이미지 시가 추구하는 개념화되거나 관념화되기 이전의 투명한 현상과 유사하다.

또한 여러 생태계의 움직임을 계속적으로 관찰하고 있으므로 롱테이크 기법을 동원하고 있다. "현대에 사용되어지는 일반적인 샷(쇼트(shot) : 필자)의 길이를 약 2~4초라할 때 4초 이상의 샷들은 기본적으로 롱테이크"[29] 기법이다. 날이미지 시에서 발견되는 롱 쇼트의 이미지가 시간을 두고 진행되는 이유는 현상을 깊게 성찰함으로써 시간

---

29) 박철웅, 「알폰소 쿠아론의 롱테이크 미학-〈이투마마〉, 〈칠드런 오브 맨〉을 중심으로」, 『영화연구』 45호, 한국영화학회, 2010.9, 164쪽.

성 속에서 드러나는 현상을 기다리기 위해서다. 앙드레 바쟁이 주장하는 네오리얼리즘은 바로 삶의 현실 속에서 진정성과 진실성이 드러나기까지 자연스럽게 현상의 지속을 관찰하는 것이며, 실제로 롱 쇼트나 롱테이크 기법은 주로 이러한 사실주의 영화에서 자주 사용된다.[30] 따라서 위 시를 롱테이크를 통한 롱 쇼트로 보았을 때, 이러한 기법을 주로 사용한 네오리얼리즘 영화의 특성을 참고하여 위 시의 특성을 살펴볼 수 있다. "바쟁의 사실주의적 미학은 다음과 같은 그의 신념, 즉 전통적인 예술들과는 달리 사진과 영화 그리고 텔레비전은 인간의 개입을 극소화함으로써 자동적으로 현실세계의 영상을 만들어내게 된다는 신념에 바탕을 두고 있다. 이러한 기술적 객관성이 관찰할 수 있는 물리적 세계와 움직이는 이미지를 결합시킨다. 소설가나 화가는 반드시 다른 매체를 통해서-언어와 물감을 통해서-현실세계를 재현함으로써만 현실세계를 표현한다. 이와 달리 영화감독의 영상은 본질적으로 실제 존재하는 것에 대한 객관적 기록이다"[31] 그는 파편적 이미지의 조합보다는 불연속적인 흔적을 지우고 현상의 지속을 깊이 성찰한 현실의 총체성을 추구한다. 그리하여 그가 추구하는 영화에는 클로즈업 쇼트가 드물게 등장하며 삶의 지속성을 그대로 노출하는 시간과 거리가 유지되는 쇼트가 대다수를 차지한다. 들뢰즈는 앙드레 바쟁이 중시하는 이러한 네오리얼리즘 영화의 특성을 "순수한 시지각적, 음향적 상황"[32]으로 해석한다. 이러한 이미지를

———

30) 사실주의 영화에서는 주로 원 씬 원 쇼트 one scen one shot에 의한 롱 테이크 long take, 아이 레벨 쇼트eye-level shot, 롱 쇼트 long shot를 사용하며, 이는 다큐멘터리 영화도 유사하다. (안영순, 「다카하타 이사오의 리얼리즘 연구-〈반딧불의 묘〉를 중심으로」, 『외국문학연구』27권, 한국외국어대학교 외국문학연구소, 2007.8, 226쪽 참조.)

31) 루이스 쟈네티, 앞의 책, 164쪽.

32) 들뢰즈, 이정하 옮김, 『시간-이미지』, 시각과 언어, 43쪽.

들뢰즈도 "은유 없는 이미지 그 자체"[33]로 보고있으며, "어슬렁거리기 (balade)의 출현"[34]을 특징으로 삼는다. 즉 어떠한 사건이나 목적 없이 대상들이 떠돌아다니며 움직이는 것이다. 그리하여 "상황을 완결시키거나 제압하는 대신, 상황 속에서 부유하고 있는 듯하다고 말할 수 있을 것이다."[35] 네오리얼리즘 영화는 이처럼 관념적이거나 함축적이기 않으며, 실제의 현상을 그대로 담아낸다. 그러므로 이미지는 임의적인 시공간이 추출되며, 이탈리아 철학자 아감벤 G. Agamben은 이 '임의의'라는 말이 어원적으로 "욕망과 본원적인 관계를 갖는, 어쨌거나 중요한 존재"[36]라고 언급했다. 그러므로 날이미지 또한 실제의 현상을 그대로 담아내면서 임의적 시공간이 생성되고, 이는 날이미지 풍경의 가장 자연스럽고 본원적인 욕망과 관련된다. "세계를 어떤 체계화된 중심과 의미에 가두는 것은 무용한 일이다. 오히려 존재의 그러한 본성을 투명하게 풀어놓는 일이야말로 진실에 육박하는 지름길인지도 모른다."[37]

요컨대 날이미지 시의 투명한 현상은 롱테이크를 통한 원거리 쇼트의 영상적 표현으로 인식할 때 시의 본질을 생동감 있게 천착할 수 있다. 카메라의 기계적 정확성과 거리 유지는 롱 쇼트의 사실 구현을 도우며, 이러한 특징은 날이미지 시에도 발견된다. 날이미지 시에서 현상을 바라보는 주체의 위치는 카메라의 위치와 유사하다. 이때

---

33) 위의 책, 45쪽.

34) 쉬잔 엠 드 라코트, 이지영 옮김, 『들뢰즈-철학과 영화』, 열화당, 2004, 26쪽.

35) 들뢰즈, 이정하 옮김, 『시간-이미지』, 시각과 언어, 17쪽.

36) 위의 책, 19쪽.

37) 최현식, 「시선의 조응과 그 깊이, 그리고 〈몸〉의 개방」, 『현대문학』제39권 3호, 2007.3, 230~231쪽.

풍경을 사실적인 언어로 옮겨 적는 것의 의의는 주로 사용하는 촬영 기법 중 롱테이크·원거리 쇼트가 포함되는 네오리얼리즘 영화의 특성으로 확장시켜 유추해볼 수 있다. 네오리얼리즘의 관념적·개념적이거나 의도적이지 않는 순수한 시지각적 영상은 음악과 같이 흘러가며, 분절되지 않는 지속성을 드러낸다. 이러한 자연스러운 움직임은 존재의 본질과 본원적 욕망에 대한 사유를 촉진하며 현상의 모호함 자체를 노출함으로써 인위적이지 않은 진리를 드러낸다. 위 시에서도 "뜰" 안의 다양한 생명체들이 관념이나 개념에 따른 의도에 의해 재구성되는 것이 아니라 자연스럽게 흘러감으로써 "호흡"이 될 수 있는 것이다. 굳이 의도하지 않아도 현상이 스스로의 본질을 규명할 때까지 거리를 두고 시간을 지속시키는 방법은 영화기법인 롱테이크·원거리 쇼트의 영상을 통해 더욱 쉽게 이해할 수 있다. 날이미지 시는 삶의 현상과 예술의 경계점을 지우는 시작방법인 것이다.

다음은 사실 구현의 이중성에 대해 자세히 살펴보도록 한다.

> 길을 가던 아이가 허리를 굽혀
> 돌 하나를 집어 들었다
> 돌이 사라진 자리는 젖고
> 돌 없이 어두워졌다
> 아이는 한 손으로 돌을 허공으로
> 던졌단 받았다를 몇 번
> 반복했다 그때마다 날개를
> 몸속에 넣은 돌이 허공으로 날아올랐다
> 허공은 돌이 지나갔다는 사실을
> 스스로 지웠다

아이의 손에 멈춘 돌은

잠시 혼자 빛났다

아이가 몇 걸음 가다

돌을 길가에 버렸다

돌은 길가의 망초 옆에

발을 몸속에 넣고

멈추어 섰다

「아이와 망초」전문

　위 시는 인간이 아닌 "돌"이 움직이는 경로를 중심으로 풍경이 묘사된다. "돌"은 "아이"에 머물다 "망초 옆"으로 옮겨간다. 위 시의 제목인 "아이와 망초"는 그러므로 돌이 거쳐 간 경로로 볼 수 있다. 돌을 중심으로 시의 장면을 나누면 다음과 같다.

　　① 아이가 돌을 집는 장면
　　② 아이가 돌을 허공으로 던졌다 받았다 하는 장면
　　③ 아이의 손에 돌이 멈춰있는 장면
　　④ 망초 옆으로 버려진 돌의 장면

　분명 모든 장면들이 "돌"을 중심으로 이어짐에도 불구하고 위 시는 돌을 확대하여 관찰하지 않는다. 시선의 주체는 돌의 상태를 묘사하기 위해 다른 대상들을 동시에 관찰하고 있다. 예로 들면 "돌이 사라진 자리"를 묘사하기 위해 "길을 가던 아이"가 "돌"을 집어 드는 장면을 묘사하고, "돌"이 "혼자 빛"나는 장면을 묘사하기 위해 그것을 갖고 노는 아이를 묘사한다. 돌이 혼자 빛나는 것을 알기 위해서는 상대적으로 빛나지 않는 다른 대상이 동시에 비교군으로 자리 잡아야 하기 때문이다. 또한 돌이 "망초 옆"에 굴러가 멈추기 위해 "아이"가 "돌을 길가에 버"리는 행위가 전제된다. 이처럼 돌의 상태를 관찰하기 위해 돌을 집중적으로 바라보기보다 전반적으로 돌과 관련된 대상들을 같이 아울러 묘사해내는데, 이는 위 시가 전반적으로 풀 쇼트와 같은 영상적 표현을 유지하기 때문이다. 중간 중간에 나타난 클로즈업으로 보이는 돌의 모습도 풀 쇼트로 보이는 이미지가 전제되어야 설득력을 얻을 수 있다. 이러한 시작 방법은 묘사가 하나의 대상만으로 기울여지지 않고 모든 대상들을 최대한 객관적이고 사실적으로 드러내려는 시인의 의도에 의한 결과라 할 수 있다.

그러므로 위 시는 현상을 최대한 투명하게 옮기고 있는 과정에서 대상의 감정을 드러내지 않는다. 그럼에도 "돌"을 중심으로 이미지가 이어지고 있으므로 시의 전개는 주관적일 수밖에 없다. 이에 대해 오규원은 "사실이 아니라 사실적인 것"[38]이 날이미지이며 현실과 일치하지 않음에도 불구하고 설득력 있는 이미지를 추출해내는 심상화 과정을 거친다고 자신의 시론에서 고백한다. 오규원은 날이미지를 언술할 때 심리적 음영이 강하고 암시적 의미가 강한 감각적 묘사를 사실적으로 나타내길 원한다. 그러므로 날이미지 시는 "의미화를 지향하고 있"[39]으나 단지 의미가 정해져있는 것이 아니라 유동적이라는 점을 특징으로 삼는다.

이와 같이 주관적인 사실 재현은 원거리 쇼트의 영상과 유사하다. '원거리'를 유지하고 '기계적인 기록'에 의해 사실 그대로 현상이 구현

---

38) 오규원, 앞의 책, 19쪽.

39) 위의 책, 108쪽.

되지만 '카메라를 놓는 위치'는 분명 주관적이기 때문이다. 이때 카메라의 위치는 날이미지 시의 의도와 일치한다. 카메라의 위치에 따라 풍경이 조망되기 때문이다. 바라보고 있는 자리는 비록 주관적일지라도 보이는 현상을 사실적으로 재현할 때, 날이미지는 열린 의미를 형성하고 활발한 의미 운동을 한다.[40] 근거리 쇼트와 원거리 쇼트를 비교해보자면, 전자는 근거리를 두고 작은 대상에만 집중하는 형식이며, 후자는 원거리를 두고 풍경을 재현하는 형식이다. 전자는 작은 대상을 사실 그대로 구현하면서도 그것과 근거리를 두기 때문에 심리나 정서의 교감이 발생한다. 그러나 후자는 풍경과 원거리를 두고 그것을 재현하기 때문에 비록 풍경을 선택한 주관적 의도는 있으나 풍경과의 정서적 교감이 이루어지지 않는다. 따라서 근거리 쇼트와 원거리 쇼트 모두 객관적이며 주관적인 요소를 내포하고 있지만, 원거리 쇼트가 비교적 사실적인 현상에 집중할 수 있다. 이는 날이미지 시의 의도와 접맥되는 지점이다.

다음은 '풍경 이미지'의 유기적 성질을 자세히 살펴보도록 한다.

> 돌밭에서도 나무들은 구불거리며 하늘로
> 가는 길을 가지 위에 얹어두었다
> 어떤 가지도 그러나 물의 길이
> 끊어진 곳에서 멈춘다
> 나무들이 멈춘 그곳에서 집을 짓고
> 새들이 날아올랐다 그때마다

---

40) 활발한 의미 운동이란 '의미의 개방성'을 뜻한다. "'날이미지'를 통해 무엇을 어떻게 꿈꾸느냐 하는 문제는 '전적'으로 개인의 문제이다."(위의 책, 47쪽) 그러므로 개인에 따라 의미는 언제든지 달라질 수 있다.

하늘은 새의 배경이 되었다 어떤 새는

보이지 않는 곳에까지 날아올랐지만

거기서부터는 새가 없는

하늘이 시작되었다

「물과 길2」전문

위 시는 "돌밭"에 있는 "나무들"과 "새들", 그리고 그 위의 "하늘"의 모습을 한꺼번에 묘사함으로써 다양한 대상들을 포섭한다. 그것들의 내적 긴밀성이 획득될 때 풍경 이미지는 생동감을 획득할 수 있다. 근거리에서는 대상 하나만을 독자적으로 관찰할 수 있지만, 원거리에서는 다양한 대상의 모습을 동시에 관찰할 수 있다. 또한 그렇게 묘사된 풍경은 새가 날아올랐다는 언술을 통해 알 수 있듯이 시간의 흐름에 따라 움직인다. 다양한 대상을 포착할 수 있는 '원거리'에서 '시간의 흐름'을 반영한 위 시의 특징은 '롱 쇼트'의 영상과 유사하다.

원거리 쇼트는 다양한 대상을 한꺼번에 프레임 안에 포섭하므로 파편화 이전의 전체성에 집중한다. 그 안에서 시간의 흐름에 따라 다양한 대상들의 교류와 생성이 이루어지는 것이다. 즉 유기적 전체로서의 풍경은 원거리 쇼트가 보여주는 세계의 특징이며, 관념을 이야기하기보다 세계 속의 삶의 모습이나 현상을 통해 자연스럽게 시적 긴장을 유도한다. 이러한 롱 쇼트의 풍경은 날이미지 시의 풍경에서도 확연히 드러난다.

위 시도 마찬가지로 다양한 시적 요소들을 분절시켜 보여주는 것이 아니라 전체적인 움직임을 관찰함으로써 한 대상이 아닌 '풍경'을 보여준다. 이러한 풍경은 "물"이 "나무"와 "새"의 삶 속에서 "길"이 되어가는 생경하고 날것의 현상을 신선하게 제시하고 있으며, 어떠한 개념적 진리나 관념이 있기보다 풍경 그 자체로서 존재한다.

이처럼 날이미지 시는 전체적인 조망을 통해 대상들 간의 연결망을 찾는 원거리 쇼트의 영상적 표현을 활용한다.

물에서 나온 사내가 강을 돌아보며
돌밭에 올라선다 강은
주저하지 않고 사내가 빠져나간
자리를 지운다 대신 땅에 박힌
돌이 사내의 벗은 몸을 세운다
얼굴을 닦으며 강 건너편을 바라보는
사내의 몸에서 몸으로 들어가지 못한 것들이
두 다리와 남근으로 각각 모여들어
몇 줄기 물을 이룬다
강 건너에서는 산으로 가던 길이
산속에 몸을 숨겨버린다 처음도 끝도
숨기고 있는 길을 보며 사내는 곁에 있는
갯버들 가지를 움켜쥐고 턱 하고
꺾는다 하늘로 가던 나무의 길이
하나 사라지고 그와 함께 지상에서
그 길이 거기 있었다는
사실도 사라졌다

「물과 길1」전문

나는 갠지스 강의 물에 발을 담그고 앉아
아이를 기다리며 졸았다 강에서는 가끔 시체가

떠내려가기도 하고 죽은 아이를

산 여자가 안고 가기도 하고 산 남자가

산 여자를 안고 가기도 하고

시체를 태우다 남은 나무토막들이 떠내려와

사람의 등을 두드리기도 했다

시체 두 구는 내 발에 걸려 나와 함께

머물기도 했다 부리가 빨간 새 한 마리는

시체 위에 앉아 앞가슴을 다듬었고

언덕에서는 둥근 태양이 올라앉은 집의

지붕이 털썩 주저앉아 있었다

「사진과 나」 전문

위 시는 ①"물"에서 빠져나온 "사내"→②"돌밭"에 서있는 "사내"→
③"강 건너"로 보이는 "산으로 가는 길"→④"사내"가 "갯버들 가지"를
꺾는 모습으로 시상이 전개된다. 대상들과 거리를 두고 시간의 흐름
에 따라 시상이 전개되므로 위 시는 원거리 쇼트와 같은 영상적 표현
이 두드러진다. ①, ②, ④는 "사내"의 행위를 담고 있으므로 롱 쇼트,
③은 먼 풍경이므로 익스트림 롱 쇼트의 영상과 유사하다. 위 시는 두
종류의 기법이 해당되지만 시간의 지속에 의해 공간이 이어져나가므
로 하나의 쇼트, 즉 연결된 시공간으로 보아야 한다.

원거리 쇼트의 영상을 통해 위 시를 살펴보면, 공간이 이동함에 따
라 시간의 흐름이 진행된다는 사실을 읽어낼 수 있다. 즉 시간의 흐
름과 공간의 흐름이 같은 층위를 이루고 있는 것이다. 이는 시간성이
공간성에 포섭되어 시공간의 격차까지 극복한 풍경의 흐름을 완성한
다. 위 시는 "사내"를 비롯한 주변 풍경 속에서 "길"의 모습이 어울리

는 모습을 즉자적으로 보여주고 있으며, 그 속에서의 시간은 공간이 이동되면서 제시된다. 공간의 흐름에 따라 시간의 흐름이 제시된다는 것은 시간에 따라 공간이 유기적으로 엮이는 효과를 얻게 된다는 의미로 바꾸어 생각해볼 수 있다. 이러한 선형적이고 동일한 층위의 시공간의 흐름은 위 시를 언어로 파악하기보다 영화기법의 영상을 통해 사유할 때 비로소 확연하게 드러난다.

「사진과 나」에서도 ①"갠지스 강"에 발을 담그고 있는 "나"→②갠지스 강에 "시체", "죽은 아이", "여자", "남자", "나무토막" 등이 있는 풍경→③"부리가 빨간 새"와 "태양이 올라앉은 집"의 풍경 순으로 공간이 이동한다. 시의 후반에 등장하는 "태양이 올라앉은 집"이라는 표현은 해가 지고 있다는 의미이며 따라서 시의 초반보다 시간이 경과했음을 의미한다. 공간이 흘러가는 모습을 보이면서 시간도 동시에 흘러가고 있는 풍경은 시공간이 분절되지 않고 동일한 층위에서 풍경을 이룬다. 이러한 세계에서는 공간이 흘러가면 시간도 그와 같은 속도로 흘러가는 일체성을 보인다.

지금까지 오규원의 날이미지 시가 원거리 쇼트의 영상과 유사함을 밝히고 그것을 통해 날이미지 시의 사실 구현과 풍경이미지의 의의를 살펴보았다. 날이미지 시를 단어, 구, 언술 단위로 분석하기보다 원거리 쇼트의 영상으로 환치해볼 때 날이미지 시의 의도가 배제된 풍경을 더욱 생동감 있게 심상화할 수 있다. 원거리 쇼트와 같은 영상적 표현은 순수한 시지각적 현상이 사실적으로 구현되어 현상 스스로 본성을 드러내는 과정을 보여준다. 이러한 날이미지 시의 '풍경'은 세계를 총체적으로 바라볼 수 있도록 도와주며 그 중 시공간이 동일한 층위에서 선형적으로 흘러가는 경우를 통해 시간, 공간이란 언어로 분절되기 이전의 현상이 복원된다.

2.2. 원거리 쇼트의 환유적 원리

이번 장에서는 앞에서 원거리 쇼트의 영상을 통하여 본 날이미지의 특성인 '사실 구현'과 '풍경 이미지'를 환유적 원리로 재해석해봄으로써 그 가치를 평가해보고자 한다. "환유'(metonymay)는 어원적으로 볼 때, 'meto-(change)'+'-nymy(name)'에서 유래한 것인데, 본래 수사학적으로 '어떤 사물의 이름을 사용하여 그것과 관련된 다른 사물의 이름을 기술하기 위한 비유 표현의 일종'으로 인식해왔다."[41] 여기에서 사물들이 환치되는 원리는 사회적 맥락 아래의 '인접성'에 있다. 오규원은 자신의 시론에서 날이미지 시가 환유적 언어체계를 통해 성립된다고 보았다. 환유는 대치관념을 통해 세계를 파편화하는 은유와는 달리 현실 세계에서 이루어지는 수사이기 때문에[42] '사실적'으로 볼 수 있다. 이러한 특징은 앞에서 다룬 '사실 구현'의 이미지와 밀접한 관련을 맺는다.

    봄입니다 그리고
    4월입니다

    목련꽃이 피자 꽃봉오리에 앉았던 햇살이
    꽃봉오리에서 즉각 반짝하고 빛났습니다

---

41) 이종열, 「환유와 은유의 인지적 상관성에 관한 연구」, 『언어과학연구』19권, 언어과학회, 2001.6, 171쪽.

42) 박현수, 앞의 논고, 318쪽에서 표 인용.

비유	원리	범주 특성	주요 특성	명칭
은유	상상원리	범주 간의 수평적 이동	초월성	초월의 수사학
환유	현실원리	범주 내의 수평적 이동	인접성	내재의 수사학
제유	범주원리	범주 간의 수직적 이동	논리성	내재적 초월의 수사학

목련꽃이 지자 이번에는 햇살이 꽃이 진 자리에
매달려 새 잎을 불러내고 있습니다

목련꽃이 지고 꽃이 진 자리에 잎이 날 동안
목련꽃 곁의 울타리에서는

몽오리를 만들고 있던 개나리가 노오란
꽃을 불쑥 내밀었습니다

순간 꽃몽오리에서 밀려나던 햇살이 반짝하더니
다시 꽃봉오리에 와아아 —— 붙었습니다

개나리 울타리 밑에서는 민들레가
개나리와 같이 노오란 꽃을 만들고

양지 쪽 울타리 밑에서는 흙더미 위로
이제 겨우 채송화가 머리를 뾰족 내밀었습니다

그래도 성급한 벌들이 가끔 그 위를 날고
개미는 뾰족한 채송화 머리 사이로 걸음을 옮깁니다
아, 물론, 새들은 꽃 피고 잎이 돋을 동안
꽃몽오리와 잎을 피해 나뭇가지에 앉았습니다

「꽃과 새」 전문(진한 글씨는 필자 강조)

위 시는 어떠한 의도나 개념을 표현하기 위하여 이미지를 조작하는 것이 아니라 투명한 현상을 그대로 보여주는 시작 방법을 취하고 있다. "목련꽃"이 피고 지는 모습과 "꽃이 진 자리에 잎이 날 동안" "개나리", "민들레", "채송화"가 피어나는 모습을 묘사하는데, 하나의 장면에 집중하는 것이 아니라, '~동안', '순간', '이제'와 같은 동시간대의 단어를 사용함으로써 전체의 풍경을 제시한다. 이렇게 전체의 풍경을 표현하기 위해서는 원거리를 유지해야 하며, '시간의 흐름'에 따라 꽃의 개화를 살펴보고 있으므로 위 시는 '원거리 쇼트'의 영상을 통해 이미지를 검토해볼 수 있다.

원거리 쇼트의 특징인 '사실 구현'을 통해 본 날이미지 시는 시지각적 현상을 그대로 노출시킨다. 이는 환유를 통해 그 원리를 재해석해볼 수 있다. "대체적으로 환유를 축으로 하는 언어체계는 사실적이다."[43] 은유적 언어 체계는 인간 중심적인 사유를 통하여 대상을 관념적이고 개념적인 것으로 제단하지만, 환유는 현실 세계를 바탕으로 그 안에서 인접한 대상들을 표현하기 때문이다. 오규원은 암시적이고 사실적인 날이미지를 구현하기 위해 공간적으로 인접한 주요 사물들의 움직임을 통해 정황을 구사한다. 즉 은유적 대치 관념을 통해 이미지를 명사로 받아내는 것이 아니라 '동사'를 통해 최대한 사실 묘사로 이끌어 나감으로써 '환유적 체계' 속에서 정황들이 축조된다. 환유적 체계란 '인접 세계의 정황'이며, 감각적 지각을 통해 읽어내는 표상적 세계이다. 즉 원거리 쇼트의 영상적 표현을 사용한 날이미지 시는 서로 인접해있는 공간 속에서 '환유적인 연결의 끈'을 통해 두두물물의 살아움직임을 포착한다. 중심을 이루는 의미나 관념, 대상을 통

---

43) 오규원, 앞의 책, 19쪽.

해 시상을 이끌어가는 것이 아니라 지배소가 없는 수평적 이동을 통해 날이미지 시는 어느 한쪽으로도 기울어지지 않는 두두물물의 시각을 갖춘다. 이와 같은 수평적 공간의 인접성이 날이미지의 '풍경'을 만들어낸다.

급작스레 비가 왔다 양철 지붕 위에 찌그러져 얹혀 있던 해는 어느새 뭉개지고 잠자리 몇몇이 비행 고도를 한번 높였다가 낮추고 다시 높였다가 낮추더니 훌쩍 담을 넘었다 여자 아이 하나는 급히 나무 밑동에 쪼그리고 남자 아이 하나는 급히 나무 밑동에 쪼그리고 남자 아이 하나는 나무에 기대어 섰다 골목 끝에서 울며 솟구친 매미 한 마리가 허공에서 다시 솟구치고 나뭇잎들은 일제히 수평을 유지하려고 빗줄기에게 부딪쳐 갔다 다름없이 그곳에 있는 것은 빗줄기를 꼿꼿하게 세우고 있는 허공이다 비가 오자 지붕은 더 미끄럽고 담장은 보다 두터워졌다 어느새 남자 아이도 쪼그리고 앉아 한 나무에서 다른 나무로 가는 길과 한 나무에서 문이 닫혀 있는 집으로 가는 길과 닫혀 있는 집에서 다시 나무로 돌아오는 길과 그 길에서 새가 떠난 새집으로 가는 길에 떨어지고 있는 비를 함께 보고 있다

「골목과 아이」전문

위 시는 크게 다섯 개의 장면으로 나누어 살펴볼 수 있다. ①"양철 지붕"과 그 주변의 풍경 ②"여자 아이"와 "남자 아이"의 모습 ③"매미"가 솟구치는 모습과 "나무"의 풍경 ④비가 내린 후의 "지붕" 모습 ⑤"남자 아이"와 그가 바라보는 풍경은 전반적으로 '거리'를 둔 채 대상들의 행태를 바라보고 있으므로 '원거리 쇼트'의 영상과 유사하다. ①

의 풍경에서 "잠자리"가 등장한다 하더라도 그것은 잠자리를 확대하여 보여주기보다 "양철지붕"과 지는 "해"를 프레임으로 잡은 풀 쇼트 안에 잠자리가 날아다니는 것으로 보인다. "해"가 양철지붕 쪽으로 지자마자 순차적으로 잠자리가 고도를 바꾸며 담을 넘는 것이 아니라 해가 지는 동시에 잠자리가 날아다니는 풍경을 포착했다는 설명이 설득력 있기 때문이다. ②에서 "여자 아이"와 "남자 아이"도 동시에 각자의 행동을 취하고 있으므로 롱 쇼트의 영상과 유사하다. ③에서 "매미"가 "허공"으로 솟구치고 "나뭇잎들"이 "수평을 유지하려고 빗줄기"에 부딪치는 장면도 순차적으로 일어났다기보다 매미가 허공으로 솟구치는 동시에 나뭇잎이 기울어지다 다시 균형을 이루고 있다고 볼 수 있다. 그러므로 이 장면도 "매미", "허공", "나무"를 동시에 보여줄 수 있는 풀 쇼트의 영상과 유사하다. ④에서도 지붕과 담장을 프레임으로 잡고 있는 풀 쇼트의 영상과 유사하며, ⑤에서는 "남자아이"의 시점으로 바뀌면서 남자아이가 보고 있는 풍경이 풀 쇼트의 영상과 같이 묘사된다. 이때 ④에서 ⑤로 전환되면서 시점이 바뀌므로 한 번의 편집이 이루어진다. 그럼에도 위 시는 풀 쇼트의 영상적 표현이 대부분을 차지하고 있으며, 그러한 이미지의 효과를 통해 위 시의 특징을 찾아볼 수 있다.

원거리 쇼트와 같은 영상적 표현으로 구성된 위 시는 '풍경의 이동'을 통한 더욱 커다란 '풍경'을 만들어낸다. 그러기 위해 공간이 이동함에 따라 보이는 대상들의 모습을 있는 그대로 묘사하는데, 이때 시간의 흐름은 공간의 흐름으로 표현되고 있다. 위에서 분석한 ⑤에서 "어느새 남자 아이도 쪼그리고 앉아"있다는 표현은 ②에서 처음으로 등장한 "남자 아이"와 "여자 아이"의 장면과 시간의 차이가 있음을 나타낸다. 그러나 그 사이에는 ③, ④와 같이 다른 풍경의 묘사로 구성되어 있다. 이는 남자 아이의 시선으로 편집되기 이전에 공간이 흘러가는 동안 시간이 흘러갔음을 알 수 있는 부분이다. 이처럼 위 시에 나타나는 원거리 쇼트의 영상적 표현을 살펴보면 공간과 시간이 서로 인접해 있는 '환유적 관계'를 이루고 있음을 나타낸다. 이는 시간과 공간이 같은 층위이기 때문에 파편화되거나 분절되지 않는 세계의 총체성을 드러내며, 시공간의 경계가 무화된다.[44] 이처럼 "수평적 차원의 환유는 통합적 결합과 인접성"[45]을 통하여 인간 중심주의로 인해 파편화되기 이전의 세계를 복원한다.

지금까지 오규원의 날이미지 시를 원거리 쇼트의 영상으로 환치하여 이해해봄으로써 '사실 구현'의 특징과 '풍경 이미지'를 살펴보았다. 날이미지의 언어로 포획되지 않는 투명한 풍경은 카메라의 사실적인 기록과 거리 유지를 통해 풍경을 확보하는 원거리 쇼트와 유사하다. 이를 통해 본 날이미지 시는 있는 그대로의 살아있는 이미지를 복원하며, 이러한 움직임이야말로 풍경의 본원적 성질임을 확인할 수 있었다. 또한 '풍경 이미지'는 세계를 통합적으로 바라보는 시안을 제공하며 유기적인 전체를 포착하는 특징을 지닌다. '사실 구현'의 특징과 '풍경 이미지'는 환유를 통해 재해석해볼 수 있다. 환유는 관념적인 은유와는 달리 현실 세계를 바탕으로 작동하기 때문에 사실적인 언어 구사 방식을 취하며 이는 날이미지 시의 '사실 구현'의 이미지와 상통한다. 공간의 인접성에 의한 사물 포착은 '풍경 이미지'를 완성할 뿐

---

44) 참고적으로 은유는 통시성을 중시하는 반면 환유는 공시성을 강조한다. 이 말을 달리 바꾸면 은유는 비교적 시간적인 특성이 강하고 환유는 비교적 공간적 특성이 강하다는 말이 된다. (김욱동, 『은유와 환유』, 민음사, 1999, 262~263쪽) 그러므로 공간적 흐름에 따라 시간이 종속적으로 흘러가는 특징을 보인다.

45) 위의 책, 262쪽.

아니라 수평적 차원에서의 통합적 결합 및 인접성을 드러내준다. 또한 시간과 공간이 같은 층위에서 흘러가는 것 또한 환유의 '인접성'을 통해 살펴볼 수 있어서 인간중심적인 인식과 관념으로 인해 파편화된 세계를 전체로서의 세계로 복원하는 데 환유의 인접에 의한 통합적 사고가 활용된다. 이렇게 있는 그대로의 풍경 이미지를 제시한 시는 한국시의 전례에 없었으므로 날이미지 시는 새로운 시창작 방법을 통해 모더니티를 실현했다고 볼 수 있다.

3. 이성복의 시와 몽타주 기법의 효과

3.1. 통합적 시선과 불연속적 이미지

이성복은 1980년에 첫 시집 『뒹구는 돌은 언제 잠 깨는가』를 펴내면서 당시로는 전통 시 문법에 도전하는 파격적인 창작법을 모색했다. 그의 시는 "기존의 질서를 해체하고 그에 상응하는 새로운 질서를 세우려는 시도"[46]를 선보였으며 이러한 의도에서 파생된 양식으로 "개인사와 가족사를 토대로 그의 근접한 개체의 삶들이 벌이는 다양한 양상과 그 결들을 재구성하는 데 주력"[47]을 다하였다. 그 이후에 상재한 시집에서도 그가 수집한 삶의 파편들은 시에서 다양한 시공

---

46) 김주성, 「1970년대 모더니즘시 경향에 대한 일 고찰 - 노향림·김승희·이하석·이성복을 중심으로」, 『고황논집』제36집, 경희대학교대학원, 2005.7, 91쪽.

47) 유문학, 「구체성과 몸의 시학 -이성복 시집 『아, 입이 없는 것들』을 중심으로」, 『경원 어문논집』제9·10집, 2005.8, 254쪽.

간을 형성하며 연결되는데, 다양한 시공간들이 어떠한 작용들을 통해 결합되고 작품 전체로 환원되는지에 대한 문제는 이성복 시의 모더니티를 규명하는 데 중요한 요소다.

이 책에서는 다양한 시공간의 파편화와 재조합의 효과를 규명하기 위하여 영화기법 중 '몽타주'를 적용해볼 것이다. 몽타주는 절단된 파편들을 허구적으로 연결시킴으로써 작품을 형성하는 영화의 편집방법이다. 몽타주는 전체의 맥락이 있느냐 없느냐에 따라 '고전적 몽타주'와 '현대적 몽타주'로 분류된다. 고전 영화에서의 몽타주는 이념과 맥락에 따라 쇼트들이 편집되어 유기적 통일성을 지향한다. 따라서 고전적 몽타주는 집약적이며 수렴적인 편집으로 각기 다른 시공간들의 연결이 전체의 맥락 아래에서 이루어진다. 에이젠슈테인의 어트랙션 몽타주가 그 대표적인 예이다. 즉 고전적 몽타주는 이미 절단된 시공간 단위들이 이념이나 전체를 완성해가기 위해 연결되는 영화기법이며 상호적인 내적 관계를 중시할 수밖에 없다. 그러나 현대적 몽타주는 고전적 몽타주와 마찬가지로 다양한 시공간이 나열됨에도 전체의 맥락이 형성되지 않아 불연속적이며 따라서 시공간의 틈새가 강조되고 그것에 의해 사유의 역량이 강화된다.[48] 이 경우에는 '통합적 시선'과 같은 구심점이 작동되지 않으므로 '불연속적 이미지'가 발생할 수밖에 없다. 이성복의 시에서 주된 특징인 다양한 시공간의 재구성은 고전적 몽타주와 현대적 몽타주를 통해 구분해볼 때 그것의 원리가 분명하게 드러난다. 이처럼 시를 몽타주와 견주어 고찰함으로써 다양한 시공간들의 조합 원리를 알아내고 그것의 효과를 파악할 수 있다.

---

48) 이지영, 앞의 논고, 219쪽 참조.

이 장에서는 이성복의 다양한 시공간들이 시의 전체를 형성함에 있어서 몽타주와 유사함을 밝히고, 몽타주를 통하여 시를 관찰함으로써 드러나는 특징을 고전적 몽타주의 '통합적 시선'과 현대적 몽타주의 '불연속적 이미지'로 나누어 살펴볼 것이다.

우선 다음 시에서 고전적 몽타주에 따른 통합적 시선을 살펴보도록 한다.

해군 버스가 지나가면서 그 많은 해군 가운데 하나가 찡긋 웃는다 머나먼 별 하나가 보이지 않는 다른 별 하나를 향해 그러하듯이…… 우리는 우리가 하는 일을 모른다 우리가 본 것들은 우리가 보고 싶어한 것이었는지 모른다 그러나 우리란 또 누구인가 지나가는 것들은 제가 지나가는 줄 모르고 자꾸 웃는다 지나가는 그대의 짧은 머리카락이여, 우리가 본 것들은 모두 바람이 본 것들이다

「높은 나무 흰 꽃들은 燈을 세우고25」전문

위 시는 서로 다른 시공간들이 한데 섞여 하나의 시를 이루고 있다. 시공간 단위로 시의 흐름에 따라 살펴보자면 ①"해군 버스가 지나가면서" "해군"이 화자를 보고 "찡긋 따라 웃는" 장면, ②"별 하나가 보이지 않는 다른 별 하나를 향"하는 장면, ③해군이 "제가 지나가는 줄 모르고 자꾸 웃는" 장면, ④바람이 지나가는 장면으로 분절된다.

물론 ①부터 ④까지 유사성을 연결고리로 살펴볼 수 있다. ①에서 해군이 화자를 보고 찡긋 웃는 장면은 ②의 머나먼 별과 그 별을 마주보는 다른 별과 '서로 아름답게 마주보고 있다는 점'에서 유사하며, ③에서 다시 돌아온 ①의 장면과 ④의 바람은 '지나가고 있음'에 대한 유사성을 지닌다. 그러나 ①에서 ④까지 총체적으로 유사성에 의해서

만 진행되지는 않는다. ②에서 ③으로 진행될 때는 특유의 유사성에 의한 것이 아니기 때문이다. 여기에서 시공간이 시인의 의도대로 편집되어 있음을 파악할 수 있다.

또한 은유는 단어, 구, 언술 단위로 진행되기 때문에 위 시는 언술 단위보다 시공간이 같은 장면이나 사건 단위로 분석하는 것이 맥락을 이해하는 데 있어 효율적이다. 이는 하나의 시공간이 하나의 언술로만 이루어져 있지 않기 때문이며, 위 시가 언술 단위가 아닌 장면 단위로 조직되어 있다는 점에 근거한다.

이렇게 볼 때 위 시는 고전적인 몽타주에 속하는 '어트랙션 몽타주'로 해석할 때 연결고리의 원리를 알아낼 수 있다. 고전적 몽타주는 장면들이 "허구적 연결들을 통한 전체의 한정"[49]으로 조직된다. 고전적 몽타주에서 에이젠슈테인의 어트랙션 몽타주는 "의도된 주제를 연상할 수 있도록 하는 단편적 조각들 사이의 비교 혹은 '연상적 비교(asso-ciational comparison)'"[50]에 의해 조합되며, "강한 정서적 반응을 일으키는 어트랙션들을 자유롭게 조립해 그들 사이의 대조나 유사성에 의한 '연상적 비교'를 일으"[51]키는 것이다. 이때 "어트랙션은 하나의 '에피소드(episode)', 혹은 '장면(scene)'"[52]을 의미한다.

①~③까지의 시공간은 ④에서 드러낸 의미, 즉 화자와 해군이 나눈 아름다운 미소도 결국 바람처럼 지나가고 있다는 순간의 미학을 향해 수렴된다. 이것은 에이젠슈테인 몽타주에서 발견되는 "집약적

---

49) 이지영, 앞의 논고, 227쪽.

50) 위의 책, 124쪽.

51) 위의 책, 125쪽.

52) 김용수, 앞의 책, 123쪽.

또는 수렴적 편집"[53]으로 볼 수 있으며, 어트랙션 몽타주 일환으로 볼 수 있다. 또한 어트랙션 몽타주는 에피소드적 구성이다. 에피소드들은 특정한 주제나 효과를 내기 위해서 임의로 선택되어 조립된다. 그러므로 유사성으로 해결되지 않는 ③의 등장도 결국 ④에서 표출하려는 의도를 위해 ①의 시점으로 다시 돌아온 것이다. 이처럼 위 시는 다양한 에피소드나 장면이 모아져 전체로 통합되는데, 이러한 전체적 맥락이 구성될 때 '연상적 비교'에 의한 연결고리가 관찰된다. ①과 ②의 유사성과 ③과 ④이 유사성, 그리고 ①,②의 만남과 ③, ④의 지나감 사이의 대조는 연상적 비교에 의한 결과라 할 수 있다. 연상적 비교는 유사와 대조 등 자유로운 연상관계를 통해 일어나기 때문에 하나의 수사법보다 포괄적인 연결 양식을 취한다. 특히 ①, ②의 만남과 ③, ④의 지나감 사이의 대조는 어트랙션 몽타주의 "익센트리즘(eccentrism)과 반사학(reflexology)"[54]을 통해 해석할 수 있다. 익센트리즘은 감정의 폭발을 극대화하는 시도이며, 반사학은 행동과 반응, 자극과 반응과 같이 인간의 모든 행위는 반사작용에 있음에 전제를 둔 기법이다. '만남'과 '지나감'의 대조를 통한 감흥은 이미 이미지가 조직되기 전에 고안된 반사작용에 해당하며, 이는 순간적 만남의 아름다움에 대한 '감흥을 극대화'하는 시도로 볼 수 있다.

그날 아침 물살은 신기하게도 빨랐습니다 우리는 채 깊지 않은 물가에서 얼굴을 씻고 머리 감았습니다 우리는 채 깊지 않은 물가에서 얼굴을 씻고 머리 감았습니다

---

53) 질 들뢰즈, 앞의 책, 65쪽.
54) 김용수, 앞의 책, 125쪽.

점심때 나와보니 우리 놀던 물가에 인적 끊기고 물길 휘돌아 깊
어진 곳에 자욱이 사람들이 모였습니다

물 가운데를 유유히 돌아다니는 나룻배는 죽음이었습니까, 죽음
의 그림자였습니까

시신을 찾지 못한 나룻배는 다시 사람들을 실어나르고 한쪽 물
가에선 방금 도착한 사람들이 물장구치기 시작했습니다

「물가에서」전문

「물가에서」를 시공간 단위로 살펴보면 1연은 "물가에서 얼굴을 씻
고 머리를 감"는 평화로운 일상의 장면, 2연은 물가에 "자욱이 사람들
이 모"인 장면, 3연은 물에 빠진 사람의 죽음에 대해 암시하는 장면, 4
연은 평화롭게 "나룻배는 다시 사람들을 실어나르고" "사람들이 물장
구치"는 장면이 등장한다. 내용 별로 구분해보자면 1연은 일상의 모
습, 2, 3연은 죽음의 목격, 3연은 다시 일상의 모습에 대해 다룬다. 물
가의 평화로운 일상과 물에 빠져 죽은 사람 간의 간극은 '대조'의 양상
을 보이며, 이러한 장면들이 하나의 시로 구성될 수 있는 원리는 어트
랙션 몽타주와 유사하다.

"어트랙션 몽타주는 다양한 단편들 사이의 대조나 유사성을 통해
의도된 주제를 부각시킨다. '연상적 비교'라고 불리는 이 원리는 유기
성의 개념에 반영되어 있다."[55] 연상적 비교는 주제 또는 구조에 토대
를 두고 발생한다. 결국 1연과 2, 3연과의 대조는 주제의 원심력에 따

55) 위의 책, 196쪽.

르는 에피소드들로 볼 수 있으며, 통합적 시선으로 요약된다. 평범한 일상과 죽음을 표현하는 다양한 물가의 모습들은 "물가"에서 보이는 인생살이의 '무심함'이라는 주제 안에서 유기적으로 흘러가며 이는 '일상'과 '죽음'의 단편들이 연결되어 의미의 확산보다는 삶의 무상함에 대한 '정서적 충격'을 형성한다.

이처럼 다양한 시공간들이 전체의 맥락을 형성하고 있는 원리는 고전적 몽타주의 '통합적 시선'이 작용하여 단편들이 '전체'로 승화되기 때문이다. 통합적 시선은 유사성이나 대조에 따르는 연상적 비교를 통해 이루어지며, 의미의 전이나 초월보다 '감흥이나 정서'의 반응을 불러일으킨다.

다음은 맥락 없이 다양한 시공간들이 출몰하는 작품을 현대적인 몽타주를 통해 해석해봄으로써 불연속적 이미지의 특징을 살펴보도록 한다.

> 그해 겨울이 지나고 여름이 시작되어도
> 봄은 오지 않았다 복숭아나무는
> 채 꽃 피기 전에 아주 작은 열매를 맺고
> 不姙의 살구나무는 시들어 갔다
> 소년들의 性器에는 까닭없이 고름이 흐르고
> 의사들은 아프리카까지 移民을 떠났다 우리는
> 유학가는 친구들에게 술 한잔 얻어 먹거나
> 이차 대전 때 南洋으로 징용 간 삼촌에게서
> 뜻밖의 편지를 받기도 했다. 그러나 어떤
> 놀라움도 우리를 無氣力과 不感症으로부터
> 불러내지 못했고 다만, 그 전해에 비해

약간 더 화려하게 절망적인 우리의 습관을
修飾했을 뿐 아무 것도 追憶되지 않았다
어머니는 살아 있고 여동생은 발랄하지만
그들의 기쁨은 소리 없이 내 구둣발에 짓이겨
지거나 이미 파리채 밑에 으깨어져 있었고
春畵를 볼 때마다 부패한 채 떠올라 왔다
그해 겨울이 지나고 여름이 시작되어도
우리는 봄이 아닌 倫理와 사이비 學說과
싸우고 있었다 오지 않는 봄이어야 했기에
우리는 보이지 않는 監獄으로 자진해 갔다

「1959년」전문

잎이 나기 전에 꽃을 내뱉는 살구나무,
중얼거리며 좁은 뜰을 빠져 나가고
노곤한 담벼락을 슬픔이 윽박지르면
꿈도, 방향도 없이 서까래가 넘어지고
보이지 않는 칼에 네 종이가 잘려나가고
가까이 입을 다문 채 컹컹 짖는 中年 남자들
네 발목, 손목에 가래가 고인다, 벌써 어두워!

「봄 밤」부분

위 두 시는 여러 시공간들의 단편들이 하나의 맥락을 이루고 있지
않다. 「1959년」에서는 "복숭아나무", "살구나무", "소년들", "의사들",
"유학 가는 친구들", "징용 간 삼촌", "어머니"와 "여동생" 등의 이야기
들이 자동기술적으로 흘러나온다. "복숭아나무"는 "작은 열매를 맺"

지만 "살구나무"는 "불임"으로 표현된다. "소년들의 성기"는 "고름이 흐르고", "의사들"은 "이민"을 간다. 화자는 "유학 가는 친구들"과 "술 한잔" 먹기도 하며 "징용 간 삼촌"에게 "뜻밖의 편지"를 받는다. "어머니"와 발랄한 "여동생"과는 다르게 화자는 "기쁨"이 "으깨어져 있"고 "춘화"를 보며 부패한 생각을 한다. 이와 같이 다양한 장면들은 긍정과 부정을 오가기 때문에 화자의 통합적인 시선은 존재하지 않는다. 장면의 흐름이 통합적 시선을 앞서 자율적이고 능동적으로 작동하기 때문이다. 이렇게 다양한 장면들이 통합적인 맥락을 형성하지 못하는 것은 '현대적인 몽타주'를 통해 살펴볼 때 그것의 의의를 알아낼 수 있다.

현대적인 몽타주는 전체적인 맥락 아래에 정상적으로 기능하는 장면들이 비정상적이고 일탈적인 운동을 하며 장면과 장면 사이의 틈새를 통해 전체의 바깥[56]을 사유하게 한다. 이를 적용하여 위 시를 살펴보았을 때 화자가 떠올리는 기억의 단편들 사이의 균열에서 사유의 대상이 있음을 알 수 있다. 화자가 경험하는 "1959년"은 이 시에서 나열된 기억들이 보여주는 현상의 경계 속에서 진정한 모습이 발견된다. 이 시에 나열된 기억들은 '거짓 연결'이며 불연속적인 이미지이자 연속적인 틈새의 역량을 통해 비관계 속에서 진행된다. "들뢰즈는 이를 '이접적 종합(synthèse disjonctive)'이라 부르는데, 이접적 종합이란 항들을 근원적으로 분리하면서 비관계를 세우는 일자를 따라서 사유하기, 존재의 역량인 분리의 활동성 안에 거하기, 그리고 끊임없는 분리 작용을 통해서 일자의 무한하고 동등한 풍요를 확인하는 발산적 또는 분리적인 운동

---

56) "들뢰즈는 바깥이란 사유 안에 있는 사유되지 않는 것이지만 사유되어야만 하는 것"(이지영, 앞의 논고, 233쪽)이라고 언급한다.

을 따라 사유를 진행시키는 것이라 할 수 있다."[57] 이 시에 나타난 기억의 단편들은 시간의 계열체로 볼 수 있으며 불연속적 이미지를 통하여 화자가 사유하는 대상의 의미가 아닌 '존재'를 탐사하는 과정이다.

「봄 밤」에서 "꽃을 내뱉는 살구나무", 넘어지는 "서까래"는 현실적인 이미지지만 "보이지 않는 칼"에 잘려나가는 "네 종아리"나 "입을 다문 채 컹컹 짖는 중년 남자들", "가래"가 고이는 "손목"과 "네 발목"은 비현실적인 이미지로 보인다. 현대적인 몽타주는 유기적 연속성을 파기하면서 회상이나 꿈 또는 비현실의 이미지들이 등장한다. 이러한 "회상이나 꿈 또는 비현실 등은 행동의 불연속성을 잘 보여주는 대표적인 영역이다."[58] 현실태 이미지는 잠재태 이미지인 실재적인 것과 상상적인 것으로도 치환이 가능하며 둘은 서로 교환된다는 의미에서 '상호적 이미지'라고도 불린다.[59] 이처럼 현실과 상상이 식별 불가능한 지점에서 시의 단편들은 끊임없이 공전하고 서로 절단되면서 화자의 "봄 밤"을 형성한다.

요컨대 이성복 시는 다양한 시공간들이 혼융되지만 맥락의 유무에 따라 사유의 방식이 다르다. 다양한 시공간들이 전체의 맥락을 이루고 있다면 이는 고전적 몽타주와 메커니즘이 유사하다. 통합적인 시선이 전제된 이미지들은 연상적 비교를 통해 '전체'를 형성하고 맥락을 이어간다. 이때 연상적인 이미지는 유사, 대조 등 다양한 양상을 통해 이루어진다. 고전적 몽타주의 '통합적인 시선'은 이처럼 파편적 이미지들이 대조나 유사성과 같은 다양한 연상적 비교 방법을 통

---

57) 앞의 논고, 237쪽.

58) 피종호, 「들뢰즈의 시간-이미지 또는 이미지로서의 시간」, 『뷔히너와 현대문학』 제35호, 한국뷔히너학회, 2010, 376쪽.

59) 위의 논고, 377쪽 참조.

해 총체적 구성을 이루어 내며 이미지들 간에 의미가 전이되기보다는 서로 비교 관계를 이루며 '정서적 확충'의 효과를 갖는다. 의미 중심의 수사학과는 달리 고전적 몽타주의 어트랙션 몽타주를 통해 시를 관찰하면 여러 시공간의 편집이 정서의 확충에 기여하는 과정을 살펴볼 수 있다. 정서적 확충은 어트랙션 몽타주의 최종적 목표이기 때문이다. 맥락이 없는 시공간들의 연결은 불연속적인 이미지가 강한 현대적인 몽타주와 유사하다. 이때 시공간들 사이의 간격과 단절이 사유의 역량을 강화하기 때문에 통합적인 시선이 사라진다. 현대적인 몽타주가 관찰되는 시의 시공간에서 선형적 시간의 흐름은 완전히 무시되며 현실적 요소와 비현실적 요소들이 뒤섞여 식별 불가능한 상태에 도달하는데, 이는 작품의 총체화가 아닌 언술 바깥으로 잠재된 '근원적 존재성을 탐색'하는 데 초점을 두기 때문이다.

3.2. 몽타주의 은유적 원리

이번 장에서는 앞에서 고전적인 몽타주와 현대적인 몽타주를 통하여 본 '통합적 시선'과 '불연속적 이미지'를 은유적 원리로 재해석해봄으로써 그 의의를 파악해보고자 한다. 은유는 기본적으로 의미에 관여하는 수사학이다. 은유를 해석학적 관점에서 포괄적으로 다룬 리쾨르에 따르면 "'살아있는 은유'란 새로운 의미를 창출할 수 있는 가능성을 띠고 있는 은유며, 이 가능성의 실현 여부는 그것이 파생시키는 담론 전체 안에서 검증되어야 한다."[60] 언어는 은유를 떠나 존재할

---

60) 김상환, 「데리다와 은유」, 『기호학 연구』5권, 한국기호학회, 1999, 42쪽.

수 없으며 어떠한 창조적인 작용도 이루어낼 수 없다. 은유는 학자와 기준에 따라 여러 분류로 나누어지나 결국 '유사성'을 기본 전제로 작용을 하는 수사학이다. 이 책에서는 휠라이트가 언급한 치환은유와 병치은유가 생성되는 원리를 통해 고전적인 몽타주의 특징인 '통합적 시선'의 원리를 재고해보기로 한다. 치환은유는 "서로 비슷하지 않은 듯이 보이는 사물의 유사성을 발견함으로써 숨겨진 의미를 드러내 보여주는"[61] 기능을 하며 병치은유는 "어떤 특정한 경험들을 은유적으로 관통하는 원리가 있을 때 발생한다."[62] 전자는 의미의 유사성에 의하여 치환이 일어나며 후자는 의미들이 병렬되면서 "새로운 자질과 새로운 의미가 탄생"[63]된다. 결국 다양한 대상들이 하나로 이어지는 통합성은 고전적인 몽타주의 '통합적인 시선'과 원리가 유사하다. 이와는 달리 은유가 의미를 해체하는 경우도 있다. 대표적으로 데라다가 주장하는 은유의 해체 현상을 들 수 있으며, 이는 몽타주의 '불연속적 이미지'의 원리와 유사하다.

다음은 고전적인 몽타주의 특징인 '통합적 시선'이 관찰되는 시를 은유적 원리로 재고해보도록 한다.

> 겨울날 키 작은 나무 아래
> 종종걸음 치던
> 그 어둡고 추운 푸른빛,
> 지나가던 눈길에
> 끌려나와 아주

---

61) 권혁웅, 『한국 현대시의 시작방법 연구』, 깊은샘, 2001, 19쪽.

62) 위의 책, 같은 쪽.

63) 필립 윌라이트, 김태옥 역, 『은유와 실재』, 문학과 지성사, 1999, 87쪽.

내 마음 속에 들어와 살게 된 빛

어떤 빛은 하도 키가 작아,

쪼그리고 앉아

고개 치켜들어야 보이기도 한다

「그 어둡고 추운, 푸른」전문

　　위 시에서는 연마다 다른 시공간이 등장한다. 1연은 "키 작은 나무
아래" 스며든 "어둡고 추운 푸른빛"에 대한 장면이고, 2연은 1연의 "내
마음 속"의 "빛"을 상기하는 장면, 3연은 "키가 작"아 쳐다보기조차 힘
든 빛에 대한 진술이다. 1연과 2연은 겨울날의 나무 그늘 아래 스며든
빛과 나의 마음 속 상황이 서로 유사 관계를 이루고 있으므로 '치환 은
유'의 원리와 동일하다. 3연의 "어떤 빛"은 "키가 작"은 것으로 보아 1, 2
연에서 관찰되는 빛들의 총체적 이미지다. 좀 더 자세히 살펴보자면, 2
연의 빛은 1연의 빛이 "지나가던 눈길에 끌려나와 아주 내 마음 속에"
들어왔기 때문에 발견된다. 이는 1연의 빛을 보고 2연의 빛이 떠올랐
기 때문이다. 즉 1연의 빛과 2연의 빛은 서로 유사성에 의한 연상적 비
교 관계에 놓여 있다. 이처럼 '연상적 비교'가 유사성에 의해 연결될 때
는 '치환 은유'와 상응한다.[64] 3연의 키가 작은 빛은 '어두운 빛'을 일컫
는 표현이다. 즉 이 시는 '어두운 빛'이라는 의미 아래에 여러 연상되는
이미지들이 전체적 맥락을 이루고 있는 것이다. 여기서 주시해 볼 점
은 유사성에 의한 연상적 비교는 치환은유와 비슷하며, 이는 유사성에

---

64)　어트랙션 몽타주의 대표적인 예로, 군중들의 학살과 소의 도살을 결합해 '도살'이라는 연
　　상적 비교가 이루어지도록 한 영화 〈파업〉을 들 수 있다. (김용수, 앞의 책, 124~125쪽 참
　　조) 이 경우에도 연상적 비교가 '유사성'에 의해 이루어졌으므로 충분히 치환은유로 살펴

의해 연상되기 때문에 통합적 시선에 한 몫을 기여한다는 점이다.

어트랙션 몽타주의 특징인 '정서의 확충'도 은유의 원리를 통해 살펴볼 수 있다. 이 시에서 1연부터 3연까지는 '어두운 세계의 빛'에 대한 변주가 세 번 이루어지면서 화자의 정서에 대해 설득력을 얻는다. "키 작은 나무 아래"의 "어둡고 추운 푸른빛"이 "내 마음 속에 들어와 살게 된 빛"이란 자아의 세계와 서로 동일한 정서를 이루어내어 정서의 확충이 일어나고, 이것을 통해 3연의 '키가 작은 빛'으로 1, 2연이 수렴되면서 정서의 확충이 진척되는 것이다. 물질적인 세계가 정서적 확충으로 이어지는 원리는 은유적 원리에 기댈 수밖에 없다. 은유는 자아의 정서와 대상의 정서를 일체화한다. '자아'와 '대상' 사이의 다른 층위가 은유의 초월성에 의하여 합일되기 때문이다. 그러므로 "주체와 대상 사이의 정서적 동일성은 이와 같은 은유의 수사학을 통해 가능해진다."[65] 정서적 동일성은 자아와 세계와 정서를 교류할 수 있는 통로이며, 화자의 정서는 이를 통해 자신 밖의 세계로 확충될 수 있다. "자아와 세계가 동일성을 형성하면서 하나의 세계로 통합될 때, 자연과 사물들은 인식 대상으로서의 차가운 물질성을 넘어서서, 자아와 대화하며 세계의 근원과 의미, 가치를 드러내는 존재가 된다."[66]

물 고인 땅에 빗방울은 종기처럼 떨어진다 혼자 있음이 이리 쓰리도록 아파서 몇 번 머리를 흔들고 나서야 제정신이 든다 종아리부터 무릎까지 자꾸만 피부병이 번지고 한겨울인데 뜰 앞 고목나무에선 붉은 싹이 폐병환자의 침처럼 돋아난다 어떤 아가씨는 그것이

볼 수 있다.

65) 금동철, 「은유」『詩論』, 황금알, 2008, 102쪽.

66) 위의 책, 108쪽.

꽃이라고 하지만 나는 믿기지 않는다 그러나 혼자 견디려면 어떻든
믿어야 한다, 믿어야 한다

「높은 나무 흰 꽃들은 燈을 세우고5」

위 시에서 등장하는 이미지는 ①"종기"같은 "빗방울", ②화자가 "혼자 있음", ③"종아리부터 무릎까지" 번지는 "피부병", ④"폐병환자의 침"같은 "고목나무"의 "붉은 싹"이다. 그러나 이와 같은 이미지들은 인과관계나 유사성에 의해 '연결'되었기보다 화자의 아픈 경험들을 '나열'한 결과다. 다양한 이미지들이 나열, 즉 병치되는 가운데, "종기", "빗방울", "혼자 있음", "피부병", "폐병환자의 침"은 부정적인 요소들이며, "붉은 싹", 즉 "꽃"은 긍정적인 요소다. 여기서 "폐병환자의 침"과 "꽃"으로 보이는 "붉은 싹"은 서로 충돌할 수밖에 없다.

고전적인 몽타주에 해당하는 충돌 몽타주는 "내적 모순(inner contradictions)의 상호작용 속에서 새로운 '통합(unity)'을 이루어"[67]낸다. 이러한 과정에서 에이젠슈테인은 감정의 극대화를 모색하였는데, 이는 관객의 감정을 질적으로 변화시키는 것을 의미한다. 이 시에서도 이와 같이 부정적인 이미지들과 긍정적인 이미지가 충돌하면서 내적 모순이 일어나고, 이것이 "나는 믿기지 않는다 그러나 혼자 견디려면 어떻든 믿어야 한다"라는 고백으로 이어지는 것이다. "폐병환자의 침"(절망과 고통)과 "꽃"(희망)의 충돌 이미지를 통해 "붉은 싹"(고통스러운 희망)이란 모호한 대상을 표현하는 것과 믿기지 않는 것을 믿어야 한다는 고백은 내적 모순의 통합에 의한 결과이며, 이 과정에서 감정은 변

---

67) 김용수, 앞의 책, 139쪽.

증법적 비약[68], 즉 파토스(pathos)를 겪는다. "이른바 [충돌] 몽타주의 원리는 무엇보다도 파토스의 영화술이다."[69] 감정의 질적 변화는 믿기지 않는 것을 믿는 것과 같은 모순되고 새로운 감정으로의 비약을 의미하며, 이는 다양한 이미지들을 유기적으로 묶어내어 전체를 이루는 통합적 시선의 효과를 낳는다. 고통과 희망은 팽팽한 긴장 관계를 유지하다가, "견디려면 어떻든 믿어야 한다"는 고통스러운 희망으로 치닫는다. 이는 감흥의 긴장 관계가 결국 변용·융합된 결과이기 때문에, 병치 은유의 메커니즘과 유사하다.

이처럼 고전적인 몽타주를 제작한 대표적인 에이젠슈테인의 어트랙션 몽타주는 은유나 상징과 같이 유사성에 의한 연결고리를 통해 의미에 집중하기보다는, 다양한 이미지들이 '연상적 비교'와 같은 유연한 연결고리를 통해 전체의 맥락을 이루어 감각적 혹은 정서적 감흥을 일으키는 것에 집중한다.[70] 은유가 의미적 비약에 치중을 두고 작동한다면 어트랙션 몽타주는 관객이 느끼는 감흥이나 감정의 극대화에 중심을 둔다. 이러한 면에 있어서 어트랙션 몽타주는 이성복 시의 장면들을 의미의 조직이 아닌 '감흥의 작용'으로 볼 수 있는 지점을 제공해준다. 이성복 시에 나타나는 복합적인 장면들은 유사성에 의해서만 의미가 전이되거나 초월되는 것이 아닌 유사성이나 대조 등 다양한 연상 작용을 통해 이미지들 간에 서로 비교 관계를 이루며 통합적 시선으로 조합된 총체적 구성물이라는 점에서 고전적인 몽타주

---

68) 에이젠슈테인은 상형문자에서 아이디어를 빌려, 정(thesis), 반(antithesis)이 충돌하여 합(synthesis)을 만들어내는 변증법적 사고를 반영하는 충돌몽타주를 완성하였다. 이는 소비에트 몽타주에 해당한다. (이형식, 『영화의 이해』, 건국대학교출판부, 2010, 52~53쪽 참조)

69) 김용수, 앞의 책, 177쪽.

70) 위의 책, 236쪽 참조.

를 통해 살펴볼 수 있다. 대상과 자아의 교류를 통한 감정의 확충이나 유사성에 의한 연상, 병치를 통한 새로운 감정의 생성은 은유적인 구조와 유사하다.

다음은 불연속적 이미지가 어떻게 은유적으로 연관되는지 살펴보도록 한다.

> 바퀴벌레들이 동요하고 있어 꿈이 떠내려가고 있어
> 가라앉은 山, 길이 벌떡 일어섰어 구름은 땅 밑에서
> 빨리 흐르고 어릴 때 돌로 쳐죽인 뱀이 나를
> 감고 있어 깨벌레가 뜯어 먹는 뺨, 썩은 나무를
> 감는 덩굴손, 죽음은 꼬리를 흔들며 반기고 있어
> 닭아, 이틀만 나를 다시 품에 안아 줘
> 아들아, 이틀만 나를 데리고 놀아 줘
> 가슴아, 이틀만 뛰지 말아줘
> 밥상 위, 튀긴 물고기가 퍼덕인다 밥상 위, 미나리와
> 쑥갓이 꽃핀다 전에 훔쳐 먹은 노란 사과 하나
> 몸 속을 굴러다닌다 불을 끄고 숨을 멈춰도 달아날 데가 없어
>
> 「루우트 기호 속에서」부분

위 시의 제목인 "루우트"는 거듭제곱근으로 무리수를 나타낼 때에도 쓰인다. 무리수는 정확히 나누어떨어지지 않는 수로서 수의 범위에 대한 분절이 매우 모호하다. 마찬가지로 위 시에서도 화자는 "루우트 기호 속"에 들어가 자신의 근에 해당하는 본질을 찾고 있는 과정을 나타내지만 그것은 '무리수'와 같이 나누어 떨어지지 않는다. 제목과의 상관관계를 통해서도 알 수 있듯이 화자는 자신의 본질을 정확히

알 수 없으므로 자신을 온전히 재현하지 못하는 장면들을 나열할 수밖에 없다. 위 시에 나온 장면의 나열은 전체적 맥락을 형성하고 있지 않으므로 의미 단위로 분절할 수 없으며, 이러한 특징이 시에서 어떠한 의의를 지니고 있는지 살펴보기 위해서는 '현대적인 몽타주'가 필요하다.

현대적인 몽타주는 이미지들이 "통약불가능성(incommensurable) 혹은 무리수적 절단들(coupures irrationnelles)의 지배"[71]를 따른다. 즉 장면들이 통합적 시선에 따라 나열될 수 없으며 이와 같은 연결은 유리수처럼 명료한 의미 단위로 책정할 수 없으므로 무리수와 같은 애매모호한 절단이 이루어진다. 이러한 몽타주는 장면들의 연속성보다는 장면들 사이에 존재하는 틈이 부각되며 탈중심적인 의미를 지향한다. 고전적인 몽타주와 같이 통합적 시선을 전제로 논리적 일의성을 유지한 장면들은 '전체'라는 의미를 향해 수렴된다. 그러나 현대적 몽타주는 장면들을 통합적 시선 아래에 두지 않으며 그것들 사이의 틈을 전경화할 때 '전체'는 사라지고 의미의 바깥을 사유하는 가능성이 발생한다. 위 시의 이미지들도 통합적인 시선으로 묶을 수 없으므로 장면들 사이의 틈이 확대되고 사유의 역량이 증대된다. 의미의 바깥이란 결국 무의식으로 향할 수밖에 없으며, 이는 은유가 지향하는 의미를 해체하고 의미로부터 소외되는 현상으로 하이데거의 반은유론을 넘어 데리다가 주장하는 은유의 해체 현상과 유사하다.

"하이데거의 존재 사유 속에서 가장 가깝고 친밀한 것으로서 사유되는 것은 사물처럼 존재하는 그 어떤 것이 아니다. 그것은 존재자처럼 존재하지 않는 것, 즉 무라 할 수 있는 존재의 개방성이자 그것이 열어

---

71) 쉬잔 엠 드 라코트, 앞의 책, 28쪽.

놓는 어떤 트임 작용의 공간*Lichtung*이다. 그 어떤 존재자도 이것보다 우리에게 친근하지 않으며 그 어떤 존재자도 이것의 이해에 선행할 수 없다. 은유는 그 스스로 전제하는 형이상학적 이분법 때문에 이 존재의 원사태에 미치지 못[72]한다. 그에 따르면 은유의 구속력으로부터 벗어나야 탈은폐의 사건이 도래한다. 이것에서 한 단계 더 나아가 데리다는 하이데거의 '고유한 것과 고유하지 않은 것의 대립'이라는 이분법적 가치 하중을 넘어서 하이데거보다 정밀하게 은유의 해체에 대한 논리를 펼쳐나간다. "기존 철학 담론 안이나 바깥이 아닌 그 경계에서 데리다는 그 담론의 의식적 무의식적 의미구조를 탐색한다."[73] 그는 경계의 결정 불가능성을 은유에도 적용하며, "은유는 차연의 나타남과 사라짐의 구조와 동일한 이중성을 지니며, 심연으로서의 자기 해체 과정에서 모든 논리적인 구조를 카오스적인 비장소로 대체하는 것"[74]으로 본다. 그리하여 그는 은유의 경계를 탐색하는 자리에서 대립적 구조의 경계를 없앰으로써 은유가 비은유로 해체되는 과정을 언급한다.

"은밀하게 내재하는 의미망을 타고 여기저기를 지나고 있는 은유의 자국과 발걸음의 흔적"[75]을 통해 언어의 가능성을 역동적으로 형성하는 '해체적 은유'는 현대적인 몽타주가 발견되는 이성복 시에 있어서의 불연속적 이미지의 구조와 유사하다. 전체의 의미를 형성하는 연대기적 구조를 파괴하고 계열체로서 진행되는 이미지들은 서로 간에 '틈'이나 '간격'이 있다고 위에서 밝힌 적이 있다. 이것은 위 시

---

72) 김상환, 앞의 논고, 56쪽.
73) 김애령, 「데리다의 "여성" 은유」, 『해석학연구』24권, 한국해석학회, 2009, 157쪽.
74) 김연환, 『차연과 은유에 관한 연구 -데리다의 '초월적 미학'이란 무엇인가』, 홍익대학교 대학원 석사 논문, 2003, 5쪽.
75) 김상환, 앞의 논고, 60쪽.

에 있어서 본연의 자신을 찾지 못하고 헤매는 도중에 발생하는 이미지들이 정확한 의미를 갖지 못하고 의미 작용 내에서 유사한 이미지로 대체되는 도중에 생겨난 흔적들이며, 이들의 차이로 인하여 의미가 발생하고 계속 지연된다. 그러므로 이미지들 간의 틈은 차이에 의한 의미와 의미의 바깥을 교통하는 매개체로 볼 수 있다. 그러므로 위 시에 등장하는 "바퀴벌레들"의 동요, "떠내려가"는 꿈, "벌떡 일어"서는 길, "땅 밑에서" 흐르는 구름, "돌로 쳐죽인 뱀"의 부활 등으로 진행되는 파편적 이미지들은 화자를 드러내는 이미지의 계열체인 동시에 서로 간의 차이로 인하여 의미와 의미의 바깥을 교통하며 끊임없이 역동적인 흐름을 생성한다. 즉 시공간 사이의 '틈'이 다양한 시공간을 불러일으키면서 의미의 바깥을 향해 나아갈 수 있는 에너지를 내포함을 알 수 있다.

지금까지 이성복 시를 몽타주를 통해 모색해보았다. 다양한 시공간이 조합되는 이성복의 시는 통합적 시선을 통해 전체적인 의미로 승화되거나 불연속적 이미지를 통해 시공간의 간격이 부각되어 사유를 증진시킨다. 이때 전자는 자아의 세계화, 유사성에 의한 연상적 비교 및 대조를 통해 새로운 감정을 생성해내며, 치환·병렬은유와 그 구조가 비슷하다. 후자는 데리다가 해체한 은유의 차연 구조와 유사하다. 이미지들 간의 차이를 통하여 의미의 나타남과 사라짐이 반복되고 이와 같은 반복 구조에 의해 의미의 지연 과정이 지속된다. 따라서 불연속적 이미지는 의미에 도달하지 못하므로 계속적으로 새로운 이미지들을 출몰시킨다. 이와 같이 다양한 시공간의 조합은 전체의 의미의 유무에 따라 다른 효과를 생산함으로써 과거의 한국시와는 다른 새로움을 창안하는 모더니티를 구현한다.

Ⅲ. 공간과 실재의 영상적 표현

앞장에서는 김기택, 오규원, 이성복의 시를 영화기법의 영상으로 관찰할 수 있는 타당성을 살펴보고 각각의 영화기법의 영상에 상응하는 수사학적 원리를 탐색해보았다. Ⅲ장과 Ⅳ장에서는 각 시인의 시에 해당하는 영화기법의 영상을 기반으로 시의 공간과 시간을 살펴보도록 한다. 영화의 가장 기본단위인 쇼트(shot)는 동일한 시공간 흐름의 단위로서 영화의 세포와 같은 역할을 하며 이러한 사실은 영화기법이 어떠한 예술장르보다 시공간의 흐름을 모색하기에 적합한 장르임을 입증한다.

시에서도 시공간의 흐름은 중요한 위치를 차지한다. 시공간의 흐름은 이미지의 흐름을 시간의 축과 공간의 축으로 나누어 살펴본 결과로서 시의 이미지가 작동하는 원리를 살펴볼 수 있는 요소다. 이 장에서는 영화기법의 영상을 통한 시의 시공간을 분석하는 데 있어 우선 '공간'의 양상과 의의를 살피고 그것의 원동력인 실재[01]가 무엇인지 살펴

---

01) 이 책에서 언급하는 실재(the real)란 상징적 기호인 언어로 표현할 수 없는 잔여를 의미한다. (김상환, 「기표의 힘과 실재의 귀환」, 『철학사상』제16권, 서울대학교 철학사상연구소,

볼 것이다.

카메라 기법에 있어서는 '근거리 쇼트'와 '원거리 쇼트', 편집 방법으로는 '고전적인 몽타주'와 '현대적인 몽타주'를 통해 시를 영상이미지로 살펴보는 이 책의 시도는 단어, 구, 문장만으로는 심상화하기 난해한 공간을 객관화하여 전반적인 이미지의 양상을 살펴볼 수 있다는 데 의의가 있다.

"詩作은 존재의 진리를 묻는 철학가의 본질적 사유와 일치한다. 철학가의 임무인 존재의 사유(denken)와 시인의 시작(dichten)은 존재를 '이끌어 냄'이란 뜻의, 같은 어원을 공유하고 있기 때문에 존재의 진리를 현시하고 수립하는 공동의 임무를 수행한다. 이것을 가능하게 하는 것이 언어다. 다시 말하면 언어는 존재이해의 방법론적 통로다."[02] 그럼에도 언어는 존재를 완벽히 구현해내지 못한다. 언어의 한계는 상징적 기록의 잔여인 '실재'를 낳는다. "실재는 상징적 기록이 진행되는 과정에서 부수적으로 남는 잔여이지만, 그 잔여가 다시 상징계를 움직이게 하는 원동력이 된다."[03] 따라서 시의 공간 또한 언어를 통해 이미지가 구현되기 때문에 실재와 연관성을 지닐 수밖에 없는 것이다.

우선 영화기법의 영상을 통하여 시의 공간을 모색하여 그것의 양상을 살피고, 공간의 양상이 어떻게 이루어졌는지에 대한 물음의 해답을 '실재'를 통해 고찰해보도록 한다. 이러한 연구는 한국시에서 모더니티를 정립한 김기택, 오규원, 이성복 시의 공간을 새롭게 파악할 뿐만

2003, 6, 81쪽 참조) 이와 같은 맥락으로 이 책에서는 라캉이 언급한 상징적 기록의 잔여로서의 대상 a, 상징적 재현 체계에서 균열이 일어나 생겨나는 '트라우마', 더 나아가 언어로 만들어진 개념 이전의 이미지가 실재가 되는 '베르그손의 이미지 개념'을 통해 실재를 통한 공간 양상의 원동력을 고찰해보기로 한다.

02) 김준오, 『시론』, 삼지원, 2009, 68쪽.

03) 김상환, 앞의 논고, 81쪽.

아니라, 그것이 어떻게 시의 에너지를 창출하는지 알아보고자 하기 위함이다.

1. 김기택 시의 공간

김기택 시는 치밀한 관찰을 위해 작은 공간을 전체로 확대한다. 이 과정에서 작은 공간은 철저하게 해부되어 일상적인 의미의 공간으로부터 벗어난다. 부분 공간은 전체 공간이 되는 과정에서 내부의 질적 변동을 겪을 수밖에 없다. 이때 나타나는 공간의 양상은 영화기법 중 '근거리 쇼트'의 특정한 영상과 유사하다. 또한 근거리 쇼트에 의한 '근접화면'은 가까운 거리에 의해 바라보는 자의 주관성이 두드러지는 촬영기법으로, 이를 시에 적용할 때 공간의 내부 변동은 화자의 주관성과 연관 있다. 따라서 이번 장에서는 공간의 주관적 독해에 따른 관찰력을 '근거리 쇼트'의 영상을 통해 살펴봄으로써 공간의 양상과 의의를 밝혀보도록 한다.

1.1. 공간의 투사와 재언술

김기택 시의 공간은 "틈의 세계"[04]다. 그는 틈을 세계로 확장하여 미세한 현상을 집요하게 묘사하고 공간의 본원적인 성질을 드러낸다. 이러한 그의 세밀한 관찰력은 근거리 쇼트와 유사한데, 이는 카메라의 확대 기술과 그로 인해 발생하는 영상의 성질이 그의 시적 이미지와 유사하기 때문이다.

벨라 발라즈는 클로즈업이 삶의 은밀한 부분을 보여주고 있다고 언급한다. 예로 클로즈업이 작은 물건을 초조하게 만지작거리며 떨리는 손가락을 보여준다면, 이것은 내면에서 일어나고 있는 폭풍의 징조이다. 이것은 무의식적 세계를 반영하는 표현이기 때문이며, 미세한 움직임을 통해 내부를 들여다 볼 수 있다.[05] 즉 근거리 쇼트는 한 공간 속의 다양한 내면을 바라볼 수 있으며, 다성적인 유희를 풀어나갈 수 있다. 이와 같이 근거리 쇼트는 공간 속의 공간을 향해 나아가는 '공간의 투사' 양상을 보인다.

근거리 쇼트 영상의 특성은 김기택 시에서도 관찰된다.

눈이 피곤하고 침침하여 두 손으로 잠시 얼굴을 가렸다
손으로 덮은 얼굴은 어두웠고 곧 어둠이 손에 배자
손바닥 가득 해골이 만져졌다
내 손은 신기한 것을 감지한 듯 그 뼈를 더듬었다
한꺼번에 만져버리면 무엇인가 놓쳐버릴 것 같아

---

04) 권채린, 「틈의 詩學 - 김기택론」, 『고황논집』제31집, 경희대학교대학원, 2002.12, 20쪽.
05) 벨라 발라즈, 앞의 책, 62~63쪽 참조.

아까워하며 조금씩 조금씩 더듬어나갔다

차갑고 무뚝뚝하고 무엇에도 무관심한 그 물체를

내 얼굴이 생기기 전부터 있었음직한 그 튼튼한 폐허를

「얼굴」 부분

그녀의 배 위에 귀를 대고 누우면 맑은 물 흐르는 소리가 난다

작은 숨소리 사이로 흐르는 고요한 움직임이 들린다 따뜻한 실핏줄

마다 그것들은 찰랑거린다 때로 갈비뼈 안에서 멈추고 오랫동안 둔

중한 울림이 되어 맴돌다가 다시 실핏줄 속으로 떨며 스며든다 이

소리들이 흘러가는 곳 어딘가에 새근새근 숨쉬며 자라는 한 아이가

숨어 있을 것 같다

「태아의 잠1」 부분

「얼굴」에서 주시하는 대상은 화자가 "두 손으로" 가린 "얼굴"이다.
신체의 부분인 "얼굴"이 시의 공간 전체를 차지하므로 이 시는 영화기
법 중 '클로즈업'과 유사하다. 시의 전체 공간으로서 "얼굴"은 점차 "어
둠"→"해골"→"폐허"로 이동한다. "사물의 굳어지려는 경계를 안으로
넘어가면서 김기택은 사물이 꽉 채워지는 것을 막는다. 꽉 채워진 듯
이 보이는 사물도 실제로는 그 안으로 많은 틈과 비어 있음이 열려 있
음을"[06] 보는 것이다. 즉 이 시의 공간도 표면적 공간을 해체하고 그
틈 속의 비어있음을 향해 나아가며, 이러한 공간의 이동 양상은 클로
즈업의 영상을 통해 고찰해 볼 수 있다.

---

06) 김진석, 「소내(疏內)하는 힘 - 김기택의 시 「바늘구멍 속의 폭풍」 속으로」, 『문학과사회』,
1995.8, 1364쪽.

클로즈업은 객관적 표면을 통하여 내면적 감정을 드러낸다. 즉 "클로즈업에서 우리는 가장 예민한 대화 상대자도 파악할 수 없는 얼굴 근육의 작은 움직임을 통해 영혼 깊숙한 곳까지 들여다볼 수 있다."[07] 본인도 통제할 수 없는 근육까지 얼굴로 드러나기 때문이다. 이러한 카메라 기술의 표현법을 미세한 표정표현법이라 일컫는데, 이것은 "우리가 얼굴 클로즈업을 통해 얼굴에 드러나게 쓰여진 것보다 더 많은 것을 읽을 수 있음"[08]을 보여준다. 즉 얼굴의 행간을 읽는 것이다. 이와 같은 얼굴의 근접화면은 얼굴에만 국한되지 않는다. 들뢰즈는 추시계의 근접화면을 예로 들며 그것이 비록 얼굴과 닮지 않았음에도 그것은 얼굴화되면서 사물 자체가 우리를 노려보며 바라본다고 언급한다. 즉 근접화면은 사물의 얼굴성을 드러내는 것이다.[09] 위 시의 공간이 "얼굴"이란 표면에서 내면의 특질인 "어둠"으로 이동하고 그러한 특질이 "해골"과 "폐허"까지 이어지는 힘은 클로즈업 영상이 근접 표면을 통해 내면을 드러내는 특정한 이미지라는 점을 통해서 이해할 수 있다. 즉 이때 '공간의 투사'가 일어나는 것이다. 공간의 투사는 결국 공간이 표면에서 내면으로 이어지면서 새로운 특질을 발현한다.

「태아의 잠1」에서도 "그녀의 배"라는 작은 공간이 시의 전체가 되어 배 안으로 점차 공간이 투사된다. "그녀의 배"에서 배 속으로 침투한 공간은 "작은 숨소리 사이로 흐르는 고요한 움직임"이 들리는 자궁 안으로 다시 한 번 투사되어 공간의 심층도에 따라 대상의 새로운 특질이 발견된다. 평범한 "그녀의 배"는 공간이 투사됨으로써 "실핏줄"

---

07) 벨라 발라즈, 앞의 책, 72쪽.

08) 위의 책, 87쪽.

09) 질 들뢰즈, 앞의 책, 169~170쪽 참조.

이 생성되며 "새근새근 숨쉬"는 태아가 자라나는 생명의 공간으로 이어지는 것이다.

다음 시에서는 클로즈업 공간의 다른 양상을 살펴보도록 한다.

누군가 씹다 버린 껌.
이빨자국이 선명하게 남아 있는 껌.
이미 찍힌 이빨자국 위에
다시 찍히고 찍히고 무수히 찍힌 이빨자국들을
하나도 버리거나 지우지 않고
작은 몸속에 겹겹이 구겨넣어
작고 동그란 덩어리로 뭉쳐놓은 껌.
그 많은 이빨자국 속에서
지금은 고요히 화석의 시간을 보내고 있는 껌.

「껌」부분

나뭇가지들이 갈라진다
몸통에서 올라오는 살을 찢으며 갈라진다
갈라진 자리에서 구불구불 기어 나오며 갈라진다
이글이글 불꽃 모양으로 휘어지며 갈라진다
나무 위에 자라는 또 다른 나무처럼 갈라진다
팔다리처럼 손가락 발가락처럼
태어나기 이전부터 이미 갈라져 있었다는 듯 갈라진다

「커다란 나무」부분

「껌」과 「커다란 나무」에서는 시종일관 '동어반복'이 일어난다. 우선 「껌」을 살펴보면 껌의 크기는 이목구비와 유사하므로 '익스트림 클로 즈업'의 영상적 표현으로 묘사된다. 아주 작은 공간을 극대화 한 이 시는 "껌"이란 단어를 여러 차례 반복한다. 즉 동일한 공간을 다른 언 술로 이미지화하고 있는 것이다. 이는 동일한 공간을 다양한 형태로 묘사함으로써 근접화면의 다의성을 풀어낸다. 벨라 발라즈는 클로즈 업을 "말없는 독백"[10]으로 보고 영상을 통해 언어 없이 '다양한 의미' 를 우리에게 제공한다고 언급한다. 클로즈업의 영상은 "자족적인 잠 재성"[11]을 내재하고 있으므로 "독특하고 모호하며, 항상 새로이 재생 되는 조합들을 형성"[12]해나간다. 앞에서 본 공간의 투사는 공간이 내 면으로 이동하면서 심층적인 세계를 통하여 질적 도약을 이루었다 면, 이러한 동어반복을 통한 동일한 공간의 반복 묘사는 한 대상의 다 의성을 풀어내며 표면 세계의 진동을 통하여 질적 도약을 이룬다. 다 시 말해 공간의 투사는 경계를 지우며 틈새를 비집고 새로운 공간을 향해 나아간다면, 동일한 공간의 반복 묘사는 "경계를 지우며 경계를 떨리게"[13] 하는 것이다.

「커다란 나무」에서도 "나뭇가지"라는 작은 공간을 표면적 층위에서 겹겹이 묘사하는 클로즈업의 영상적 표현이 관찰된다. 나뭇가지들은 "살을 찢으며", "구불구불 기어나오며", "불꽃 모양으로 휘어지며", "또 다른 나무처럼" 갈라지는데, 같은 공간에 대한 다양한 특질들은 한 공 간 안에 중화되었다가 점차 하나씩 풀려나가면서 강렬한 이미지를

---

10) 벨라 발라즈, 앞의 책, 71쪽.

11) 질 들뢰즈, 앞의 책, 186~187쪽.

12) 위의 책, 191쪽.

13) 김진석, 앞의 논문, 1382쪽.

발현한다.

지금까지 살펴본 김기택 시에 드러나는 공간의 양상은 '투사'와 '재언술'로 나누어지며 이것을 그림으로 살펴보면 다음과 같다.

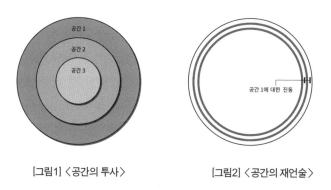

[그림1] 〈공간의 투사〉　　　　[그림2] 〈공간의 재언술〉

김기택 시의 공간은 '작은 공간'이 시의 '전체'가 되면서 숨겨진 특질들이 드러난다. 작은 공간이 근접화면이 될 때 그것은 모호한 얼굴의 표정과 같이 다양한 가능태로서 구현된다. 근접화면은 내면을 드러내는 특성을 갖고 있으며, 이는 미세한 움직임을 통해 내면을 바라보기 때문이다. 이로 인하여 '공간의 투사'는 공간이 점차 내면으로 이동하여 공간의 깊이를 만들어낸다. 이에 반해 '공간의 재언술'은 공간이 표층에서만 진동하면서 중화된 공간의 다의적인 겹을 밝혀낸다. 두 가지 유형 모두 작은 공간을 연속적으로 풀어냄으로써 '새로운 특질'을 향해 나아간다. 이것은 김기택 시의 '발견'[14]에 해당하며, 일상

---

14) 시의 발견이란 인지의 충격을 의미한다. "인지의 충격은 우리의 익숙한 경험을 새롭게 조명해 준다. 인상파의 그림이 나온 이후 사람들이 풍경의 색조를 새로이 발견하게 되었다고 하는 것은 그러한 뜻이다. 훌륭한 문학작품은 독자에게 경험에 대한 새롭고 도전적인 관점을 제공해 주는 것이다."(유종호, 『시란 무엇인가』, 민음사, 2008, 102쪽.)

적인 대상을 특별한 대상으로 초월시키는 힘이다. 결국 작은 공간의 질적 도약은 결국 탈공간화를 향한 도약으로 볼 수 있다. 김기택 시의 공간에 있어서 이러한 역동적인 힘은 객관적인 물질 상태로부터 주관에 의한 잠재적 성질들을 불러일으킨다.

1.2. 동일한 공간의 반복과 대상 a

앞 장에서 살펴본 바와 같이 김기택 시에서 작은 공간은 '투사'나 '재언술'의 방식을 통하여 반복 서술된다. 그렇다면 '동일'한 공간이 '반복'적으로 발현되어 심도나 진동을 만들어내는 원동력은 무엇일까.

김기택 시의 공간은 단일한 공간에 집중하고 있음에도 작은 공간이 시의 전체로 확대되면서 다층적인 공간의 양상이 드러난다. 현실적인 시점에서 보았을 때 김기택의 시는 단일한 공간일지라도, 그것이 나타남에 있어서 드러나는 공간의 다양한 양태와 조합은 끊임없이 지속된다. 이것은 대상을 바라보는 주관적 인식에 의한 해석의 시도로서 최대한 대상의 본연을 드러내기 위한 노력이다. 이러한 시도들에도 불구하고 대상은 완벽히 모습을 드러내지 않는다. 대상을 완벽히 묘사하기 위해 언술은 '실패와 시도'를 겪으며 동일한 공간을 반복적으로 언술한다.

다음 시를 통하여 김기택 시의 공간 묘사와 대상의 드러남 간의 관계에 대해 살펴보도록 한다.

때때로 아기는 움직임을 멈추고
조용히 세상 밖 어딘가를 보고 있다.

그 눈동자를 들여다보니

여전히 몸이 생기기 전의 세상에 있는 것 같다.

아직도 제 몸이 없는 줄 알고

크고 아득한 표정을 만들어

아기는 저 혼자 가만히 웃음 짓는다.

그러다 갑자기 제가 몸속에 들어 있는 것을 느끼고는

금방 사람의 얼굴이 되어 또 울음을 터뜨린다.

「신생아1」 부분

발이 없는 구두

발이 빠져나간 구두

이상했다 발이 없는데도

뒤축이 닳아 있는 구두

무엇이었을까

한때 구두 뒤축을 동그랗게 닳게 했던

그 무게는

지금은 무게가 아닌 그 무게는

「구두 한 켤레」 부분

「신생아1」과 「구두 한 켤레」에 나오는 화자는 대상의 본질에 대해 의문을 품는다. 「신생아1」에서 화자는 "조용히 세상 밖 어딘가를 보고 있"는 "아이"의 "눈동자"를 들여다본다. 아이의 눈동자는 "크고 아득한 표정"을 짓고 있다. 화자는 이것의 정체에 대하여 궁금해 한다. 「구두 한 켤레」에서는 한때 "구두 뒤축을 동그랗게 닳게 했던" "무게"의 정체에 대해 의문을 가진다. 이와 같은 의문을 기반으로 두 시는 알 수 없는 대상의 본질에 닿기 위해 같은 공간을 투사하거나 재언술한다.

'아기의 눈동자'를 확대하여 바라보고 있는 「신생아1」은 이목구비와 같이 작은 공간을 확대하여 묘사하고 있으므로 익스트림 클로즈업과 같은 영상적 표현에 해당한다. '아기의 눈동자'라는 작은 공간은 "몸이 생기기 전의 세상"으로 투사된다. 그러나 몸이 생기기 전의 세상이라는 모호한 표현으로는 아이의 표정을 완벽히 구현해낼 수 없다. 이는 클로즈업의 "이미지가 의미로 완전히 흡수되거나 병합되지 않"[15]는 성질과 유사하다. 마찬가지로 「구두 한 켤레」에서도 '구두'를 확대하고 있으므로 클로즈업과 같은 영상적 표현에 해당한다. "구두 뒤축을 동그랗게 닳게 했던/그 무게"의 정체를 알기 위해 이 시는 "발이 빠져나간", "뒤축이 닳아 있는" 등의 다양한 수식어를 사용하여 "구두"라는 작은 공간을 여러 번 재언술한다. 그럼에도 신발을 짓누르고 있는 무게에 대한 적확한 표현이 드러나지 않는다. "클로즈업을 통해 관객은 상징적 질서로 환원되지 않는 자신의 존재론적 잉여를 만"[16] 나며, 정확한 이미지를 향해 초점을 겨눌수록 의미의 부재 속에 갇히게 되는데, 이 시도 이와 같이 재언술 할수록 빠져나가는 의미의 잉여를 겪게 되는 것이다.

이처럼 공간이 투사되거나 재언술되기 위해서는 '불확실하고 모호한 특질'이 언술된 공간 밖에 있어야 하며, 알 수 없는 대상을 향하여 동일한 공간은 투사되고 재언술된다. 이러한 양상은 실재를 통해 원리를 살펴볼 수 있다. "실재는 상징적 기록이 진행되는 과정에서 부수

---

15) 김종갑, 「클로즈업의 수사학 - 그레타 가르보의 얼굴」, 『문학과영상』제4권, 문학과영상학회, 2003.12, 17쪽.

16) 위의 논문, 24쪽.

적으로 남는 잔여"[17]다. 공간의 불완전하고 모호한 성질은 상징계의 언어로 명확하게 표현할 수 없는 어떤 것이기 때문이다.

욕망은 완전한 만족에 도달할 수 없는 것으로 인하여 다시 생겨나며, 대상이 남겨놓은 결여에 의해 작동된다. 즉 "공백(빈곳)이 욕망의 원인이며 동시에 욕망이 목표하는 것으로 구성된다는 것이다."[18] 라캉은 이러한 욕망의 원인이자 대상을 '대상 a'라고 부른다. "대상 a는 상실을 증언하며 따라서 그것은 그러한 상실을 채울 수 없다는 의미에서 그 자체로 결여를 생산하는 대상이다."[19] 이와 마찬가지로 "클로즈업은 내러티브와 이미지의 균열을 조장하면서 상징계적 질서를 파열하는 실재의 돌출이라는 점이 강조"[20]된다. 즉 의미가 모두 드러내거나 제어하지 못하는 이미지의 '비결정성'이나 '의미화 되지 못하는 공백'들에 의해 균열이 일어나는 것이다. 상징계적 언어로 정의할 수 없는 일탈의 부분을 향해 나아감으로써 공간은 점차 낯선 이미지를 만들어낸다. 요컨대 클로즈업과 같은 영상적 표현으로 묘사된 시의 공간은 언어로 정의되지 않는 실재인 대상 a에 의해 동일하게 반복적으로 언술되는 것이다. 그것은 "존재하지 않는 것 때문에 그런 부단한 운동이 지속"[21]된다. 김기택 시의 틈이란 "결함이나 결핍의 흔적이며,

---

17) 김상환, 앞의 논고, 81쪽.

18) 조엘 도르, 홍준기·강응섭 옮김, 『라캉 세미나·에크리 독해 Ⅰ』, 아난케, 2009, 238쪽.

19) 위의 책, 같은 쪽. (라캉의 세미나에서는 "실재가 근접함에 따라 이뤄진 자기절단automu-tilation, 그 최초의 분리로부터 출현한 어떤 특권적인 대상과 연결되어 있"(자크-알랭 밀레편, 맹정현·이수련 옮김, 『자크라캉 세미나 11』, 새물결, 2008, 131쪽)는 것을 대상 a라고 설명한다.

20) 김종갑, 앞의 논고, 8~9쪽.

21) 위의 논고, 82쪽.

채우고 메꾸어서 없애야 할 공간이다."[22] 그러므로 앞장에서 밝힌 [그림1], [그림2]와 같이 공간의 동심원, 즉 공간에 대한 언술이 연속적으로 발생할 수밖에 없다. 이러한 공간의 양상은 김기택 시에서 "항상 무수한 경계들이 새로 존재"[23]할 수 있는 이유이며, 언어의 한계로 인하여 경계는 언제나 견고하지 못하다.

김기택 시는 이처럼 근접화면의 원리와 유사한 묘사 방법을 취하고 있으며, 이는 아무리 정확히 드러내려 하더라도 보이지 않는 공간의 실재인 대상 a에 도달하기 위하여 동일한 공간에 대한 언술을 반복한다. "불완전한 상징계의 언어에 종속되어 있는 주체는 항상 완전함을 향해 꿈을 꾼다. 대상 a가 상징적 거세와 관계되는 한, 대상 a는 최초의 결여 상태를 회복하고자 하는 주체의 욕망이다."[24] 따라서 김기택 시의 공간 양상은 대상 a를 포획하고 싶은 욕망의 징후라 볼 수 있다. 위 시들의 언술들은 하나의 공간을 그리고 다시 지우기를 반복하며 의미를 구성하기 위하여 의미가 무너지는 역설적 구조를 따른다. 김기택 시는 동일한 공간을 여러 번 언급하기 때문에 시적 에너지가 점점 상승하지만, 결국 시에서 보여주려 한 공간의 본질은 결여로 남는다.

다음에는 지금까지 살펴본 공간의 유형과 대상 a의 관계가 어떠한 역할을 하는지 모색해보기로 한다.

> 펄럭이는 종이 한 장
> 아직도 바람 위에 놓여 있다

---

22) 권채린, 앞의 논고, 20쪽.

23) 김진석, 앞의 논고, 1364쪽.

24) 권순정, 「라캉의 환상적 주체와 팔루스」, 『철학논총』제75집, 새한철학회, 1014, 40쪽.

바람의 얇은 틈에 끼워져
바람 움직이는 대로 움직여준다
모난 돌덩이가 들어 있는 위장처럼
바람은 뒤흔든다 소리지른다
다윗의 돌처럼 바람의 이마에
종이는 편안하고 단단하게 박혀 있다
아아 이미 말한 말들 써버린 글들
잊어버리고 날려버린 생각들
날다가 구르다가 걸리리 밟히리
구겨지리 젖으리 찢어지리
조각이 되고 가루가 되리
태평양 흔드는 태풍 속까지
깊이 박혀 돌아다니리
돌아다니다 먼 시간도 만나
후세의 낯선 생각 속에 섞이리
한때는 흔적이라도 되겠지만
끝내는 없어지리 바람과 함께
속도가 되어 방향이 되어
또 다른 종이 한 장 날리리

「종이 한 장」전문

아침
알 속으로 빛이 스며든다
보이지 않는 핏줄마다
빛이 가득 채워진다

나뭇잎 줄기처럼 뻗은

희디흰 그물이 드러난다

실핏줄 그물을 따라

눈으로 날개로

빛이 들어간다

아아 눈은 아직 액체여서

떴는지 감았는지 알 수 없다

껍질의 숨구멍 속으로 들어오는

수많은 가는 빛줄기가

물의 눈에도 보일 것 같다

부지런히 숨을 쉬고 있지만

허파도 심장도 아직은 물

두근거리는지 알 수 없다

「알」부분

　　「종이 한 장」은 공간을 재언술하고, 「알」은 공간을 투사하는 방식을 취한다. 우선 「종이 한 장」은 "펄럭이는 종이 한 장"을 클로즈업한 영상적 표현을 사용하여 10행까지는 현재 종이가 바람에 휘날리는 모습을, 11행부터 마지막 행까지는 휘날리는 종이의 미래를 묘사한다. '종이'의 공간은 열두 번 반복 언급되며, 마지막 행은 "또 다른 종이 한 장"을 등장시킴으로써 내용의 수미상관을 이룬다. 시의 첫 언술은 공간에 대해 가장 기본적인 묘사로서, "펄럭이는 종이 한 장"이 "바람 위에 놓여 있다"는 사실에 바탕을 둔다. "대상 a는 주체가 자신을 구성하기 위해 자신으로부터 분리시킨 기관"으로, '종이 한 장'이 언술되자, 종이 한 장에서 언술로 구현되지 못한 대상 a가 생겨난다. 시의 첫 언술 뒤에는 "바람의 얇은 틈에 끼워져"있거나 "돌덩이가 들어 있는 위장"같거나, "바람의 이마에" "단단하게 박혀 있"는 등 주관적인 해석에 따른 묘사가 등장한다. 이는 클로즈업이 대상과 근거리를 두기 때문에 주관성을 지닐 수밖에 없는 성질과 연관되며 공간을 바라보는 시선의 환상이라고 볼 수 있다. 클로즈업의 다의적 유희가 언어를 통해 표면에 드러날 때는 환상과 같은 유형으로 나타난다. 예로 클로즈업한 사람의 얼굴은 그 얼굴 자체만 이미지화될 뿐이지 그 얼굴의 내면에서 일어나는 다양한 의미는 확인할 수 없다. 시에서 표면의 모호함의 근본인 내면의 다양한 세계를 드러내기 위해서는 언어를 통해 서술할 수밖에 없으며, 이는 겉으로 드러난 세계가 아니므로 환상의 형식으로 드러나는 것이다. 여기서 영화기법의 클로즈업은 이미지 안에 다의성이 녹아있다면, 시에서 나타나는 클로즈업의 효과는 결국 언술을 통해 다의성을 드러낸다는 차이점이 있다. 결여된 언술이 대상 a를 향해 나아감은 결국 라캉의 환상공식 a에 부응한다. 동일한 공간의 반복 언술은 따라서 대상에 대한 환상을 불러일으키는 것이다. 이러한 환상의 일환으로 '~리' 어미를 사용하여 '종이 한 장'에 대한 미래를 언급하는데, 미래에 대한 모습들은 대상 a라는 부재의 유희 과정으로서 왜곡된 환상에 불과하다는 점에서 대상 a는 끝까지 해소되지 않는다.

아무리 정밀한 시의 언술이라 할지라도 공간을 완벽히 표현할 수 없으므로 공간의 결여는 포획되지 않는다. 즉 "온갖 기표적 연쇄와 집적을 통해서 그것에 도달했다고 생각하는 순간, 그 대상은 다시 힘을 행사한다."[25] 따라서 언술과 공간과의 관계는 술래잡기가 되며 서로

---

25) 김상환, 앞의 논고, 535쪽.

긴장을 유지하기 때문에 공간에 대한 몰입도가 강화된다. 언술과 공간과의 차이는 서로의 직접적 대면을 연장시킨다. 「종이 한 장」에서 묘사된 '종이 한 장'에 대한 시선의 몰입도는 동일한 공간이 반복 언술될수록 점차 증가하여 현재에서 미래로 초월하는 시적 에너지를 축적한다.

「알」에서는 "알"이라는 표면적 공간에서 알 안의 "액체"로 공간이 투사되는 클로즈업의 영상적 표현이 구사된다. 그러나 시에서 알 안의 액체가 "실핏줄 그물", "눈", "날개", "허파", "심장"으로 보이는 것은 위에서 언급한 대로 라캉의 환상 공식에 따른 결과다. 이 시를 내용상으로 살펴보면 알→알 속의 액체→새의 표면적 형상→새의 내장 순으로 공간이 투사되며, 알이라는 표면적 공간에서 새를 형상화할 때 '환상'이 작동되는 것이다. '알'이라는 작은 공간을 시의 전체로 확대하여 대상을 명확히 표현하려고 할 때 연속적으로 탈락되는 결여들은 이렇게 공간들을 반복적으로 투사시키며, 이러한 과정은 공간에 대한 몰입도를 상승시킨다.

요컨대 김기택 시는 작은 공간을 확대하는 '근거리 쇼트'와 같은 영상적 표현을 구사한다. 근거리 쇼트의 일환인 클로즈업은 상징적 질서로 환원되지 않는 잉여와 만난다. 이와 마찬가지로 김기택 시는 "언술이 부재 안으로 스스로를 은폐하는 미지의 공간을 향해 조금씩 나아가는"[26] 양상을 취한다. 이는 대상 a에 대한 언술의 도전이며, 그 과정에서 동일한 공간의 다의성과 환상이 산출된다. 언술과 공간과의 관계는 긴장이 상승하면서 자연스레 공간에 대한 몰입도가 증가할 수밖에 없는

---

26) 박한라, 「영화적 기법을 통한 공간과 실재」, 『한국문학이론과 비평』제68집, 한국문학이론과 비평학회, 2015.9, 206쪽.

데, 이러한 점이 김기택 시만의 새로운 공간의 특성을 만들어낸다.

2. 오규원 시의 공간

오규원의 날(生)이미지 시는 '살아있는 이미지'를 바탕으로 제작한 시로서 인간 중심 사고에서 벗어나 객관적인 풍경 그 자체를 지향한다. 여기서 '살아있는 이미지'란 시간의 흐름에 따라 이미지가 흘러가는 것을 의미한다. 날이미지 시에서 이미지는 주관성을 배재한 '있는 그대로의' 현상을 지향하기 때문에 카메라의 기록과 비슷하며 특히 영화기법 중 풀 쇼트, 롱 쇼트, 익스트림 롱 쇼트를 포함한 '원거리 쇼트'의 영상적 특질과 유사하다. 원거리 쇼트는 대상과 거리를 둠으로써 감정을 배제하고 있는 그대로의 현실을 재현할 수 있기 때문이다. 원거리 쇼트는 원경을 표현하며, 이는 객관적이고 중립적인 풍경으로 주관적 시선에 의한 의미나 감정에 좌우되기보다 있는 '사실적 정황'을 드러낸다. 날이미지 시의 공간은 원경으로 포착되기 때문에 다양한 대상들을 포섭한 넓은 공간이며, 좀 더 넓은 풍경을 담기 위해 '파노라마 기법'과 같이 가로로 이동하기도 한다. 이번 장에서는 날이미지 시를 '원거리 쇼트'의 영상적 표현 통해 살펴봄으로 공간의 양상과 의의를 살펴보도록 한다.

2.1. 공간의 고정과 흐름

원거리 쇼트는 공간을 원거리에서 촬영하기 때문에 '원경'을 다룬다. 원경은 "관객이 객관적인 입장에서 감정의 이입 없이 피사체를 바라볼 수 있는"[27] 특징을 지녔으며, 따라서 현실을 왜곡하지 않은 채 있는 그대로의 공간을 전달하므로 대체적으로 주관적인 의도나 의미로 수렴되지 않는다. 또한 원거리 쇼트는 커다란 공간을 프레임 안에 섭렵하므로 여러 대상들이 한꺼번에 포착되어 전체적인 조망을 할 수 있다.

오규원의 '날이미지 시'는 이러한 원거리 쇼트의 영상적 특질과 유사하다. 날이미지 시는 "집요하게 풍경을 재단한다. 시인의 눈은 고담도의 정밀한 렌즈와 같아서 나타남이 곧 사라짐일 수밖에 없는 한 풍경을 영원한 풍경으로 찍어낸다."[28] 이렇게 오규원이 표현하는 "초극의 공간은 결코 유현하게 파악되지도 표현되지도 않는다."[29] 이는 객관적인 풍경을 포착하므로 의도에 의한 소묘를 벗어났기 때문에 지정된 의미로 고착화되지 않는 결과다.

한 아이가 가고 두 그루 나무가 그림자를 길의 절반까지 풀었다
다른 한 여자 아이가 두 그루 나무 밑에 그림자를 밟아야 하는 길로
오고 그 아이 발밑에서도 그림자는 풀려서 편편하고 부드럽다 여자
아이는 두 그루 나무를 번갈아가며 쳐다보다가 나무를 하나씩 차례

---

27) 손보욱, 「사실주의 영화에서의 클로즈업의 특성」, 『씨네포럼』제14호, 동국대학교 영상미디어센터, 2012.5, 150쪽.

28) 진순애, 「방법으로서의 사물 놀이, 혹은 타자로서의 길 놀이-오규원 시집, 『길, 골목, 호텔 그리고 강물소리』」, 『시와 반시』2007 가을, 40쪽.

29) 황현산, 「새는 새벽 하늘로 날아갔다」, 『길, 골목, 호텔 그리고 강물소리』, 문학과지성사, 1995, 108쪽.

로 끌어안고 빙그르 돌았다 두 팔과 두 다리를 벌려 나무를 감고 빙
그르 돌면서 허공을 쳐다보며 아, 아, 아, 했다 허공으로 가는 길에
사방으로 뻗고 있는 나뭇가지에 아, 아, 아, 하고 소리가 걸렸다 집
집의 대문은 잠겨 있고 담장은 튼튼하고 담장 안쪽의 뜰은 골목보
다 깊었다 새가 떠난 새집은 그림자를 가지에 걸쳐 놓고 가지 사이
에 혼자 얹혀서도 둥글고 길은 여전히 편편하다

「그림자와 나무」 전문

길을 벗어난 곳에 사당이 있다
동서로 기울어져 있는 지붕에서 쏟아져
내리는 햇별에 저희들끼리 모여서
뱀딸기들이 닥치는 대로 나무와
그늘에 붉은 몸을 내려놓고 있다
그래도 잎은 붉은 몸과 함께 파랗게
물결친다 사당에서도 개미들은
자기의 그림자에 발이 젖어 있다
사당을 세운 자들은 이미 사라지고 처마 밑에 진을 친 거미는
속이 없는 진중을 오가며
아직 무겁게 몸을 다스린다 그러나
나팔꽃 줄기는 담장의
중간쯤에서 더 오르지 않고
흔히 본 그런 꽃을
서너 개 내려놓고 있다

「사당과 언덕」 전문

「그림자와 나무」는 한 공간 안에 대상들이 시간이 흘러감에 따라 움직이는 모습을 그대로 포착하거나, 동시적인 부분들이 모두 혼합되어 나타난다. 우선 "한 아이"와 "다른 한 여자 아이", "두 그루 나무"를 보여주기 위해서는 거리를 두고 바라보아야 하며 그들의 움직임에 따라 시상이 전개되므로 '롱 쇼트'와 유사한 영상적 표현이 진행된다. 이 시를 축자적 내용에 따라 순서대로 나열하면 다음과 같다.

① 한 아이가 감
② 두 그루 나무가 그림자를 길의 절반까지 풀음
③ 다른 한 여자 아이가 ②의 길로 옴
③ 여자 아이는 나무를 안고 빙그르 돌며 아, 아, 아, 하고 소리 냄
④ 허공으로 가는 길, 나뭇가지에 소녀의 아, 아, 아 소리가 걸림
⑤ 집집의 대문은 잠겨있고 골목은 깊음
⑥ 새가 떠난 새집은 여전히 둥글고 길은 여전히 편편함

이 시의 공간은 ⑤의 골목으로 추정된다. 그곳에 "두 그루의 나무"가 있는데, ②에서 그림자가 길어진다는 것은 시간의 경과를 나타낸다. 시간의 흘러갈수록 "한 아이", "다른 한 여자 아이"는 공간의 성질을 약간 변형시킨다. 적막함과 함께 사라지는 "한 아이"와 그 속에서 "아, 아, 아"라는 소리로 적막함을 몰아내는 "한 여자 아이"의 모습은 공간의 분위기가 그 안에 있는 대상에 따라 탄력적으로 바뀌어가고 있음을 보여준다. 공간 자체의 기존 성질이나 이미 정해진 특질들을 끄집어내는 근접화면과 달리, 원거리 쇼트의 공간은 대상들이 만

들어내는 분위기의 장이자 활동적인 장소다. 그러므로 원거리 쇼트의 영상적 표현으로 구사된 날이지시의 공간은 결코 의미가 정해질 수 없으며, 대상들의 경계나 바탕으로서 역할을 수행한다. 이 시의 공간은 순수지각적인 상황이 부유하는 집합이다. 공간은 대상들로부터 정체성을 부여받으며, 대상들이 공간의 특질을 생성해내고 있는 것이다.

「사당과 언덕」을 먼저 살펴보면 "사당" 주변의 다양한 대상들의 움직임을 포착했으므로 연극과 관객의 거리 정도를 유지한 롱 쇼트와 유사한 영상적 기법으로 풍경을 표현했음을 알 수 있다. "길을 벗어난 곳에" 있는 "사당"은 인적이 드문 한적한 공간이다. 그럼에도 시의 풍경은 사당의 적막함을 깨고 생명들의 역동성을 부상케 한다. "뱀딸기들이 닥치는 대로 나무와/그늘에 붉은 몸을 내려놓고" 뱀딸기 잎은 이에 대응하듯 "파랗게 물결"친다. "개미들"과 "거미"도 살아 움직이며 "나팔꽃"도 "서너 개" 피어 자신의 생명력을 과시한다. 비록 "사당을 세운 자들은 이미 사라지고" 없지만, 그 적막함 속에서도 아무 소리 내지 않고도 왕성하게 생명을 이어나가는 곤충과 식물들의 풍경은 사실적인 묘사를 통해 생동적으로 표출된다.

이처럼 이 시의 공간은 롱 쇼트로 바라볼 때 공간에 대한 객관성이 생겨나고, 이에 따라 공간 속 다양한 대상들의 움직임이 의미로 수렴되는 것이 아니라 있는 의미 이전의 상태, 즉 분위기로 발현됨을 쉽게 심상화 할 수 있다. 벨라 발라즈도 원거리 쇼트의 결과로서 나타나는 '풍경' 이미지가 "분위기를 표현하며, 그것은 단지 객관적으로 주어지는 것이 아니다"[30]라고 언급한다. 이는 객관적인 관점으로 바라보

---

30) 벨라 발라즈, 앞의 책, 110쪽.

았음에도 그곳의 공간의 움직임을 통해 '무엇'을 보여주려는 '카메라맨의 의도'를 지적한 것이다. 결국 오규원 시인은 원거리 쇼트와 같은 객관적인 풍경이란 형식 아래 주관적인 분위기를 자아내는 역설적이고 이중적인 시창작 방법을 시행한다. 날이미지 시는 그러므로 객관적인 공간 묘사를 통한 주관적 분위기 발산이라 요약해볼 수 있다. 대상들의 관점에 의해 포착된 대상들은 그 관점에 따른 주관적 분위기가 발산되며, 이를 통해 객관적 공간의 특질이 부여된다. 따라서 「사당과 언덕」에서는 공간을 객관적으로 묘사하고 있음에도 주관적 관점에 의해 선택된 사당 주변의 왕성한 생명들이 공간의 분위기를 만들어내며, 이를 통해 공간의 특질이 발현된다.

다음은 원거리 쇼트의 영상적 표현을 통해 공간이 한 곳에 머무르지 않고 흘러가는 양상을 살펴보도록 한다.

1
죽은 수양버들의 굵은 몸뚱이가 물 결에 아직 박혀있다
수초들은 함께 와와와 물 속으로 발을 내딛는다
물은 수초를 피해 길을 잡고
물에 잠긴 길은 양광으로 반짝인다

2
언덕의 잔디에 자리를 깔고 머리가 하얀 여자가 햇볕을 쬐고 있다
물론 알몸이다 처진 두 개의 유방이 반쯤 들어올린 오른쪽 다리로
각각 다른 동서 세계에 속해 있다
양광은 후방위에서 금빛이다

3

건너편 물가에서 왜가리 한 마리가 고개를 바짝 들고 있다
물의 길은 왜가리의 모가지 가운데쯤에 걸쳐 있다
물의 건너편을 보느라고 왼쪽 다리가 비스듬히 하염없이 들려
있다

4

언덕의 구석에서 잘 자란 수양버들 밑에서 한 사내가 물에 발을
뻗는다
물론 알몸이다 그러나 사내의 몸은 전방위에서 어둡고
물로 기울고 남근은 보이지 않는다
물의 길은 이쪽으로 지나가지 않는다

5

숲이 우거진 물가의 물에는 고무 보트가 한 척 떠 있다
보트에는 알몸의 여자가 누워서 햇볕을 쬐고 있다
양광에도 젖꼭지와 배꼽과 음모는 시커멓다
보트 밖으로 삐쭉 나와 있는 한쪽 발이 물빛이다

6

털투성이 개 한 마리가 보트 위의 여자를 향해 맹렬히 뛰어온다
물의 길이 부서진다
지나온 개의 길이 하늘에 숨는다

7

비둘기 열두 마리가 이 언덕 저 언덕을 종종종 오가며 논다

그림자는 항상 다리에 바짝 붙어서 걷는다

……아직은 양광이다

「비둘기의 삶」 전문

위 시와 같은 경우에는 여러 공간들이 등장하지만, 결국 "비둘기"
가 사는 터전으로 여러 공간들이 연결된다. 위 시의 이미지 전개는 롱
쇼트의 촬영기법을 전제로 한 파노라마 기법의 영상과 유사하다. 각
연을 차지하는 하나의 공간은 원경에 해당하며, 이것은 공간의 인접
성에 따라 연결되기 때문이다. 원거리 쇼트도 현실을 그대로 반영하
는 특징을 지녔지만, 파노라마 쇼트도 마찬가지로 편집 없이 있는 그
대로의 현상을 전달한다. 즉 "감독은 따로 찍은 피사체의 이미지를 연
결하는 것이 아니라 카메라를 움직여 피사체를 지나가면서 현실 상
태에 있는 것과 똑같이 그 대상을 찍는"[31] 것이다. 원거리 쇼트를 동
반한 파노라마 촬영의 영상적 표현은 그러므로 있는 그대로의 현상
을 드러내기에 충분하다.

한 공간에 머문 원거리 쇼트의 영상과 유사한 날이미지 시는 그 공
간에 들어간 대상들이 공간의 정체성을 만들어나가며, 그러한 객관
적인 현상들이 공간의 서정성을 발산하지만, 위와 같이 공간의 흐름
이 관찰되는 경우에는 공간과 공간이 이어지면서 생겨나는 '긴장'을
통해 전체적 공간의 분위기가 발산된다. 각 연의 내용을 정리하면 다
음과 같다.

---

31) 벨라 발라즈, 앞의 책, 177쪽.

① 죽은 수양버들과 수초들이 물길 곁에서 자라나 있는 모습

② 늙은 여자가 알몸으로 물길 옆 언덕의 잔디에서 햇볕을 쬐고 있는 모습

③ 건너편 물가에서 왜가리가 고개를 바짝 들고 있는 모습

④ 한 사내가 알몸으로 언덕의 구석에서 물길에 발을 뻗는 모습

⑤ 알몸의 여자가 고무 보트 위에서 누워있는 모습

⑥ 털투성이 개 한 마리가 여자를 향해 맹렬히 뛰어오는 모습

⑦ 비둘기 열두 마리가 위의 공간들을 오가며 노는 모습

①은 공간의 원형적 모습이라 볼 수 있다. '풀이 자라난 물길' 주변으로 "늙은 여자", "한 사내", "알몸의 여자", "털투성이 개", "비둘기 열두 마리"가 등장하면서 공간은 미묘하게 익명의 사건을 암시한다. 물론 대상들이 인접한 공간에 있으면서 아직은 서로 부딪히지 않는다. 그럼에도 ⑤의 알몸의 여자와 ⑥의 털투성이 개 한 마리가 대응되고 ④에서 '알몸의 남자'는 알몸의 여자들 사이에 위치해있어 모종의 긴장을 완성한다. 공간 속 대상들은 공간의 분위기를 자아내고, 인접한 공간들은 파노라마 기법으로 이어지면서 '간장관계'를 통해 전체 공간으로 흡수된다.

요컨대 날이미지 시에 나타난 공간의 양상은 '공간의 고정'과 '공간의 흐름'으로 나누어 살펴볼 수 있으며 그림으로 나타내면 다음과 같다

[그림3] 공간의 고정　　　　　[그림4] 공간의 흐름

　원거리 쇼트의 영상적 표현을 통해 관찰할 수 있는 날이미지 시의 풍경은 공간의 고정과 공간의 흐름으로 나누어 볼 수 있다. 공간이 고정될 때는 공간 속의 대상들이 공간의 성질을 계속 만들어나간다. 그리하여 공간의 특질은 고정될 수 없으며 '살아 움직이는' 유동성을 갖는다. 실선으로 공간을 표시한 이유도 한가지로 정해질 수 없는 특질 때문이다. 공간은 대상들의 움직임의 바탕이 되며, 대상들은 공간의 특질을 만들어나가기 때문에 공간과 대상들은 상보적인 관계를 갖는다.

　공간의 흐름은 대상에 의해 공간의 특질이 유동적으로 만들어지는 점은 같으나, 그러한 공간들이 파라노마 형식으로 이어지면서 공간과 공간 간에 '긴장 관계'가 성립된다. 이러한 긴장 관계는 부분적 공간을 연결하여 전체적 공간의 분위기로 승화된다.

2.2. 날이미지 공간과 이미지의 실재화

　날이미지 시의 공간은 하나의 의미나 특질로 포착되지 않은 채 내부적 대상들의 관계나 부분적 공간들 간의 긴장을 통해 '분위기'나 '정황'을 형성할 뿐이다. 날이미지 시의 공간은 따라서 고착화되지 않으며 끊임없이 출렁이는 자율성을 지닌다. 이와 같이 순수하고 객관적인 현상을 통한 공간의 유동성은 어떻게 시의 진리와 맞닿아 있을까.

이번 장에서는 날이미지 시의 공간이 고정되고 흘러가면서 어떻게 시의 진리에 다가가는지 '이미지의 실재화'를 통해 살펴보도록 한다. 이러한 이미지의 실재화는 '베르그손'의 이미지론에서 비롯된다. "플라톤적인 전통에서 비롯된 고전적인 개념에서는 이미지란 지성에 의해서만 파악되는 모델의 복사본이므로 불완전할 수밖에 없다고 주장한다. 베르그손에게 이미지, 즉 운동이나 물질은 정의상 잠재성을 갖지 않는다. 베르그손은 물질에는 숨겨져 있는 것이 하나도 없다고 말한다. 따라서 물질은 진정한 실재성을 갖게 되며, 개념보다 실재성을 덜 가지지 않는다. 왜냐하면 물질은 개념의 재생산, 손상되고 질이 떨어지는 재생산이 아니기 때문이다. 반면에 이미지에서 채취된 개념 혹은 이데아는 이미지의 내적인 이질성을 고려하지 않기 때문에 실재성을 상실한다."[32]

날이미지 시에 대하여 오규원은 스스로 "관념(관념어)을 배제하고, 언어가 존재의 현상 그 자체가 되도록 했다"고 언급한다. 즉 언어의 관념에서 벗어나 언어가 표현하는 이미지 자체에서 실재를 찾는 것이다. 날이미지 시의 공간은 관념으로부터 벗어난 이미지가 펼쳐나가는 풍경의 장(場)이다.

다음에서 공간이 고정되는 날이미지 풍경을 통해 이미지의 실재성을 살펴보도록 한다.

---

32) 쉬잔 엠 드 라코트, 앞의 책, 14~15쪽.

길을 가던 아이가 허리를 굽혀

돌 하나를 집어 들었다

돌이 사라진 자리는 젖고

돌 없이 어두워졌다

아이는 한 손으로 돌을 허공으로

던졌다 받았다를 몇 번

반복했다 그때마다 날개를

몸속에 넣은 돌이 허공으로 날아올랐다

허공은 돌이 지나갔다는 사실을

스스로 지웠다

아이의 손에 멈춘 돌은

잠시 혼자 빛났다

아이가 몇 걸음 가다

돌을 길가에 버렸다

돌은 길가의 망초 옆에

발을 몸속에 넣고

멈추어섰다

「아이와 망초」전문

"길을 가던 아이"의 전신을 보여주며 행동을 사실적으로 묘사하고 있으므로 위 시는 영화기법 중 전신을 화면에 채우는 '풀 쇼트'의 영상과 유사하다. 아이의 모습은 일상 그대로 녹취되고 있는 듯이 제시된다. 시의 공간은 "아이"가 서있는 "길"이다. 여기서 "길"이라는 공간은 특유성을 갖고 있다기보다 공간 속 대상들이 특유의 서정을 형성한다. 공간은 그 안의 대상들이 움직이고 분위기를 형성하는 장(場)이다. 시의 대상은 "길을 가던 아이", "돌", "망초"로 요약할 수 있는데, 세 대상들은 전부 각자 다른 분위기를 나타내면서 관계를 맺는다. "돌"을 주워 "던졌다 받았다" 몇 번 하고는 다시 버리는 아이의 장난스럽고 무심한 이미지, "아이의 손 위에서 "잠시 혼자 빛"나는 돌이 다시 "망초 옆"에 버려지는 이미지, 돌이 굴러온 곳에 "망초"가 피어있는 이미지는 하나의 의미나 정서로 요약할 수 없는 '있는 그대로'의 현상이다. 이처럼 오규원은 날이미지 시를 통해 "이미지를 실재화함으로써 자신의 구상의 의지를 관철시킨다."[33] 그러므로 공간은 언어로 분절되지 않은 채 충만하기 때문에 욕망의 연쇄작용이 일어나지 않는다. 따라서 공간은 '고정'될 수 있는 것이다.

이처럼 날이미지 시의 공간은 한 공간에서 일어나는 이미지들이 '실재'가 되고 그것은 상징계적 언어로 섭렵할 수 없는 분위기나 긴장을 발현한다. 날이미지는 애초부터 공간을 의미로 재단하지 않기 때문에 다른 공간을 향한 욕망이 사라지고 공간 자체는 모호함을 유지한 채 여러 의미를 생산할 수 있는 가능태로서 존재한다. "날이미지 시는 언어로 만든 이미지이자, 언어로 명시되지 않는 의미를 내포하는 역설적인 구조를 취"[34]한다. 의미로 수렴되지 않은 현상을 구현하는 장(場)으로서 날이미지 시의 공간은 은유로부터 해방된 공간인 동시에 여러 감각들이 넘실대는 순수한 시지각적 현상의 공간이다.

다음 시에서는 공간의 이동에 대해 살펴보도록 한다.

새가 언덕에서 지나가는 구름을 자주 보는 겨울입니다

---

33) 문혜원, 「오규원이 날이미지 시론」, 『시와반시』, 시와반시사, 2007 가을, 245쪽.

34) 박한라, 앞의 논고, 210쪽.

텅 빈 밭에는 햇볕이 흙에 달라붙고

논에는 고인 물에 하늘이 버려져 있는 겨울입니다

마을 앞은 여름에 무너진 자리가 한 번 더 무너지고

엉겅퀴가 무리 지어 서 있던 자리에는 바람만 남고

어쩌다가 밖에 나온 사람도 길에 있지 않고

버려진 모자 하나 길 위에 얼고 있는 겨울입니다
「모자와 겨울 -김준오 선생께」

시골의 풍경을 쭉 훑어보는 위 시의 이미지는 풀 쇼트를 통한 파노라마 기법의 영상적 표현으로 구사되었다. 시의 공간은 ①"언덕" → ②"텅 빈 밭" → ③"논" → ④"마을 앞" → ⑤"엉겅퀴"가 있던 자리 → ⑥"길"로 이어진다. "새"와 "언덕"과 "구름"을 한꺼번에 풍경에 담기 위해서는 원경이어야 하며, 이 거리를 유지하며 "밭"을 따라 "논"을 바라보고, "논" 끝으로 "마을 앞"의 "길"까지 시선이 다다른다. 여섯 개의 공간은 각자 대상이 공간의 분위기를 형성하고 있으며, 그러한 공간들은 의미를 형성하는 것이 아니므로 무수히 많은 공간과 연결될 수 있다. 이러한 공간의 개방성으로 인해 한 공간에서만 느낄 수 있는 분위기가 다른 공간의 분위기와 어울리면서 새로운 공간적 화음이 만들어진다. 음악이 어떠한 의미를 만들어내지 못하듯이 날이미지 시에서 관찰되는 공간의 흐름은 의미의 확장이 아닌 '분위기의 화합'으로 볼 수 있다. 그러므로 객관적 현상을 통한 미묘한 서정성이 형성되는 것이다. 위 시에서 "새"가 "지나가는 구름"을 보는 "언덕"에서 "햇볕"이 비추는 "텅 빈 밭", "고인 물에" "하늘"이 비치는 "논", "엉겅퀴"가 사라진 자리, 아무도 없는 "길"에서 얼고 있는 "모자"는 적막하고 쓸쓸한 풍경의 계열체이며, 이러한 풍경들이 중복되어 연결되면서 '겨울'의 분위기가 고조된다. 이처럼 날이미지 시의 공간은 의미에 고정되지 않기 때문에 파노라마 기법을 통해 끊임없이 흘러갈 수 있으며, 이것은 서정의 깊이를 상승시킨다.

말의 함정에서 빠져나오기 위해 오규원 시인은 "관념적인 설명 대신 실재의 사물을 제시할 것을 주장한다. 그것은 '설명하지 않기 위한 언어'이며 '제시의 언어'이다."[35] 날이미지 시의 언어는 이미지를 제한하고 제정하기 위한 언어가 아닌 이미지를 그대로 표출하며 나타내려는 언어다. 언어로 날이미지 시의 풍경을 가둘 수 없으며, 이미지는 언어로 나타낼 수 없는 실재 그 자체인 것이다. 이러한 점은 베르그손이 언급한대로, "관념보다 이미지에 더 많은 실재성이 존재"한다는 테제와 같은 맥락을 취한다. 따라서 날이미지 시는 정해진 의미가 없으므로 다양한 반응을 불러일으키는 순수한 공간으로 실재를 겨냥한다. 이는 공간 자체가 실재이므로 공간이 고정됨에도 표현하고자 하는 바를 그대로 보여줄 수 있으며, 실재는 의미에 구속받지 않으므로 다른 공간들을 향해 흘러가면서 다양한 분위기의 화합을 발현한다.

다음은 날이미지 시에 나타난 공간의 유형과 이미지의 실재화의 연관성을 통해 시에 나타나는 특징을 살펴보도록 한다.

---

35) 문혜원, 「날이미지시의 특징과 변모 양상」, 『시와 반시』, 2007 가을, 107쪽.

사내애와 계집애가 둘이 마주보고
쪼그리고 앉아 오줌을 누고 있다
오줌 줄기가 발을 적시는 줄도 모르고
서로 오줌이 나오는 구멍을 보며
눈을 꿈벅거린다 그래도 바람은 사내애와
계집애 사이 강물 소리를 내려놓고 간다
하늘 한켠에는 낮달이 버려져 있고
들찔레 덩굴이 강아지처럼
땅바닥을 헤집고 있는 강변
플라스틱 트럭으로 흙을 나르며 놀던
「들찔레와 향기」전문

두 소녀가 맨발로 대지를 딛고
서 있다 두 소녀가 손을 서로 잡고
그러나 눈은 다른 방향에서 반짝 하며
뒤로 층층을 이루고 있는
들과 산과 산의 나무에 등을
기대고 서 있다 들에서는
열매 속에 하모니카가 들어 있다는
옥수수가 자라 그들 발의 등까지
와 있다 산에는 철쭉이 한창이라
산을 기대고 있는
두 소녀의 블라우스에도
꽃물이 조금씩 묻었다 헬리콥터가
하늘에 붉은 한 소녀의

뺨을 쓸며 지나가고 다시 적막이

허공에 넣인다 그래도 두 소녀는 아직

맨발로 대지를 딛고 서서 서로 손을 잡고

있다 가끔 앞으로 얼굴이 조금씩

기울어진다 그래도

두툼한 두 소녀의 맨발 곁에서

대지에 뿌리를 둔 제비꽃이 파랗다

「제비꽃」전문

「들찔레와 향기」에서 공간은 "사내애와 계집애"가 "쪼그리고 앉아 오줌을 누고 있"는 곳이다. '풀 쇼트'의 영상적 표현을 통해 두 아이가 마주보고 오줌을 누고 있는 모습을 묘사한 위 시는 의미로 가둘 수 없는 풍경을 재생한다. 이 시의 내용은 두 아이가 오줌을 누고 있는 것에 지나지 않으나, 서로의 "오줌이 나오는 구멍"을 보아도 "눈"만 "껌벅거"리는 순수한 반응과 "하늘 한켠"에 "낮달이 버려져 있"는 광경은 묘한 분위기와 긴장을 유발한다. 두 아이의 오줌 누는 광경은 "어떤 심리적 현상이거나 또는 관념적 현상이 아닌 실재적이며 사실적 현상이다. 그 사실적 현상은 개념화되거나 관념화되기 이전의 현상이다. 누구도 거기에다 개념적이거나 사변적인 의미를 부여한 흔적이 없는 '현상적 사실' 그 자체이기 때문이다."[36]

그렇다면 실재적 이미지가 어떠한 의도로 제작되었는가. 다음 인용문을 통하여 살펴보도록 한다.

---

36) 오규원, 앞의 책, 46쪽.

화가가 의문을 갖고 탐구하는 것은 물리적 세계로서의 자연이 아니라 우리들이 반응하는 것으로서의 자연이다. (중략) 그가 문제 삼는 것은 하나의 심리적 문제이다. 즉, 우리가 '현실'이라고 부르는 것하고는 그림자 하나조차 일치하지 않는데도, 그 속에서 설득력 있는 이미지를 추출해내는 문제이다.[37]

위 인용문은 오규원 시인이 날이미지 시를 창작하기 위해 이미지를 제작하는 과정 중에 인용한 글이다. 그는 '사실'을 묘사하기보다 '사실적'인 것을 묘사하며 날이미지는 "암시적 의미가 강한 감각적 묘사"[38]라고 언급한다. 즉 날이미지 시의 실재적 이미지는 창조해낸 세계이며, 이것은 '의도'가 자리 잡고 있다는 의미다. 단지 실재적 이미지가 언어로 표현해낼 수 없는 현상 그 자체이기 때문에 내재적인 모호성이 필수불가결하게 동반될 뿐 시의 의도는 분명 있다. 이러한 점을 통해 날이미지 시는 '내용'이나 '의미'를 통해 시의 의도를 전달하기보다 '지각'이라는 순수한 현상이 사유로 연장되면서 '암시'의 형태로 드러난다. 물질적 세계는 정신적 세계의 얇은 막으로 작동하며, 얇은 막 뒤에 있는 정신적 세계에 대한 궁금증은 작품의 에너지로 작동한다. 날이미지 시는 액면적 이미지를 통해 그것이 암시하는 정신적 세계를 향유하도록 유도한다. 물질적 세계 뒤의 정신적 세계를 명확히 알아낼 수 없는 이유는 언어를 통해 포획할 수 없는 실재 상태이기 때문이다. 시의 의도는 그러므로 시종일관 '암시'의 효과로 식별이 모호하여 끊임없이 증식되고 생성된다. 그러므로 「들찔레와 향기」에서 두

---

37) E. H. 곰브리치, 차미례 옮김, 『예술과 환영』, 열화당, 1989, 69쪽.
38) 오규원, 앞의 책, 23쪽.

아이가 서로 오줌 누는 모습을 마주볼 때 낮달이 떠 있는 풍경은 '사실적'인 묘사이기 때문에 이미지를 제작한 의도가 있지만 실재적인 이미지라는 점에서 언어로 포획할 수 없는 광경이므로, 시의 '의도'는 '암시'라는 효과에 의해 끊임없이 유동적이다.

이와 마찬가지로 「제비꽃」에서는 공간의 흐름, 즉 공간의 개방성을 보여주고 있다. 롱 쇼트의 영상적 표현으로 구성된 이 시는 "두 소녀가 맨발로 대지를 딛고/서 있"는 공간을 중심으로 두 소녀 뒤의 "들"과 "산", 그 위의 "하늘", "두 소녀"의 정황 등을 구체화한다. "들"의 "옥수수"가 "그들 발의 등까지/와 있"는 모습과 "산"에 자란 꽃에 옮아온 "꽃물", "하늘"에서부터 내려오는 "적막"은 서로 손을 잡고 있는 두 소녀의 관계와 이미지에 대한 분위기를 중층적으로 드러내며 이미지의 화음을 이룬다. 시의 의도는 이러한 이미지 속에 암시되어있을 뿐 명시되지 않으며 시의 의도는 끊임없이 언어로부터 미끄러진다.

요컨대 날이미지 시는 사실적 묘사로서 언어로 의미화할 수 없는 '현상 그 자체'이므로 '이미지의 실재화'를 이룬다. 이때 시의 공간은 그 자체가 '실재'이기 때문에 욕망의 연쇄작용이 일어나지 않아도 충족되어 '고정'될 수 있으며, 의미에 구속받지 않으므로 '흐름'을 통해 실재적 이미지의 화음을 만들어 간다. 이 과정 중에 공간의 분위기에 따른 서정이 증폭되는 것이다. 날이미지 시의 공간은 '이미지의 실재화'를 이루면서 의도가 언어화되지 않는 '암시'의 형태로 등장하므로 매번 의미가 증식되고 다양하게 변화할 수 있다. 이러한 실재적인 공간은 날이미지 시 이전 한국시에서는 볼 수 없었던 오규원 시만의 새로운 공간의 양식을 보여준다.

3. 이성복 시의 공간

　이성복 시는 다양한 공간들이 나열되면서 시의 세계를 구성해나가는 특성을 지닌다. 그의 시는 "자유로운 연상과 그 연상을 따르는 내밀한 의식의 결합"[39]을 보여주기 위해 다음과 같은 두 가지 방법으로 다양한 공간들을 나열한다. 서사적 인과관계나 연상 관계를 통하여 공간과 공간이 연결되는 방법과 공간과 공간이 관계로 맺어지지 않기 때문에 공간들은 독립적인 개별체로서 나열되어 거짓 연결의 형태를 취하는 방법이 그것이다.

　이와 같은 파편적 공간들을 통한 시의 세계는 '몽타주'로 풀이할 수 있다. 몽타주는 시공간 단위인 '쇼트'들을 이어붙인 편집 방법이기 때문이다. 이 책에서는 '고전적인 몽타주'와 '현대적인 몽타주'를 통하여 이성복 시의 공간 유형과 그 의의를 탐색할 것이다. 고전적인 몽타주와 현대적인 몽타주는 시기에 따른 구분이 아닌 '연결 방법'에 의한 구분이다. 고전적인 몽타주는 파편적 공간들이 연결고리로 이어져 확장해나가는 경우이며, 현대적인 몽타주는 파편적 공간들이 전체가 아닌 '계열'을 이루어 무리수적 단절을 이루고 틈새가 강력한 사유의 기제로 작동한다. 이성복 시의 공간은 이 두 유형의 특징을 관찰할 수 있으며, 이것은 이성복 시에서 '트라우마'라는 실재를 원동력으로 진행된다. 따라서 이번 장에서는 이성복 시의 파편적 공간의 연결 유형을 살펴보고, 그것과 '트라우마'의 관계를 모색해보기로 한다.

---

39)　김주성, 앞의 논고, 14쪽.

3.1. 연상적 공간과 산발적 공간

이성복의 시는 선형적 "시간에 의거하지 않은 채 공간들이 나열"[40] 된다. 즉 시간의 순서에 따라 공간이 흘러가지 않으며, 이러한 특징은 영화기법 중 시공간 덩어리인 쇼트를 조립하는 '몽타주'와 유사하다. '고전적인 몽타주'에서 에이젠슈테인의 '어트랙션 몽타주'는 짧은 장면들, 즉 어트랙션들을 조립하여 '전체'를 구성하는 영화기법이다. 이때 한 장면을 구성하는 공간은 다른 장면의 공간과 연결되면서 '전체적 맥락'을 드러내야 한다. 어트랙션 몽타주와 같은 영상적 표현은 공간들이 대조와 유사성 등의 다양한 연결 고리를 통해 다른 공간으로 이동하면서 시의 '전체적 맥락'으로 수렴된다.

다음 시에서 서로 다른 공간들의 연결 양상을 어트랙션 몽타주를 통해 자세히 살펴보도록 한다.

이른 아침 차를 타고 나가보니 아낙네들은 얼어붙은 땅을 파고 무씨를 갈고 있었습니다 그네들의 등에 업힌 아이들은 고개를 떨군 채 잠들어 있었습니다 남정네들은 어디 갔는지 보이지 않았습니다 논두렁에 불이 타고 흰 연기가 천지를 둘렀습니다

진흙길을 따라가다 당신을 만났습니다 무릎까지 오는 장화를 신고 당신은 아직 물이 마르지 않은 뻘밭에서 흙투성이 연뿌리를 캐고 있었습니다

---

40) 박한라, 앞의 논고, 172면.

혹시 당신이 찾은 것은 연뿌리보다 질기고 뻣센 당신의 상처가 아니었습니까 삽에 찍힌 연뿌리의 동체에서 굵다란 물관 구멍을 통해 사라진 것은 徒勞뿐인 한 생애가 아니었습니까 목청을 다해 불러도 한사코 당신은 삽을 찍어 얼어붙은 연뿌리를 캐고 있었습니다

「당신」 전문

영하 십 도까지 내려간 아침, 딸 아이 친구가 맡겨놓은 병아리들이 어찌나 시끄러운지 베란다에 내놓았다 오후에 담배피러 나갔더니, 모로 쓰러진 병아리들 바르르 다리 떨다가 하나씩 고개를 꺾었다. 그들의 눈에는 눈짓이 없었다. 그 겨울 제주 바다에서, 수천 마리 물새들이 모래 깔린 차운 물에 발 담그고 있는 것을 보았다. 솟대 모형으로 깎아놓은 새들은 한결같이 같은 방향으로 서서, 태고의 삼엄한 의식을 집전하고 있었다. 그들의 눈에도 눈짓은 없었다.

「눈짓이 없었다」부분

두 시는 다양한 공간들이 조합되어 시의 세계를 이루고 있다. 「당신」에서 1연은 "아낙네들"이 "얼어붙은 땅을 파고 무씨를 갈고 있"는 공간, 2연은 "진흙길"에서 "연뿌리를 캐고 있"는 "당신을 만"나는 공간, 3연은 그러한 당신의 모습에 대한 화자의 생각이 언급되며, 2연의 공간을 이어나가고 있다. "이른 아침" "아이들"을 등에 업은 채 "얼어붙은 땅을 파고 무씨를" 가는 1연의 공간과 "무릎까지 오는 장화를 신고" "뻘밭에서 흙투성이 연뿌리를 캐고 있"는 당신이 있는 공간은 모두 '노동의 공간'으로서 연관된다. 두 공간은 은유적으로 보기보다 연상적 관계로 보아야 합당하다. 한 공간에서 다른 공간으로 이동함으로써 의미가 초월되지 않을 뿐더러, 두 공간이 층위가 다른 공간이

라고 보기에는 무리가 있기 때문이다. 두 공간은 각자 독자적인 자리를 확보하면서 '노동'이라는 공통점을 통해 연상적 비교 관계를 맺는다. 3연에서는 당신이 캐는 연뿌리는 "당신의 상처"였음을 언급하며, 연민의 정서가 확충된다. 이렇게 연상적 관계를 통해 다양한 공간이 연결되어 전체의 맥락을 형성하는 구조는 고전적인 몽타주에서 에이젠슈테인의 '어트랙션 몽타주'와 흡사하다. 어트랙션 몽타주 또한 어트랙션(에피소드, 장면)들이 연상적 관계를 맺으며 이어지고 결국 정서적 반응이 일어나게 하기 때문이다.[41] 이때 이성복 시의 공간은 '아픔이나 고통'을 중심으로 엮인다는 점을 주시할 필요가 있다.

1연과 2연의 공간은 '노동'을 통하여 연관성을 맺기 때문에, 3연의 상처와 연민으로 이어진다. 즉 1연과 2연에서 제시된 공간들은 노동이라는 표면적 모습을 넘어 삶을 이어나가기 위한 '노고'에 의해 연결되는 것이다. "연뿌리보다 질기고 뺏센 당신의 상처"란 그러므로 살아가기 위한 노고가 상처로 이어지는 모습이다.

「눈짓이 없었다」에서는 두 개의 공간이 등장한다. 하나는 "영하 십 도까지 내려간" 겨울 아침, "딸아이 친구가 맡겨놓은 병아리들"이 시끄러워 그것들을 "베란다에 내놓"는 공간이며, 다른 하나는 "겨울 제주 바다에서" "수천 마리 물새들이" "차운 물에 발"을 담그고 있는 공간이다. 두 공간은 새들이 살아가기 위하여 추운 날씨를 견디는 강인한 생명력을 통해 연상적 비교 관계를 맺으며, 마찬가지로 어트랙션 몽타주의 영상적 표현이 관찰된다. 화자는 두 공간에 등장하는 새들이 모두 "눈짓이 없었다"고 언급함으로써 추운 날씨를 이겨내는 새들의 강인하고 절실한 눈동자를 통해 고통의 정서를 확충한다.

---

41) 김용수, 앞의 책, 125면 참조.

이처럼 어트랙션 몽타주를 통해 살펴본 이성복 시의 공간은 각각 다른 공간들이 파편적으로 등장하면서 전체 시 세계를 형성하며, 서로 다른 공간들의 나열은 '아픔이나 고통'에 의한 연상적 비교 관계를 맺으며 정서를 확충해나간다. 그럼에도 '아픔이나 고통'은 명확한 정체성이 지시되지 않은 채 추상적으로 그려지므로 그것을 알아가기 위해 공간들은 끊임없이 연결될 수 있다.

다음 시에서 연관성이 배제된 공간들이 나열되는 현상을 '현대적 몽타주'와 관련해서 살펴보도록 한다.

하늘엔 미루나무들이 숲을 이루었다.
세월의 집. 이파리를 뒤집으며 너는 놀고 있었다.
만날 수 없음. 나의 눈도 뒤집어 줄려?

개울엔 물 먹은 풀들이 조금씩, 말라 비틀어졌다.
어린 時節을 힘겹게 보낸 사내들도.
無色의 꽃, 절름거리는 방아깨비, 모두 바람의 친척들.

그리고 산 꼭대기엔 매일 저녁
성냥개비만한 사람이 웅크리고 있었다.
날마다. 우리의 記憶 속에 밥도 안 먹고 사는
사내. 아버지일지도 모른다.

그리고 신촌에서 멋쩍고 착한 여자와의 하룻밤. (그 여자의 애인
은 海軍下士官이었다) 아침. 창을 열면 산, 푸른 어두운 보드라운
머리칼로 밀고 밀려오던 산, 아래 흰 병원건물을 잘라내며

가로놓인 기차. (어떤 칸은 수북이 石炭이 실리고
어떤 칸은 그냥 물 먹은 검은 입) 우리의 記憶 속에 꼼짝 않는,
앞머리 없는 기차, 그리고 너의 눈에 물방울처럼 미끄러지던 세월.

그래 그날, 술을 마시고 어떤 작자를 씹고 씹고 참을 수 없어
남의 집 꽃밭에 먹은 것을 다 쏟아냈던 날.
내가 부러뜨린 그 약한 꽃들은 어떻게 되었을까.

「세월의 집 앞에서」 전문

그날 아버지는 일곱시 기차를 타고 금촌으로 떠났고
여동생은 아홉시에 학교로 갔다 그날 어머니의 낡은
다리는 퉁퉁 부어올랐고 나는 신문사로 가서 하루 종일
노닥거렸다 前方은 무사했고 세상은 완벽했다 없는 것이
없었다 그날 驛前에는 대낮부터 창녀들이 서성거렸고
몇 년 후에 창녀가 될 애들은 집일을 도우거나 어린
동생을 돌보았다 그날 아버지는 未收金 회수 관계로
사장과 다투었고 여동생은 愛人과 함께 음악회에 갔다
그날 퇴근길에 나는 부츠 신은 멋진 여자를 보았고
사람이 사람을 사랑하면 죽일 수도 있을 거라고 생각했다
그날 태연한 나무들 위로 날아 오르는 것은 다 새가
아니었다 나는 보았다 잔디밭 잡초 뽑는 여인들이 자기
삶까지 솎아내는 것을, 집 허무는 사내들이 자기 하늘까지
무너뜨리는 것을 나는 보았다 새占 치는 노인과 便桶의
다정함을 그날 몇 건의 교통사고로 몇 사람이
죽었고 그날 市內 술집과 여관은 여전히 붐볐지만

아무도 그날의 신음 소리를 듣지 못했다

모두 병들었는데 아무도 아프지 않았다

「그날」 전문

위 두 시는 다양한 공간들이 전체적 맥락을 형성하는 것이 아니라 공간과 공간의 단절을 통해 상투적인 연관관계를 끊는다. 「세월의 집 앞에서」에서도 연마다 다른 공간들이 어떠한 선형적 논리나 인과관계 없이 나열된다. 각각의 공간을 정리하면 다음과 같다.

① 미루나무 숲에 있는 세월의 집

② 마른 풀이 자라난 개울, 그곳에서 힘겹게 어린 시절을 같이 보낸 사내들과 꽃, 곤충, 친척들

③ 산 꼭대기에 웅크리고 있는 성냥개비만한 사람

④ 신촌에서 애인 있는 여자와의 하룻밤

⑤ 술 먹고 남의 집 꽃밭에서 토함

이렇게 다양한 공간들은 관계를 해체하고 비정상적이고 일탈적인 방식을 취하고 있다. 각각의 공간은 아름다운 추억을 내재한 곳이기보다 비참하고 힘겨운 모습을 내포하고 있다. 그럼에도 각각의 공간이 가지고 있는 모습들에게서 어떠한 공통점을 찾아볼 수 없다. 이러한 공간 양상은 '현대적 몽타주'를 통하여 풀이할 수 있다.

현대적 몽타주는 공간들 간에 연결고리를 갖고 있지 않으며, 따라서 공간들이 하나의 개체로서 존재하여 각자의 팽팽한 긴장관계를 유지한다. "들뢰즈는 바깥이란 사유 안에 있는 사유되지 않는 것이지만 사유되어야만 하는 것이라고 말한다. 하지만 결국엔 사유해낼 수

없는 것으로서, 자신은 사유되지 않지만 사유를 가능케 하는 '내부적 조건'이다."[42] 즉 공간과 공간의 틈새는 사유될 수 없는 것으로 그 자체는 전체의 균열이지만 그것을 통해 사유의 역량이 증대되어 무한한 의미의 바깥을 경험할 수 있다. 현대적 몽타주가 관찰되는 이 시의 여러 공간들은 '아픔이나 고통'의 계열체로서 공간과 공간 사이는 화자의 전체적 우주를 사유할 수 있는 통로이자 아픔이나 고통의 근본을 내재한 진정한 공간이라 볼 수 있다. 따라서 ①부터 ⑤까지의 공간은 그러므로 화자의 진정한 아픔이나 고통에 다가가기 위한 파편적인 기억이다. 이러한 공간적 구조는 공간과 공간과의 틈새를 통해 아픔이나 고통의 근본에 대해 추리할 수 있다.

「그날」에서도 마찬가지로 다양한 공간들이 전체적 맥락 없이 이어지는 현대적 몽타주의 영상적 표현이 관찰된다. '그날'이라는 시간적 전제를 두고 공간은 '아픔'을 중심으로 계열을 이룬다. "모두 병들었는데 아무도 아프지 않았다"는 언술은 병에 내성이 생겨 아픔조차 인식하지 못하는 상태를 의미한다. 아픔을 인식하지 못하는 것에 대한 아픔을 표현하기 위해 공간들은 서사적 맥락과 단절된 채 산발적으로 나열된다. 그러므로 "그날"은 일상적인 공간들로 점철된 듯 보이나 병들어 있는 공간으로, 이 시는 서술된 공간들 밖의 '공간들 간의 틈'을 통해 아픔의 근간을 추리해나간다.

요컨대 공간이 산발적으로 나열되는 시는 '현대적 몽타주'를 통하여 살펴볼 수 있으며, 공간과 공간 사이의 '틈'을 통하여 화자의 아픔에 대한 근원을 사유할 수 있다. 산발적 공간들은 서사적 맥락을 갖춘 전체를 확립하지 못한다. 그럼에도 이러한 공간의 유형은 "고통과 맞

---

42) 이지영, 앞의 논문, 233쪽.

서기 위해 이미 은폐된 상처들을 추적하는 방법을 택[43]하여 아픔의 근원에 대하여 '추리' 형식으로 연결된다.

　지금까지 살펴본 이성복 시의 연상적 공간과 산발적 공간을 그림으로 정리하여 살펴보면 다음과 같다.

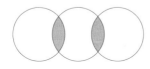

[그림5] 연상적 공간　　　　　　[그림6] 산발적 공간

　이성복 시의 공간은 다양한 공간들이 '나열'되는 특성을 지닌다. 이때 나열의 방법에 따라 '연상적 공간'과 '산발적 공간'으로 분류하여 살펴볼 수 있다. 전자는 공간과 공간이 '연상'을 통하여 독립성을 유지한 채 서로 엮이는 양상이다. 이때 연상되는 부분에서 '연결 고리'인 공통점이 드러나고 이것은 결국 시에서 드러내고자 하는 화자의 의도라 볼 수 있다. 이성복 시에서는 공간의 연결고리는 대부분 '아픔이나 고통'으로 등장한다. 이와 같이 공간과 공간과의 연결고리에 의하여 다양한 공간들은 '전체'를 형성하지만 아픔이나 고통의 정체는 연결고리에 의해 추상적으로 드러날 뿐이다. 따라서 공간들은 그것이 명확해질 때까지 계속 나아갈 수 있다. 이에 반하여 '산발적 공간'은 공간들이 개체화되어 독립성을 유지한 채 나열되고 그 속에서 '틈새'가 필수불가결적으로 생성된다. 이때 틈새는 아픔의 파편으로서 등장하는 공간들의 근본을 사유할 수 있는 통로가 된다. 즉 산발적 공간은 아픔

43)　노철, 「파르마콘의 세계-이성복론」, 『시선』, 시선사, 2004 가을, 222쪽.

이나 고통의 근원을 '추적'하는 형태로서 나열되며, 그것에 대한 해답은 사유할 수 없는 '무엇'이므로 공간은 끊임없이 증식될 수 있다.

3.2. 반복적 공간들과 트라우마

이성복 시에서는 다양한 공간들이 나열되는데, 연상 관계에 의해 공간들이 나열되거나, 개체적 독립성을 유지한 공간이 산발적으로 나열되는 두 가지 유형이 있다. 그렇다면 다양한 공간들이 연속적으로 발현되게 하는 근본적 원인은 무엇일까.

다양한 공간들은 아픔이나 고통을 엮어 내거나 추적해가며 공간들을 이어가는데, 이는 '아픔이나 고통'의 파편들을 수집하여 그것의 본질적인 측면에 다가가기 위한 사유의 과정으로 볼 수 있다. 공간들이 형성하는 아픔이나 고통은 상징적인 언어로 정의하기 힘든 '트라우마(trauma)'와 연관된다.

트라우마는 어원적으로 외부의 강렬한 자극에 의해 인체의 피부가 찢기는 외상(外傷)을 의미했으나 프로이트가 『쾌락원칙을 넘어서』에서 재정의하면서 육체적인 관점에서 정신적인 관점으로 전환시켰다. 그는 외부의 강렬한 자극에 의해 보호방패에 구멍이 뚫려 주체가 감당할 수 없는 자극물이 무방비 상태로 내부에 유입되는 사건이 정신적 외상이라고 정의한다. 이는 라캉의 용어로 표현하면 상징적 재현 체계에 균열이 생긴 것이다. 이 균열의 틈 사이로 흘러넘쳐 들어오는 자극물은 다름 아닌 '실재'를 형성하며, 외상적 실재라고 일컫기도 한

다.[44]

그렇다면 트라우마와 다양한 공간의 나열이 어떠한 상관관계를 맺는지 우선 '고전적 몽타주'의 '연상적 공간'을 통해 살펴보도록 한다.

> 아이들이 한바탕 먹고 떠난
> 식탁 위에는 찢긴 햄버거 봉지와
> 우그러진 콜라 패트병과
> 입 닦고 던져놓은 종이 냅킨들이 있다
> 그것들은 서로를 모르고
> 가까이 혹은 조금 멀리 있다
>
> 아이들아, 별자리 성성하고
> 꿈자리 숭숭한 이 세상에서
> 우리도 그렇게 있다
> 하지만 우리를 받아들인 세상에서
> 언젠가 소리 없이 치워질 줄을
> 한번도 생각해보지 않은 것이다
>
> 「식탁」 전문

> 벽지가 벗겨진 벽은 찰과상을 입었다고
> 할까 여러 번 세입자가 바뀌면서 군데군데
> 못자국이 나고 신문지에 얻어맞은 모기의
> 핏자국이 가까스로 눈에 띄는 벽, 벽은 제

---

44) 박찬부, 「기억과 서사-트라우마의 정치학」, 『영미어문학』제95호, 2010.6, 101쪽 참조.

상처를 보여주지만 제가 가린 것은 완강히
보여주지 않는다 그러니까 못자국 핏자국은
제가 숨긴 것을 보여주지 않으려는 치열한
알리바이다 입술과 볼때기가 뒤틀리고 눈알이
까뒤벼져도 좀처럼 입을 열지 않는 피의자처럼
벽은 노란 알전구의 강한 빛을 견디면서,
여름 장마에 등창이 난 환자처럼 꺼뭇한 화농을
보여주기도 한다 지금은 싱크대 프라이팬 근처
찌든 간장 냄새와 기름때 머금고 침묵하는 벽,
아무도 철근 콘크리트의 내벽을 기억하지 않는다

「벽지가 벗겨진 벽은」 전문

「식탁」에서는 "아이들이 한바탕 먹고 떠난/식탁"과 "별자리 성성하고/꿈자리 숭숭한 이 세상"이라는 두 개의 공간이 등장한다. 두 공간은 비록 개별적으로 등장하지만, 연상적 비교라는 연결고리를 두고 이어지므로 어트랙션 몽타주의 영상적 표현으로 볼 수 있다. 아이들이 남겨 둔 쓰레기들처럼 우리도 "언젠가 소리 없이 치워질 줄을" 알듯이, 우리들도 '죽음'에 의해 이 세상으로부터 사라질 것이다. 이렇게 '식탁'이나 '세상'에 남아있는 것들이 '소리 없이 사라짐'에 대한 연상적 비교는 충분히 '아픔'이란 감흥을 불러일으킨다. 그러나 공간 간의 연결고리인 사라짐에 대한 아픔이 추상적으로 드러나 명확히 알 수 없다.

마찬가지로 「벽지가 벗겨진 벽은」에서도 다양한 공간이 연상적 비교를 이루며 진행되므로 어트랙션 몽타주의 영상적 표현이 관찰된다. "못자국"과 "모기의 핏자국"이 군데군데 보이는 "벽", 심한 폭행을 당해도 "좀처럼 입을 열지 않는 피의자", "노란 알전구의 강한 빛"을 견디며 "꺼뭇한 화농"을 보이는 "벽", 여러 음식냄새를 머금고 있는 지금의 "벽", "철근 콘크리트의 내벽"의 순으로 이어지는 공간의 연결고리는 "상처를 보여주지만 제가 가린 것은 완강히 보여주지 않"으려는 속성으로 요약해볼 수 있다. "군중들의 학살과 소의 도살을 결합해 '도살'이라는 '연상적 비교'가 이루어지도록 하"였던 어트랙션 몽타주 기법과 같이, 이 시에서는 더럽혀져도 내벽은 결코 보여주지 않는 벽과 폭행을 당해도 입을 열지 않는 피의자가 서로 연상적 비교의 형태로 등장하게 된다. 두 공간은 유사성에 의해 '상처'의 감흥을 증폭시키나, 내벽을 볼 수 없듯이 결코 본질적 상처를 명확히 드러낼 수는 없다.

위 두 시는 다양한 공간들이 연상을 통하여 끊임없이 상처를 형상화하는데, 이러한 양상은 시에서 드러내는 상처가 트라우마이기 때문이다. 우선 "실재라는 것이 재현 체계로부터 사후적으로 산출된 잉여 효과이면서 동시에 상징질서에 '외-존재' 하고 그것에 환원 불가능한 역설적 존재라는 사실"[45]은 트라우마가 왜 다양한 상처의 공간들을 나열하는지를 이해하는 데 있어 중요하다. 트라우마는 상징화의 실패에 의해 계속적으로 반복되는 실재이기 때문이다. "반복은 실재를 상징적 구조 속에 불러와 진정시킬 수 없을 때 무의식이 선택하는 대체 불가능한 운동이다. 주체는 성공적으로 상징적 세계에 진입한 이후에도 그것의 배후에 있는 외상적 실재와 끊임없는 투쟁을 지속한다."[46] 이러한 반복은 새로운 상처들을 제시하는 것이 아니라 공간과 공간들의 교집합으로 정확히 표현할 수 없는 트라우마를 분출하기 위한 연속적 시도인 것이

---

45) 위의 논고, 106쪽.

46) 최종철, 「죽음의 혐오의 사진, 실재의 징후, 그리고 사진의 정신분석학적 계기들 -안드레 세라노의 〈시체 공시소(The morgue)〉를 중심으로」, 『현대미술학』18권, 현대미술학회, 2014.12, 113~114쪽.

다. 따라서 고전적 몽타주를 통해 관찰할 수 있는 이성복 시의 공간들은 트라우마에 의해 '아픔'이나 '고통'으로 점철된 장(場)이다.

　다음은 산발적 공간의 양상을 트라우마를 통해 살펴보도록 한다.

　　1978년 11월 나는 인생이 부르는 소리를 들었다 시내
　　음식점 곰탕 국물에선 몇 마리의 파리가 건져졌고 안개 속을
　　지나가는 얼굴들, 몇 개씩 무리지어 지워졌다 어떤 말도
　　뜻을 가질 만큼 분명하지 않았다 확인할 수 있는 것은
　　시멘트 바닥을 가르는 햄머 소리 눈썹을 밀어붙인 눈
　　그림처럼 떠오르는 舞踊手의 팔…… 술이 머리 끝까지 올라
　　왔을 때 새들은 침착하게 떨어져내렸고 그 침묵도 비명도
　　아닌 순간의 뜨거움 1978년 11월 人生은 추수 끝난
　　갯벌의 목소리로 나를 불렀다 울음이 끝난 뒤의 끈끈한
　　힘을 모아 나는 대답했다…… 뒤처진 철새의 날개짓으로
　　　　　　　　　　　　　　　　　　　「人生·1978년 11월」 전문

　　모든 게 神秘였다 길에서 오줌 누는 여자아이와
　　곱추 남자와 電子時計 모든 게 神秘였다 채찍 맞은
　　말이 길게 울었다 모든 게 神秘였다 사람이 사람을
　　괴롭히고, 그러나 죽지 않을 만큼 짓이겼다
　　모든 게 神秘였다 사랑의 힘 죽음의 힘 죽은 꽃의 힘
　　모든 게 神秘였다
　　삼백 육십 오 일 駱駝는 타박거렸다
　　얼마나 멀리 가야 하나 얼마나 가까이 있어야 하는가
　　　　　　　　　　　　　　　　　　　　　　「口話」 부분

「人生·1978년 11월」에서는 1978년 11월의 상처를 형상화하기 위해 다양한 공간들이 맥락 없이 나열된다. 이때 공간과 공간 사이는 연결 고리가 존재하지 않아 서로 각각의 개체를 형성하므로 이 시의 구성 원리는 현대적 몽타주의 영상적 표현으로 간주할 수 있다. 이 시의 공간을 나열해보면 다음과 같다.

① 몇 마리 파리가 건져진 곰탕 국물
② 시멘트 바닥을 가르는 햄머
③ 눈썹을 밀어붙인 눈
④ 무용수의 팔
⑤ 추락하는 새
⑥ 뒤쳐진 철새의 날갯짓

이 공간들은 1978년 11월의 특정한 사건이나 아픔을 지시해주지 않는다.[47] 그럼에도 끊임없이 공간이 나열되는 이유는 앞에서 살펴본 바와 같이 트라우마의 반복 강박 때문이다. 트라우마의 근원은 실재로서 언어를 통한 공간으로 드러낼 수 없는 외존재다. 여기서 연상을

---

47) 사회적 트라우마를 강압적으로 부인하는 폐쇄적이고 폭력적인 사회에서는 외관상 공적인 사건과 무관해 보이는 허구들에서 오히려 트라우마가 쉽게 귀환할 수 있다. 전쟁의 트라우마와 맨몸으로 대면하는 것은 치명적일 것이므로 그 상처와 정면으로 맞서는 것을 피하기 위한 다른 것들을 필요하다는 것이다. 트라우마적 사건에 반응하는 방식이 개인적인 심리적 역사로 변안되거나, 판타지와 혼합되어 등장하는 것은 불가피한 것일 수 있다. (오영숙, 「타락한 여성/고아 청년 -사회적 트라우마와 1960년대 멜로 드라마」, 『현대영화연구』22권, 한양대학교 현대영화연구소, 2015, 441~442쪽) 이와 같은 원리로 보았을 때, 「人生·1978년 11월」에서의 1979년 11월은 개인적인 시간을 지칭하기보다 정치적·사회적 트라우마가 개인적이고 심리적인 역사로 변안되어 표현된 결과이기 때문에 개인의 명료한 사건이나 아픔이 드러나지 않는 것으로 추정된다.

통해 공간이 연결되는 것과 다른 점은 개체화된 공간들은 작품의 전체적 맥락을 형성하지 않기 때문에 트라우마는 베일에 완벽히 가려져 있다는 점이다. 공간들이 만들어내는 특유점이 없기 때문이다.

「口話」에서 나열되는 공간도 이와 유사하다. 현대적 몽타주 기법과 같이 전체적 맥락을 형성하지 않은 채 공간들은 트라우마를 향해 무작위로 나열된다. 이 시의 공간을 살펴보면 다음과 같다.

　　① 길에서 오줌 누는 여자아이
　　② 곱추 남자와 전자 시계
　　③ 채찍 맞은 말이 우는 곳
　　④ 일년 내내 타박거리는 낙타

두 작품이 비록 다른 제목으로 편집된 공간이라 하더라도 공간들은 특유점이 없는 상태에서 트라우마를 지향하기 때문에 서로 비슷한 맥락을 지닌다. 맥락 없이 나열되는 공간들은 특유한 아픔을 지시하지 않기 때문에 서로 다른 작품일지라도 소통된다. 개체로서 나열되는 공간들은 결국 아픔을 형상화하는 실재의 징후로 작동된다. '실재'와 '공간의 나열' 사이의 분열적 양상은 끊임없이 이어지며, 한 작품에서 해결되지 않은 아픔은 다른 작품으로 이어져 실재인 트라우마를 끊임없이 추적한다. 즉 한 작품 안에 공간의 연결고리가 명확하지 않음으로 하여 작품 간의 공간들은 '트라우마'를 중심으로 교환되며 상보적 관계를 맺고 있다. 결국 위에서 제시한 두 시는 근본적 상처로서의 '트라우마'를 재현하기 위해 공간이 나열되며, 그것의 실패로 인해 비록 다른 작품일지라도 공간들은 같은 층위를 떠돈다. 이렇게 공간들이 맥락을 통하여 '전체'를 형성하지 않는 경우에는 모두 바깥을 지향하며, 작품들 간의 공간들은 구분되기 어려운 채, 화자의 트라우마를 향해 파편적 아픔으로서 반복적으로 출몰한다.

그렇다면 트라우마를 형상화한 공간들의 반복을 통해 시에 나타나는 특징을 살펴보도록 한다.

> 이른 아침 모과나무 잎새가 떨어져
> 내리고 잔가지 부러지며 외마디 소리
> 지르는 것은 그 속에서 일방적이지만
> 않은 싸움이 있었다는 것이다 반드시
> 선하거나, 선하지 않은 싸움은 없다
> 이겨서 가쁜 숨을 몰아쉬는 것에게나,
> 일찍이 싸워본 적 없다는 듯 나가
> 뻐드러진 것에게나, 못다한 분량의
> 섹스와 쉴 새 없이 입질해줘야 할
> 성마른 새끼들이 있다 이른 아침
> 모과나무 잎새와 잔가지들 고요할
> 때면 싸움에 진 것들은 이긴 것들의
> 혀 밑에서 단 침이 되어 흐를 것이다
>
> 「싸움에 진 것들은」 전문

벽제. 목욕탕과 工場 굴뚝. 시외 버스 정류장 앞, 중학생과 아이 없은 여자.

벽제. 가보진 않았지만 훤히 아는 곳. 우리 아버지 하루종일 사무를 보는 곳.

벽제. 외무부에 다니던 내 친구 일찍 죽어 그곳에 갔을 때 다른

친구 하나는

　화장장 事務長. 모두 깜짝 놀랐다는 뒷얘기. 내가 첫 휴가 나왔을
때 학교에서

　만난 그 녀석. 몰라보게 키가 크고 살이 붙어 물어봤더니 〈글세,
몸이 자꾸

　좋아지는구나〉 하던 그 녀석. 무던히 꼿꼿해 시험보면 面接에서
떨어지곤 하던

「벽제」 부분

　위 두 시는 현대적 몽타주 기법을 통해 트라우마를 상징계로 불러
오기 위하여 아픔을 지시하는 다양한 공간들이 반복적으로 나열된
다. 「싸움에 진 것들은」에서는 "싸움"을 연결고리로 공간들이 나열되
며, 「벽제」에서는 "벽제"라는 공간을 형상화할 때 그곳을 분할한 작은
공간들을 나열함으로써 트라우마를 환기한다. 이렇듯 트라우마를 상
징적인 체계 속으로 복귀시키지 못하므로 그것을 형상화하기 위한
반복적 시도를 통해 공간은 계속적으로 증식한다. 이 과정에서 트라
우마는 재현 층위에 노출되지 않은 채 다양한 공간으로 해체되며, 서
사를 이루지 못한다. 원래 "외상적 사건은 그것이 발생할 당시 상징질
서 속에 충분히 통합되지 않기 때문에 자네(Janet)가 말하는 '서사적 기
억'(narrative memory)이 될 수 없다. 왜냐하면 서사적 기억이란 과거의 완
전한 이야기의 구조 속에 통합되는 것이기 때문이다."[48] 즉 서사가 무
화되면서 끊임없는 분열과 해체를 통해 다양한 공간이 증식되고, 이
러한 과정은 활발한 심리적 과정으로 트라우마를 다면적으로 보여주

---

48) 박찬부, 앞의 논문, 106쪽.

는 결정체적 세계를 창출해낸다. 다면적으로 관찰되는 트라우마는 상징계에서 느낄 수 있는 조각난 아픔이나 고통을 통해 '심리적 증후'라는 추상적 형태로밖에 모습이 드러나지 않는다.

요컨대 이성복 시는 다양한 공간들이 나열된다는 점에서 '몽타주' 기법과 유사하다. 몽타주는 전체적 맥락을 형성하는 '고전적인 몽타주'와 전체적 맥락 없이 공간이 나열되어 전체의 바깥을 향해 나아가는 '현대적인 몽타주'로 분류된다. 이성복 시에서 '고전적인 몽타주'와 같은 영상적 표현이 사용될 때는 공간들이 연상 작용을 통하여 이어지기 때문에 '연결고리'를 통해 파편적인 아픔이나 고통을 엮어나가며, '현대적인 몽타주'와 같은 영상적 표현이 사용될 때는 공간들 사이의 틈새를 통해 아픔이나 고통의 근원에 대해 추적해나간다. 전자와 후자 모두 '트라우마'의 반복 강박에 의해 다양한 공간이 끊임없이 나열되는데, 이는 트라우마가 상징화 실패로서 존재하기 때문이며, 트라우마는 다양한 공간을 통해 표현되기 때문에 파편적으로 해체될 수밖에 없다. 결국 다양한 공간들의 나열은 트라우마를 비추는 '결정체적 세계'로서 심리적 증후를 다면적으로 관찰할 수 있는 계기를 마련한다. 이러한 공간적 특성은 이성복 시의 모더니티가 시적 에너지를 발현할 수 있었던 이유를 드러낸다.

Ⅳ. 시간과 사유의
   영상적 표현

이번 장에서는 영화기법의 영상적 표현을 통해 시의 시간을 탐색해보고, 시의 시간이 어떻게 사유와 연관되는지 고찰해보도록 한다. 시에서 시간을 추출할 때 통상적으로 '시제어미'에 의존하는 경향이 있다. 그러나 하나의 반례로서 시의 맥락상 '순간'임에도 불구하고 같은 시제어미가 연속적으로 연결되면서 시상이 진행되는 경우에는, 시간의 흐름을 시제어미만으로 감지하기에 무리가 있다. 순간임에도 시제어미를 보자면 계속 시간이 흘러가는 것으로 보일 수 있기 때문이다. 시에서는 과거, 현재, 미래를 초월한 '시의 시간'이 생성될 수 있다. 이는 이미지가 기존의 시간 개념을 따르는 것이 아니라 이미지의 흐름에 따라 시적 시간이 새롭게 지속적 흐름을 만들어가기 때문이다. 이러한 시의 시간은 결국 사유의 흐름과 일치한다.

이미지의 흐름을 통해 시적 시간을 알아보기 위해 영화기법의 영상을 적용하는 이유는 영화가 기본적으로 시간성을 고찰하기에 유리한 예술 장르이기 때문이다. 우선 영화기법의 영상은 부동적 단면인 사진을 초당 24개 돌려 운동성을 부과한다. 이 과정에서 사진은 공간적 범주에서 벗어나 시간의 흐름을 생성해낸다[01]. 또한 시공간 단위인 쇼트를 기본 단위로 하는 영화는 다양한 시간들이 흘러가는 양상을 보여주며, 시공간의 좌표가 추상화되는 근접화면과 같이 특별한 시간 양상까지 모색해볼 수 있는 기제를 제공한다.

이 책에서 영상적 표현을 살펴보기 위해 활용하는 영화기법으로는 쇼트의 촬영기법에 해당하는 '근거리 쇼트'와 '원거리 쇼트', 편집 방법인 '몽타주'가 있다. 근거리 쇼트를 통한 근접화면은 대상의 시공간이 추상화되는 양상을 보인다. 이는 대상의 탈영토화와 관련된 것[02]으로, "탈영토화는 고정된 지역을 벗어난다는 의미로서, 새로운 가치와 의미를 창조하기 위해 기존의 가치와 의미를 떠나는 운동을 나타내는 개념"[03]이다. 새로운 지역으로 초월하는 시간 양상은 '순간'에 대한 묘사가 지속될 수 있는 시적 시간을 탐색하는 데 유리한 기제를 제공한다. 이와 다르게 원거리 쇼트는 현실 그대로의 시간을 녹음하므로 현재 진행형의 시간을 다루며, 여러 대상들을 한꺼번에 바라볼 수 있으므로 '동시성'까지 살펴볼 수 있다. 즉 원거리 쇼트는 '현재 움직이고 있는 대상들의 동시성'을 살펴볼 수 있으므로 입체적인 시간을 쉽게 심상화할 수 있는 영화기법이며, 특히 동시성은 시제어미만으로는 알 수 없는 시간이다. 몽타주는 고전적 몽타주와 현대적 몽타주로 분류되며, 이는 전체적 맥락을 이루는지에 대한 여부에 따라 어떠한 층위에서 시간이 흘러가는 양상을 살펴볼 수 있으며, 시간과 시간 사이'의 역할까지 관찰할 수 있다.

---

01) 질 들뢰즈, 앞의 책, 11~13쪽 참조.
02) 질 들뢰즈는 클로즈업은 대상을 시공간적인 모든 좌표들로부터 추상화시키는 동시에, 이것이 탈영토화와 관련 있다고 언급한다. (위의 책, 182~183쪽 참조.)
03) 강신주, 『철학vs철학』, 그린비, 2010, 395쪽.

이미지의 흐름을 통한 시의 시간은 사유의 흐름과 일치하는 바, 이번 장은 위에서 언급한 영화기법의 영상을 통하여 시의 시간 양상을 탐색하고, 그것이 최종적으로 어떠한 사유로 발현되는지 고찰해볼 것이다. 이는 시제어미보다 섬세하게 진행되는 이미지의 흐름이나 입체적 시간, 시간의 층위 등을 알아보는 것에 의의를 두며, 시의 시간에 대한 정확한 이해는 사유의 흐름을 알아내는 기반이 된다. 이를 통해 김기택, 오규원, 이성복 시의 모더니티를 구성하는 새로운 시간양식과 사유의 측면을 살펴볼 수 있다.

1. 김기택 시의 시간과 내재성

김기택 시의 시간은 "흐르는 시간의 틈을 찾아 이를 정지적 영상으로 형상화"[04]하는 특징을 지닌다. 즉 대상의 순간을 포착하여 묘사하는데, 이때 발현되는 "치열한 관찰력은 긴장과 갈등의 에너지로 팽만한 사물의 역동성을 포착하는 데 집중된다."[05] 순간 정지된 시간 동안 에너지가 팽창되는 이유는 작은 공간이 전체로 확대되면서 '크기의 차원'을 달리하기 때문이다. 차원의 층위가 달라질 때 시간은 현실에서 벗어나 새로운 층위를 향해 흘러간다. 즉 현실의 시간은 '순간'임에

---

04) 강영준, 「김기택 시 연구를 위한 시론-반(反)속도의 미학」, 『국어문학』42권, 국어국문학회, 2007, 172쪽.

05) 이혜원, 「거대한 침묵」, 『소』해설, 문학과지성사, 2005, 95쪽.

도 초월된 시간은 순간을 넘어 계속 흘러갈 수 있는 것이다.

이와 같은 특징은 영화기법 중 '클로즈업'과 '익스트림 클로즈업'을 포함하는 '근거리 쇼트'의 영상을 통해서 자세히 살펴볼 수 있다. 부분 대상이 전체로부터 떼어져 화면 전체를 이루는 근접화면은 "이미지를 시공간적 좌표들로부터 떼어내어 표현된 것으로서의 순수한 감화를 떠오르게"[06] 하여 '불특정한 공간'이 되게 한다. 이러한 과정은 대상을 "물적 상태 속으로 이끌어갈 시공간의 좌표들로부터 분리"[07]시켜 추상적으로 격상시킨다. 근접화면의 대상은 그러므로 현실 시간을 이탈하여 대상만의 시간 속으로 초월하게 되는 것이다. 예로 영화 초창기에 클로즈업을 시도한 그리피스가 "거대한 '잘라진 머리'를 영화 스크린에 투사했을 때, 그는 그것을 공간에서 다른 차원으로 이동시켰다"[08]고 평가받는다. 김기택 시의 이미지는 근접화면의 영상적 특질과 유사하며 크기에 따른 차원의 격상으로 시간의 굴절 현상이 나타난다.

시 속의 시간은 사유의 흐름이 이미지로 반영된 과정이다. 따라서 근접화면의 시간이 현실을 이탈할 때 나타나는 현상은 '순간'이라는 현실 시간을 관찰할지라도 그 시간을 초월한 시간의 새로운 지속을 발견할 수 있다는 점이다. 이번 장에서는 현실을 초월한 시간의 지속이 어떠한 성질을 가지고 사유를 이끌어 가는지 살펴보도록 한다.

---

06) 질 들뢰즈, 앞의 책, 184쪽.

07) 위의 책, 185쪽.

08) 벨라 발라즈, 앞의 책, 69쪽.

1.1. 현실의 시간과 이면 세계

김기택 시는 작은 대상을 면밀히 관찰하여 미세한 감각들을 재현한다. 이와 같은 관찰의 시간은 대부분 대상의 '순간'을 묘사한 것인데, '순간'은 김기택 시의 특징인 '틈새의 미학'과 연결된다. "틈을 내다'에서 틈은 꽉 짜여진 것에 일부러 균열을 가함으로써 생기는 어떤 융통성과 시공간을 의미한다."[09] 그러므로 김기택 시의 순간은 현실의 시간에 균열을 내면서 다른 세계로 통하는 입구라 볼 수 있다.

다음 시를 통해 김기택 시의 시간을 자세히 살펴보도록 한다.

새 한 마리 똑바로 서서 잠들어 있다
겨울 바람 찬 허리를 찌르며 지나가는 고압선 위
잠속에서도 깨어 있는 다리의 균형
차고 뻣뻣하게 굳어지기 전까지는
저 다리는 결코 눕는 법이 없지
종일 날갯짓에 밀려가던 푸른 공기는
퍼져나가 추위에 한껏 날을 세운 뒤
밤바람이 되어 고압선을 흔든다
새의 잠은 편안하게 흔들린다
나뭇가지 속에 잔잔하게 흐르던 수액의 떨림이
고압선을 잡은 다리를 타고 올라온다
불꽃이 끓는 고압은 날개와 날개 사이
균형을 이룬 중심에서 고요하고 맑은 잠이 된다

---

09) 최현식, 「삶의 틈과 틈의 삶」, 『문학과 사회』 2005 봄, 255쪽.

바람이 마음껏 드나드는 잠속에서 내려다보면

어둠과 바람은 울부짖는 한 마리 커다란 짐승일 뿐

그 위에서 하늘은 따뜻하고 환하고 넉넉하다

힘센 바람은 밤새도록 새를 흔들어대지만

푸른 공기는 어둠을 밀며 점점 커가고 있다

날개를 펴듯 끝없이 넓어지고 있다

「겨울새」전문

위 시는 겨울밤에 "새 한 마리"가 "서서 잠들어 있"는 모습을 묘사한 작품이다. 주목해 보아야 할 점은 시제어미가 현재 진행형으로 일관되게 서술되고 있으나 6행부터는 과거와 현재가 혼용되는 이미지가 관찰된다는 점이다. "종일 날갯짓에 밀려가던 푸른 공기"는 과거의 시간이며, "밤바람"이 "고압선을 흔"드는 장면은 현재의 시간이다. "나뭇가지 속에 잔잔하게 흐르던 수액의 떨림"은 과거의 시간이며 "고압선"의 "떨림" 속에서 "균형"을 이루는 새의 모습은 현재의 시간이다. 같은 맥락으로 과거의 "푸른 공기"는 현재에서 "어둠을 밀며 점점 커가고 있다". 이와 같은 문제는 근거리 쇼트의 영상을 통해 해석해 볼 수 있다.

먼저 "새 한 마리"의 작은 대상을 시의 전체 이미지로 확대하여 묘사한 것으로 보아 위 시는 클로즈업과 같은 영상적 표현을 활용했다. 작은 대상이 전체로 확대됨에 따라 시공간이 추상화되는데, 예로 "따로 떼어진 얼굴을 대할 때 우리는 공간을 느끼지 않는다. 공간에 대한 우리의 감각은 소멸된다. 전혀 다른 질서의 차원이 우리에게 열"[10]리기 때문이다. "새 한 마리"는 그러므로 새로운 시간을 맞이하게 된다. 현실의

---

10) 질 들뢰즈, 앞의 책, 183쪽.

시간은 1행부터 5행까지다. 그 이후의 시간은 "새 한 마리"만의 시간으로 초월하게 되는 것이다. 그리하여 6행부터는 과거가 현재에 침투하여 서로 혼용되는 '새의 잠'의 시간이 관찰된다. 클로즈업으로 "얼굴만을 따로 대하는 것은 우리를 공간에서 분리시키고, 공간에 대한 우리의 의식은 단절된다. 그리고 우리는 자신이 다른 차원에 있음을 알게 된다. 그것은 얼굴 표정의 차원이다."[11] 클로즈업과 같은 "새"의 이미지 역시 '새의 차원'으로 초월하여 시간은 '새의 잠' 속에서 흐르게 된다.

새의 잠 속에서 흐르는 시간은 현실의 시간과 함께 흐르고 있다. 결국 대상만의 시간으로 초월된 시간은 현실의 시간인 '순간'의 그림자처럼 현실 시간의 이면에서 새로운 지경을 펼쳐나간다. 현재의 시간을 넘어선 대상의 시간은 현재의 시간과 동행하며 흘러가는데 이는 다음과 같이 정리할 수 있다.

현실의 시간	대상의 시간 (굵은 글씨 : 과거, 보통 글씨 : 현재)
새 한 마리가 겨울 바람 속에서 고압선 위에 서서 잠들어 있는 시간	① "**종일 날갯짓에 밀려가던 푸른 공기**"가 "밤바람이 되어 고압선을 흔든다." ② "새의 잠은 편안하게 흔들린다" ③ "**나뭇가지 속에 잔잔하게 흐르던 수액의 떨림이**/고압선을"타고 올라온다 ④ "힘센 바람은 밤새도록 새를 흔들어대지만/푸른 공기는 어둠을 밀며 점점 커"져간다.

---

11) 벨라 발라즈, 앞의 책, 69쪽.

현실의 시간은 새 한 마리가 고압선 위에서 잠을 자고 있는 모습이다. 이러한 현실의 시간이 1행부터 5행까지 진행되다가, 6행부터는 새의 잠 속에서 대상의 시간이 진행된다. 이때 대상의 시간은 현실의 시간과 관계없이 독자적으로 진행되는 것이 아니라, 현실의 시간과 과거의 시간이 동행하는 양상으로 진행된다. 즉 대상의 시간은 현실의 시간을 전제로 흘러가는 이면의 시간인 것이다. 새의 잠은 그러므로 현실에서 새가 겪는 환경과 새의 기억이 혼합된 현상이며, 이러한 시간의 혼합은 잠의 특성을 통해 더욱 생생하게 드러난다.

한번도 죽음을 본 일이 없었기에, 죽으면 어떻게 해야 하는지 알지 못했기에, 죽음은 접시 위에서 살아 있을 때보다 더 격렬하게 꿈지럭거렸다. 죽으면 꼼짝 않고 있어야 한다는 걸 몰랐기에 제 힘과 독기를 모두 모아 거친 물굽이처럼 요동쳤다. 어찌나 심각하게 꿈틀거리던지 자칫하면 죽음이 취소될 수도 있을 것 같았다. 죽음엔 눈과 팔다리가 달려 있지 않았기에 방향도 없이 앞으로만 기어가다 저희들끼리 마구 엉켰다.

흰 접시는 마치 제가 죽기라도 한 것처럼 동그라미 안에서 빨판들을 물방울처럼 튀기며 거칠게 파도쳤다. 그러나 죽음이 달아나기엔 접시의 반경이 너무 짧았고 모든 길은 오직 우스꽝스러운 꿈틀거림으로만 열려 있었다. 토막난 다리와 빨판들은 한 마리의 통일된 죽음이기를 포기하고 한 도막 한 도막이 독립된 삶이 되어 접시 밖으로 무작정 나가려 했고, 씹는 이빨 틈에 치석처럼 달라붙어 떨어지려 하지 않았다.

「산낙지 먹기」부분

위 시는 "산낙지"를 확대하여 면밀히 관찰한 클로즈업의 영상과 유사하다. 산낙지는 "죽음"이라 불린다. 이것은 산낙지를 근접화면으로 보았을 때 시간이 '산낙지의 세계'로 초월했기 때문이다. 즉 산낙지의 세계는 '죽음'으로 이루어져 있으며, 마디마디 잘려나가도 움직이는 현실의 시간과 산낙지의 죽음의 시간은 서로를 밀어내며 동행한다.

이러한 동행을 통해 산낙지는 '죽음'조차 살아 움직이는 역설의 대상으로 묘사된다. 현실에서 산낙지가 "토막난 다리와 빨판"을 계속 꿈틀거려도 대상의 세계, 즉 대상의 본질은 이미 죽어있기 때문이다. 이러한 상황에서 현실의 시간과 동행하는 대상의 시간은 서로 양면처럼 붙어 독특하고 모호한 이미지를 완성한다. 이러한 이미지는 현실의 시간과 대상의 시간이 동행하며 서로를 드러내면서도 갈라지는 역동성을 관찰할 수 있으며, 시간의 이중성이 대상의 본질을 생동감 있게 드러낸다.

요컨대 김기택 시는 작은 대상을 전체로 확대하여 면밀히 묘사한다는 점에서 근거리 쇼트의 영상과 이미지의 속성이 유사하다. 대상이 전체로 확대될 때 대상의 탈영토화를 겪게 되고, 이때 현실의 시간에서 대상의 시간으로 시간의 성질이 바뀌게 된다. 그러나 대상의 시간은 현실의 시간을 완전히 벗어난 채 독단적인 시간의 흐름을 갖지 못한다. 현실의 시간 이면에서 그림자처럼 붙어 내면세계의 흐름을 들추어낸다. 이처럼 김기택 시는 현실의 시간을 근본으로 한 이면의 시간을 통하여 대상의 겉과 속의 운동을 입체적으로 포착한다.

이러한 시간의 양상을 그림으로 살펴보면 다음과 같다.

[그림7] 대상의 시간 양상(1)

현실의 시간을 전제로 초월한 대상의 시간은 서로 나란히 진행된다. 이때 혼합된 시간이 형성하는 이미지는 모호하고 불특정한 특징을 지니며, 이는 근접화면의 특징과 일맥상통한다. 이러한 이미지를 통해 현실과 대상의 내면세계가 한자리에서 부딪혀 '길항작용'이 일어나며, 그럼에도 두 층위의 시간이 동시에 수평적으로 흘러가므로 강한 시적 에너지를 동반하게 된다. 현실과 내면세계의 동시적 흐름은 모호하게 보일지라도 오히려 대상의 현실과 잠재성을 다각적으로 드러내기 때문에 본질에 가까운 이미지를 현상한다.

1.2. 현실의 시간과 연속적 특질

앞장에서는 김기택 시에서 대상의 탈영토화로 인해 현실을 초월한 대상의 시간이 결국 현실의 시간과 대응되는 이면의 시간으로 흘러가는 양상을 살펴보았다. 이번 장에서는 대상의 탈영토화로 인해 현실을 초월한 대상의 시간이 현실의 시간과 다른 양상으로 펼쳐지는 과정을 살펴보도록 한다. 이러한 시간은 현실과 이면 사이의 길항작용에 의해 시적 에너지가 발현되는 것이 아니라 대상의 내면에 대해 사유의 깊이를 형성해감으로서 이루어진다. 따라서 사유의 방향도 현실과 이면의 수평으로 흐르는 범주에서 벗어나 내면의 깊이를 향해 나아가게 되는 것이다.

다음 시를 통하여 자세히 살펴보도록 한다.

좁고 구불구불하고 한적한 시골길이었다.
걷다 보니 갑자기 도로와 차들이 생긴 걸음이었다.
아무리 급해도 도저히 빨라지지 않는 걸음이었다.
죽음이 여러 번 과속으로 비껴간 걸음이었다.
그보다 더한 죽음도 숱하게 비껴간 걸음이었다.
속으로는 이미 오래전에 죽어본 걸음이었다.
이제는 죽음도 어쩌지 못하는 걸음이었다.

「무단 횡단」 부분

며칠 전에 딸이 사놓고 간 귤
며칠 동안 아무도 까먹지 않은 귤
먼지 내려앉은 동안 움직이지 않는 귤
움직이지 않으면서 조금씩 작아지는 귤
작아지느라 몸속에서 맹렬하게 움직이는 귤
작아진 만큼 쭈그러져 주름이 생기는 귤
썩어가는 주스를 주름진 가죽으로 끈질기게 막고 있는 귤

「귤」 부분

두 시는 작은 대상을 전체로 확대하는 근거리 쇼트와 유사한 기법으로 이미지를 재현하였다. 우선 「무단 횡단」에서는 "걸음"의 모습을

확대하여 묘사하였는데, "무단 횡단"으로 인해 죽음으로 몰고 간 "걸음"의 순간을 포착한 결과다. 그러나 이미지는 현실의 시간인 '순간'에 머물지 않고 끊임없이 점진적으로 진행해나간다. 그 이유는 무단 횡단한 "걸음"이 클로즈업되어 탈영토화되자, 시간이 대상만의 시간으로 초월되어 평상시의 걸음이 관찰되는 장소인 "한적한 시골길"로 이동했기 때문이다. 즉 현실의 시간인 '순간'이 대상의 잠재적 시간인 과거로 향하는 틈이 된 것이다. 이러한 시간의 초월성은 시의 시제만으로 파악하기에는 불가하다. 시는 전반적으로 '과거 시제'를 사용하며, 이것을 통해서 시간의 성질을 구분하기에는 한계가 있기 때문이다.

「무단 횡단」에서 "걸음"의 잠재적 시간이 흘러가는 과정을 살펴보면, "한적한 시골길"→"도로와 차들이 생긴 걸음"→"아무리 급해도 도저히 빨라지지 않는 걸음"→"죽음"이 "과속으로 비껴간 걸음"→"죽음도 숱하게 비껴간 걸음"→"이미 오래전에 죽어본 걸음"→"죽음도 어쩌지 못하는 걸음"으로 점점 죽음의 절정을 향해 나아간다. 클로즈업의 영상은 이처럼 "하나의 특질에서 다른 특질로 이어지고 새로운 특질로 열어나가는 그 연속의 기능을 드러낸다. 새로운 특질을 산출하는 일, 질적 도약을 구사하는 일, 그것이 에이젠슈테인이 근접화면에서 추구했던 것이다."[12] 그리하여 대상의 시간으로 초월한 지속의 흐름은 결국 '새로운 특질'을 향해 나아가며, 이는 로라 멀비(Laura Mulvey)가 언급하였듯이, 클로즈업은 "영화의 움직임을 정지시키거나 전복시키면서 내러티브가 스펙터클에게 자리는 내어준다"[13]는 특징과 상응한다. 이처럼 클로즈업과 유사한 영상적 표현은 현실의 '순간'을 통

---

12) 질 들뢰즈, 앞의 책, 172쪽.
13) 김종갑, 「클로즈업의 수사학 - 그레타 가르보의 얼굴」, 『문학과 영상』제4권, 문학과영상학회, 2003.12, 7~8쪽.

하여 '잠재적 시간'의 스펙터클을 향해 나아가는 특성을 지니며, 이를 통하여 김기택 시에서 시제가 동일함에도 현실의 순간이 잠재적 시간을 향해 나아가고 있음을 파악할 수 있다.

「귤」에서도 오래된 "귤"의 모습을 확대하면서 현실의 시간은 '순간'을 통해 잠재적 시간으로 나아간다. "며칠 전에 딸이 사놓고 간 귤"에서 "아무도 까먹지 않은 귤", "먼지가 내려앉"고 "조금씩 작아지"다가 "작아진 만큼 쭈그러져 주름이 생"긴 귤의 모습은 점차적으로 현재 귤의 모습을 향해 한 겹씩 나아가는 과정이다. 이렇게 구성되는 강렬한 연속은 응축된 내재적 본질을 풀어나가 대상의 다중적 상태를 드러낸다. 김기택 시에서 관찰되는 대상의 잠재적 시간은 이러한 클로즈업 영상의 불특정한 이미지를 차근차근 풀어내어 극적인 순간을 향해 나아가는 데 의의가 있다.

언어의 구조와 클로즈업 영상의 연속적 특질을 연관시켜보면, 동어반복과 잠재적 시간은 같이 진행된다. 동어반복이 진행될 때마다 잠재적 시간은 대상의 깊이를 한 겹씩 풀어내며 흘러가기 때문이다. 같은 시제를 동반한 동어반복의 문장만 보았을 때는 시간의 감각을 알 수 없으나, 근접화면의 탈영토화에 의한 잠재적 시간을 전제로 동어반복을 보았을 때, 동어반복은 잠재적 시간의 깊이를 이루는 문장 구조로서 '수평'이 아닌 '깊이'로 시간이 흘러가고 있는 지표다. 이때의 시간은 과거, 현재, 미래와 같은 수평적 흐름이 아닌 '현실의 순간'을 통해 잠재적 시간으로 들어가 깊이를 형성하며 수직적으로 진행되는 지속의 흐름인 것이다. 그러므로 동어반복에 의한 진행은 현실에서는 같은 순간이나 잠재적 시간은 여러 겹의 파문을 풀어내며 깊이를 형성한다. 이러한 양상은 현실의 순간이 시적 순간이 될 수 있는 구조를 설명한다.

다음 시는 미래의 잠재적 시간을 풀어내는 동어반복 구조의 시다.

또 겨울.

나무들이 몸을 말린다.

한여름 내내 나뭇잎에서 쏟아낸 푸른 분비물이

누렇게 되도록 말린다.

하루 세 끼 꼬박꼬박 햇빛을 빨아먹던 팽팽한 잎이

갑자기 쭈글쭈글해지도록 말린다.

바람에 흔들릴 때마다 반짝거리던 잎이

과자 봉지처럼 바삭바삭 구겨지도록 말린다.

아스팔트 위를 구르는 잎에서

양철 조각 갈라지는 소리가 나도록 말린다.

가지마다 커다란 파도를 만들며 출렁거리던

무거운 바람도 말린다.

한여름 광합성으로 부지런히 키운 높다란 물통을

기둥째 말린다.

두꺼운 나무껍질 쩍쩍 갈라지도록 말린다.

한겨울 독한 추위가 또 몸속에 들어와 살도록

그 매운 맛에 단내가 나도록

말린다.

「나무들」 전문

위 시는 "나무"에서 자란 "잎"의 모습을 클로즈업한 영상적 표현을 구사한다. 현실의 시간은 겨울나무에 남아있는 잎의 순간적 모습이다. 그럼에도 "말린다"라는 서술어가 반복될 때마다 이미지가 진행되는데, 이는 대상의 잠재적 시간의 흐름으로 볼 수 있다. 이때 현실의 순간은 진행되지 않으며, 잠재적 시간은 특질이 특질을 물면서 강렬한 연속에 의해 진행된다. "겨울"에 "나무들이 몸을 말린다"는 1행부터 2행까지는 현실의 시간이다. 그러나 "한 여름 내내 나뭇잎에서 쏟아낸 푸른 분비물이/누렇게 되도록" 말리는 3행부터 대상의 내재적 속성에 의해 시간이 진행되므로 잠재적 시간이 시작된다. 그 뒤로 "팽팽한 잎이" "쭈글쭈글해지도록" 말림→"과자 봉지처럼 바삭바삭 구겨지도록" 말림→"양철 조각 갈라지는 소리가 나도록" 말림→가지마다 흔드는 "바람"까지 말림→나무의 "물통"을 "기둥째"로 말림→"추위"가 나무속으로 들어오고, "그 매운 맛에 단내가 나도록" 말리는 과정은 대상의 특질이 특질을 물고 오면서 점진적이고 강렬한 연속이 미래를 향해 일어나는 시간의 흐름이다.

언술 구조를 살펴보면 "말린다"는 서술어가 반복됨에 따라 미래의 시간은 점차 진행된다. 동어반복이 일어날 때마다 잠재된 가능성을 진행시키는 것이다. 동어반복이 지속된다는 것은 대상의 잠재적 시간이 계속 같은 곳을 기반으로 흘러간다는 의미다. 즉 같은 공간의 잠재적 시간을 진행시키는 과정은 동어반복의 구조로 시에 나타난다.

이처럼 대상의 잠재적 시간은 과거뿐만 아니라 미래를 향해서도 나아가며, 현실의 순간과는 관계없이 수직적으로 진행됨을 알 수 있다. 이러한 수직적 연속에 의한 잠재적 시간의 흐름은 미래를 향할 때는 잠재된 가능성을 발현시키며, 과거를 향할 때는 잠재된 과거를 발현시킨다.

다음 시를 통해 동어반복이 일어나지 않아도 연속적인 특질을 통해 잠재된 시간이 진행되는 양상을 살펴보도록 한다.

책상다리하고 앉아 책을 보다가
일어나 전화 받으러 가는데

방바닥이 발바닥에 와 닿지 않는다.

꼬집어도 감각이 없다.

몇 시간 책상에 달려 있던 다리를 빼내

몸 일으키고 걷게 하니

내 다리가 정말 마른 나무가 되었나 보다.

각목 같은 다리에 몇 걸음 자극이 가니

갑자기 다리 속에 무수한 바늘이 꽂힌다.

오랫동안 말랐던 목재 속에

살금살금 다시 흘러드는 수액의 감촉.

참을 수 없이 간지럽다,

우그러지고 뒤틀린 핏줄이 탱탱하게 펴지는 느낌.

다시 물 흐르기 시작한 다리 속으로

한꺼번에 별들이 쏟아져 들어온다.

별빛은 바늘구멍.

막혀 깜깜한 하늘 콕콕 뚫어 빛을 낸 자리.

나 걸음마하듯 걸어본다,

빛이 통하느라 절뚝거리는 상쾌한 다리로,

네모난 책상이 된 후

처음으로 수액이 돌아 짜릿한 책상다리로.

「다리가 저리다」 전문

    위 시는 화자의 다리를 클로즈업한 영상적 표현으로 이루어졌으며, 시간은 다리 "감각"의 연속적 특질을 통해 나아간다. 현재의 시간은 "책상다리하고 앉아 책을 보다가" 일어날 때 다리가 저리는 순간이다. 처음에는 다리에 "감각이 없"는 것으로 시작하여, "갑자기 다리 속에 무수한 바늘이 꽂"히는 환상을 겪는다. 그 순간 "다리"라는 대상으로 초월한 시간은 감각의 세계에 이끌려 "목재 속에/살금살금 다시 흘러드는 수액의 감촉"이나, "한꺼번에 별들이 쏟아져 들어"오는 환상 속을 흘러간다. 동어반복이 진행될 때는 동어반복이 지시하는 현실 공간을 기반으로 잠재적 시간이 수직적으로 흘러가는 데 반해, 동어반복이 일어나지 않는 대상의 잠재적 시간은 현실 공간과 연결을 끊고 '다리'에서 '나무'나 '밤하늘', '책상'을 향해 솟아오른다. 이때의 잠재적 시간은 현실 공간과 연결된 수직 통로로서 흘러가는 것이 아니라, 공간과 분리된 연속적 특질에 따라 자유롭게 펼쳐나간다. 이와 같이 대상의 동어반복이 일어나지 않는 잠재적 시간은 수직적 형태가 아닌 유기적 형태로서 자유로운 대상의 시간을 구축한다.

다음 두 시를 통해 잠재된 시간의 양상을 견주어 보도록 한다.

> 나뭇가지들이 갈라진다
> 몸통에서 올라오는 살을 찢으며 갈라진다
> 갈라진 자리에서 구불구불 기어 나오며 갈라진다
> 이글이글 불꽃 모양으로 휘어지며 갈라진다
> 나무 위에 자라는 또 다른 나무처럼 갈라진다
>
> 「커다란 나무」 부분

> 명태들은 필사적으로 벌렸다가 끝내 다물지 못한 입을
> 다시는 다물 생각이 없는 것 같다 끝끝내 다물지 않기 위해
> 입들은 시멘트처럼 단단하고 단호하게 굳어져 있다
> 억지로 다물게 하려면 입을 부숴버리거나

아예 머리를 통째로 뽑아내지 않으면 안 된다
말린 명태들은 간신히 물고기의 모습을 하고 있지만
물고기보다는 막대기에 더 가까운 몸이 되어 있다
모두가 아직도 악쓰는 얼굴을 하고 있지만
입은 그 막대기에 남아 있는 커다란 옹이일 뿐이다
옹이 주변에서 나이테는 유난히 심하게 뒤틀려 있다

「명태」 부분

「커다란 나무」는 나뭇가지를 클로즈업한 영상적 표현으로 구성된 작품이다. 1행은 "나뭇가지들이 갈라"져있는 현실의 시간을 묘사하고 있지만 2행부터는 '갈라진 나뭇가지'에 대한 현실의 시간을 초월한 '대상의 시간'이 진행된다. 대상의 시간은 나뭇가지가 갈라지게 된 잠재적 시간으로 들어가 "몸통에서 올라오는 살을 찢으며", "구불구불 기어 나오"다가 "불꽃 모양으로 휘어지"고, "나무 위에 자라는 또 다른 나무처럼" 나뭇가지가 갈라지는 연속적 특질을 풀어낸다. 이때 시간은 '갈라진 나뭇가지'의 현실적 순간에 기반을 둔 채 잠재적 시간이 흘러간다. 즉 "갈라진다"라는 동어반복은 현실의 순간인 '갈라진 나뭇가지'를 클로즈업한 상태를 지시하며, 클로즈업으로 부각된 '갈라진 나뭇가지'의 잠재적 시간은 연속적 특질을 통하여 진행되는 것이다.

「명태」에서는 "입"을 벌린 채 말라버린 명태의 모습이 클로즈업된 영상적 표현의 시로, 동어반복이 등장하지 않는다. 이 시는 "명태들"이 "필사적으로" 입을 다물지 못하고 굳어있는 현재의 시간을 기반으로 잠재적 시간이 흘러가는데, 명태의 "입들은 시멘트처럼 단단하고 단호하게 굳어져 있"다가 "막대기에 더 가까운 몸"이 된다. 더 나아가 명태의 굳어버린 입은 "막대기에 남아 있는 커다란 옹이"로 변신한다.

즉 현실의 순간을 벗어난 잠재적 시간은 현실의 순간에 기반을 두지 않은 채 연속된 특질을 통해 자유롭고 유연하게 대상을 변신시킨다.

이와 같은 특징을 그림으로 정리하면 다음과 같다.

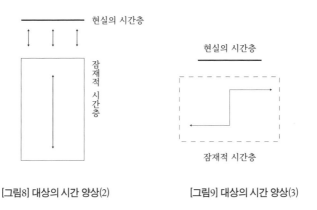

[그림8] 대상의 시간 양상(2)   [그림9] 대상의 시간 양상(3)

[그림8]은 대상의 시간으로 초월할 때 드러나는 잠재적 시간이 현실의 시간층과 관련을 맺은 채 연속적 특질에 의해 진행되는 양상이다. 현실의 시간을 근본으로 잠재적 시간이 흐르는 것을 구문상 특징과 연관시켜 보았을 때 '동어반복'을 들 수 있다. 동어반복을 통해 현재의 상태를 지칭하고 연속적 특질은 끊임없이 나아가 잠재적 시간의 흐름을 이룬다.

이에 반해 [그림9]에서 잠재적 시간은 현실의 현상과의 교류를 끊고 자유롭게 시간층을 형성한다. 잠재적 시간이 연속적 특질에 의해 진행되는 것은 그림8과 동일하나, 대상의 변형이 자유로워 정체성이 유동적인 상태에서의 시간의 흐름이므로 실선으로 시간층의 범위를 표시하였다. 이는 동어반복이 없으므로 지속적으로 지시하는 공간층이 사라진 상태에서 잠재적 시간이 흘러가기 때문에 [그림8]보다 새로운 질적 도약을 이루어낼 수 있다.

이처럼 근거리 쇼트의 영상적 표현에서 발견되는 시간의 변형은 부분 대상이 전체가 되면서 시간도 대상의 시간으로 초월하기 때문이다. 이때 대상의 시간은 현실의 시간과 동행하며 흐르는 대상의 시간, 현실의 시간을 전제로 연속적 특질을 따라 독단적으로 흘러가는 대상의 시간, 현실의 시간으로 시작하였으나 그것과 관계없이 대상의 정체성이 교체되며 연속적 특질에 의해 자유롭게 흘러가는 대상의 시간으로 나누어 살펴볼 수 있다. 첫 번째 시간 유형은 현실의 시간의 그림자처럼 동등하게 좇아 흘러가므로 대상의 시간을 현실 '이면의 시간'이라 지칭하고, 두 번째와 세 번째 시간 유형은 대상의 시간이 현실의 시간과 관계없이 연속적 특질에 의해 흘러가 숨은 역량을 들추어내므로 '잠재적 시간'이라 지칭하였다.

근접화면에 의한 시간은 현실의 시간과 대상의 시간 사이의 이원성을 통해 대상의 안과 밖을 입체적으로 사유하고 관찰한 결과다. 이로써 김기택 시에서 시간은 대상의 안과 밖이 통합되어 하나의 대상을 이루며 이러한 모호한 시간은 오히려 대상의 정확한 관찰을 반영한다는 역설을 실현한다. 현실의 시간으로부터 대상의 시간으로 추상화된 양면적 시간은 이처럼 대상 고유의 실체를 드러내기 위한 사유의 흐름이며, 대상의 표면을 기반으로 잠재된 특성을 드러내면서 동시에 삭제해나가는 실재를 향한 끊임없는 시간이다. 이와 같은 독특한 시간의 흐름을 통한 사유는 김기택 시의 모더니티를 구성하는 독자적인 양상이라 볼 수 있다.

2. 오규원 시의 시간과 두두물물頭頭物物의 본연적 속성

오규원의 날(生)이미지는 '살아 있는 이미지'란 의미로, 여기서 '살아 있음'이란 시간의 순차성에 따라 생성되는 움직임을 의미한다. 즉 날이미지 시의 "언어는 존재의 시간적 생성과 함께 일어난다. 이 생성의 시간적 언어인 현상을 기록할 수 있다면 그것은 '살아 있는[生] 언어'이며 동시에 굳어 있지 않은 의미로서의 이미지일 것이다."14) 오규원 시인은 사진이나 그림이 표현해낼 수 없는 이러한 시간적 생성을 날이미지 시에서는 관찰할 수 있다고 언급한다.

또한 날이미지 시는 다양한 대상들을 포섭한 풍경을 관찰하기 때문에 대상들의 '동시성'이 중요한 구실을 한다. 대상들이 동시에 움직이면서 형성되는 관계 형성에 따라 시의 포커스는 한 대상이 아닌 공간 전체가 된다. 날이미지 시도 하나의 대상 자체에 집중하기보다 대상과 그 주변 대상들이 서로 엮이면서 이루어지는 긴장관계에서 시적 에너지가 창출된다.

날이미지 시에서 시간에 의한 살아있는 현상을 중요시 여긴다면 시간의 '지속성'이 중요한 특성으로 자리 잡는다. 간헐적인 시간은 있는 그대로의 현상을 담아내기 어렵기 때문이다. 그러나 시의 특징상 문장을 통하여 이미지를 전달하기 때문에 문장과 문장 사이의 단절로 인해 이미지의 지속성을 포착하기란 쉽지 않다. 날이미지의 풍경이 지속적으로 흘러가는 것을 제대로 파악하기 위해서는 이것을 원거리 쇼트의 영상적 표현으로 이해할 때 가능하다. 또한 동시성은 시제 어미만으로는 파악할 수 없는 시간의 특징이며, 다양한 대상들을

---

14) 오규원, 앞의 책, 79쪽.

포섭하는 원거리 쇼트의 영상적 표현으로 날이미지 시를 이해할 때 그것을 쉽게 심상화할 수 있다.

이처럼 시간의 지속성 및 동시성과 함께 개념적이고 사변적인 의도성을 배재한 순수한 현상으로서의 날이미지의 특성은 '원거리 쇼트'의 영상과 유사하다. 촬영은 현상과 거리를 둘수록 객관적인 입장을 취하기가 쉬워지며, 쇼트는 시공간의 단위이므로 원거리 쇼트는 날이미지 시의 객관적 현상에 대한 시간의 흐름을 효율적으로 파악할 수 있는 영화기법이다. 앙드레 바쟁(Andre Bazin)은 원거리 쇼트 중 하나인 "롱 쇼트(Long shot)가 클로즈업보다 훨씬 사실주의적"이라고 언급했다. 사실주의적인 기법은 현상을 선입견 없이 보여주기 때문에 있는 그대로의 시간인 '현재 진행형'과 원거리를 통한 '동시성'을 생동적으로 포착할 수 있는 것이다.

논의의 편의상 이 책에서는 '현재진행형'과 '동시적 시간'의 특성을 자세히 논하기 위해 각자 나누어 살펴보도록 하고, 그에 따른 사유인 두두물물의 본연적 속성에 대해 고찰해보도록 한다.

2.1. 현재진행형의 시간과 본연적 속성

날이미지 시는 현실의 시간을 있는 그대로 반영한다. 날이미지 시에서 "모든 살아 있는 것들은 살아 있기 위하여 끊임없이 움직여야 하고, 그만큼 변해야 한다."[15] 날이미지 시에서 시간의 흐름은 사변적이거나 개념 이전의 순수한 움직임을 나타내며, 이러한 시간의 특성은

---

15) 전병준, 「침묵과 허공은 서로 잘 스며서 투명하다-오규원 시집, 『새와 나무와 새똥 그리고

원거리 쇼트의 영상과 유사하다. 원거리 쇼트는 있는 그대로의 풍경을 시간의 흐름에 따라 촬영한 이미지이기 때문이다.

오후 두 시 나비가 한 마리
저공으로 날았다 나비가 울타리를
넘기 전에 새가 한 마리
급히 솟아올랐다 하강하고 잠자리가
네 마리 동서를 천천히
가로질러 갔다 동쪽의 자작나무와 서쪽의
아카시아나무 사이의 이 칠십 평의
우주는 잠시 잔디만 부풀었다
다시 남동쪽 잔디 위로 메뚜기
한 마리가 펄쩍 뛰고
햇빛은 전방위로 쏟아졌다 그리고 적막이
찾아왔다가 토끼풀 위로 기는
개미 한 마리와 함께 사라졌다
잠자리 두 마리가 교미하며 날았다
어린 메뚜기 세 마리가
차례로 뛰었다 사마귀 한 마리가 잔디밭
구석의 돌 위로 기어올랐다
그 사이에 동쪽의 자작나무 잎들이
와르르 바람에 쏟아졌다 순간
검은 나비 한 마리 서쪽 울타리를 넘다가

돌멩이」, 『시와반시』, 2007 가을, 76쪽.

되넘어 잠복하고 이 우주는

오로지 텅 빈다 와르르 쏟아지던

자작나무 잎들이 멈추고 웃자란

잔디의 끝만 몇 개 솟아오른다

「뜰의 호흡」 전문

　여러 대상들을 포섭한 "뜰"이라는 공간을 한꺼번에 비추고 있으므로 위 시는 '롱 쇼트'의 영상과 유사하다. 위 시의 시제는 과거와 현재가 동시에 나타나 있다. 과거 시제로 묘사된 현상은 공간 속의 대상들이 활발하게 움직이는 모습이며, 현재 진행형으로 묘사된 현상은 공간 속의 대상들이 잠잠해지는 모습이다. 전반적으로 위 시의 제목과 같이 내용을 살펴볼 때 "뜰의 호흡"이란 뜰 안의 대상들이 생동적으로 움직이다가 훅 꺼지듯이 사라지는 광경을 의미한다. 이때 과거가 있기 때문에 현재의 모습이 가능하다. 과거의 생동적인 움직임이 있기 때문에 현재의 고요함이 자리 잡을 수 있는 것이다. 과거와 현재는 한 호흡으로 이어지기 때문에 과거와 현재의 시간 차이보다는 둘 사이의 '지속성'이 더욱 중요하다. 그러므로 과거시제로 묘사된 "사마귀 한 마리"가 "잔디밭 구석의 돌 위로 기어올랐"던 모습은 "순간"이라는 부사어를 통해 검은 나비들의 현재진행형으로 옮겨갈 수 있는 것이다. 이러한 이미지의 지속성으로 보아 위 시는 롱 쇼트의 이미지로 계속 "뜰"의 모습을 살펴본 결과와 유사하다. 그러나 시간이 지속적으로 진행하는 이미지임에도 왜 시제를 달리하여 표현하였을까.

　위 시에서 현재진행형으로 종결된 뜰의 잠잠한 모습은 또다시 뜰의 활발한 움직임을 보일 미래에 응답하는 행위이다. 결국 과거, 현재, 미래는 분절된 것이 아닌 서로가 근원이며, 지속적인 흐름 아래에 과거, 현재, 미래가 하나의 끈으로 구분 없이 이어진다. 따라서 뜰의 호흡은 계속될 것이며, 뜰 안의 대상들의 움직임은 다시 시작될 것이다. 이처럼 '지속성'은 과거와 현재, 미래의 시간을 연결하여 전체의 시간을 포섭하는 시간 그 자체이다.

> 강에는 강물이 흐르고 하늘은
> 제 몸에 붙어 있던 새들을 모두 떼어내고
> 다시 온전히 하늘로 돌아와 있고
> 둑에는 풀들이 몸을 말리며
> 자기에게로 돌아가고 있다
> 강가에서는 흐르지 않고 한 여자가 서서
> 안고 있는 아이에게 한쪽 젖을 맡기고
> 강이 만든 길을 더듬고 있다
> 아이는 한 손으로 젖을 움켜쥐고
> 넓은 들에서 하늘로 무너지는
> 강을 본다
> 강에는 강물이 흐르고
> 물속에서 날개가 젖지 않는
> 새 그림자가 강을 건너가고 있다

「강과 강물」 전문

위 시의 시제를 살펴보면 "있다"라는 종결어미를 통해 현재진행형을 취하고 있음을 알 수 있다. 위 시의 풍경 속 대상들은 "강", "새", "둑", "풀", "한 여자", "아이", "넓은 들", "하늘"이 있으며, 내용 별로 나누어 살펴보자면 다음과 같다.

① 강물이 흐름

② 새가 사라진 하늘

③ 물이 마르고 있는 풀

④ 아이에게 젖을 먹이는 한 여자가 강가에 있는 모습

⑤ 엄마 젖을 쥐고 넓은 들과 하늘이 비춰진 강을 보는 아이

⑥ 강물이 흐름

⑦ 새 그림자를 비추는 강물

풍경 속 대상들은 현재 진행되면서 '즉흥적'으로 만나고 '지속적'으로 움직인다. 즉 매순간 현재에서 대상들은 자신의 가능성을 지속적으로 실현하는 것이다. ①부터 ⑦에서 등장하는 대상들의 현상은 작품의 주제나 의도에 얽매이지 않고 각자의 선택 안에서 운동을 해나간다. 이처럼 날이미지 시에서 현재란 대상들이 자유롭게 가능성을 발휘하는 시점이며, 진행형을 통하여 지속적인 운동을 드러낸다. 이때 지속성이란 과거, 현재, 미래를 묶어주는 시간의 흐름이며 그 흐름에 따른 대상들의 변형을 통해 생명의 본질, 즉 살아있는 이미지를 발견하게 된다. 즉 현재형으로 표현된 문장이 미래로 흘러가고 기술된 현재형 언술은 과거가 된다.

그렇다면 위 시에서 날이미지 시에서 구현하는 '살아있는 이미지'가 지향하는 세계는 무엇일까. 위 시의 1행에서 5행까지 등장하는 '강물', '하늘', '새', '풀'은 각자 자기 존재를 지키며 다른 존재에 영향을 끼치지 않는다. 예로 "하늘"은 "새들"을 "모두 떼어내고", "풀들"은 물기를 말리며 "자기에게로 돌아"온다. 그러나 6행 이후 "한 여자"와 "아이"가 등장하면서 서로 "젖"을 통해 두 대상이 연결되고, "아이"는 "젖을 움켜"쥔 채로 "넓은 들"과 "하늘로 무너지는/강", 즉 하늘을 비추는

강을 보며 새 그림자도 합류하여 그 "강을 건너"간다. 각자 개별적으로 존재하던 대상이 "아이"의 등장으로 하여금 현재진행형의 시간을 통하여 하나의 세계를 구축하고 완성하는 것이다. 이와 같이 흩어진 대상들이 하나로 이어지는 풍경의 모습은 대상들의 본연적이고 자연스러운 모습을 그대로 드러내준다. 대상들은 한 풍경의 소용돌이 속으로 합류해 들어가 하나의 조직체가 된다. 이처럼 날이미지 시의 현재진행형의 시간은 각자의 음표가 하나의 음악을 이루어내듯이 유기적이며 통합적인 지속성을 드러낸다. 이때 현재진행형의 지속성은 과거, 현재, 미래의 변화과정을 이어주는 세계의 끈으로 기능한다.

> 어제는 펑펑 흰 눈이 내려 눈부셨고
> 오늘은 여전히 하얗게 쌓여 있어 눈부시다
> 뜰에서는 박새 한 마리가
> 자기가 찍은 발자국의 깊이를
> 보고 있다
> 깊이를 보고 있는 박새가
> 깊이보다 먼저 눈부시다
> 기다렸다는 듯이 저만치 앞서 가던
> 박새 한 마리 눈 위에 붙어 있는
> 자기의 그림자를 뜯어내어 몸에 붙이고
> 불쑥 날아오른다 그리고
> 허공 속으로 들어가 자신을 지워버린다
> 발자국 하나 찍히지 않은
> 허공이 눈부시다
>
> 「발자국과 깊이」 전문

위 시는 "뜰"과 "허공"을 풍경으로 묘사하고 있으므로 롱 쇼트의 영상과 유사하다. "뜰"에는 "눈이 내려" 눈부시고 그 안에 "박새 한 마리"가 자신이 찍은 "발자국의 깊이"를 보고 있다. 그러다 박새는 뜰에 비치는 "자기의 그림자"와 함께 "불쑥 날아"올라 "허공 속으로 들어가" 사라진다. 그러나 허공 속에는 "발자국 하나 찍히지 않"음으로써 뒤의 풍경은 앞의 풍경과 대비된다. 시간은 지속적으로 흘러가는 가운데 새의 발자국이 찍히는 눈 위의 모습과 허공 속으로 한없이 사라지는 새의 모습을 자연스럽게 연결함으로써 현재가 과거가 되고, 미래가 현재가 된다. 따라서 새는 자신의 발자국의 깊이를 보는 모습과 그것을 지우는 모습을 동시에 지니고 있는 개체로서 한 대상이 시간이 흘러감에 따라 다양하게 변하면서 드러나는 본연의 속성들이 지속적인 현재를 따라 표출된다.

필터가 노란 던힐을 물고 김병익이 머리를 하늘에 기대고 있다
2-A 출석부를 들고 어제까지는 305호엿던 강의실로 최창학이 간다
무슨 일인지 바지를 입고 두 다리로 김혜순이 걷고 있다
정장을 하고 이창기가 윤회상과 함께 별관으로 간다
남산 가는 길로 남진우가 출강을 하고 있다
김현이 서 있던 자리에 이번에는 코스모스가 서 있다
이원이 문구점 앞에 서 있더니 어느새 층계 위에 서 있다
길에서 이광호가 새삼 다리를 내려다보고 있다
박기동이 사람과 어울려 남산의 밑으로 가고 있다
(강의 물이 보이는 여의도에 김옥영이 있다)
문창과 93학번 2학년 학생을 강의실에 두고 박혜경이 간다

「우주1」 전문

위 시에 나오는 대상들의 움직임은 연관성이나 맥락 없이 나열된다. "김병익", "최창학", "김혜순", "이창기"와 "윤희상", "남진우", "김현", "이원", "이광호", "박기동", "김옥영", "박혜경"은 각기 다른 공간에서 서로 연관성이 없는 행위를 취하고 있다. 다만 이들이 있는 공간은 "강의실", "별관", "문구점", "남산가는 길"(출강하는 길), 남산가는 길과 가까운 "강의 물이 보이는 여의도"로 '학교'를 중심으로 얽혀있음을 알 수 있다. 물론 위 시는 각각의 장면들이 조합되어 같은 순간을 드러내는 교차편집으로 볼 수 있으나, 편집은 의도를 바탕으로 제작된 영화 기법이기 때문에 날이미지 시의 '의도를 배제한 순수한 현상'이란 특징과 어울리지 않는다. 그러므로 위 시는 멀리서 다양한 대상들을 한꺼번에 내려다보는 '익스트림 롱 쇼트'의 영상적 표현으로 묘사된 작품으로 보는 것이 합당하다. 익스트림 롱 쇼트는 헬리콥터나 산꼭대기와 같은 높은 곳에서 촬영하므로 인물들의 정체성이나 행동을 자세히 살펴볼 수는 없으나, 위 시는 먼 풍경을 언어로 옮기는 과정에서 영화의 이미지와는 다르게 분명한 정체성을 밝히고 있다.

드론에 카메라를 달고 여러 인물들을 거쳐 보여주고 있는 이미지와 유사한 위 시는 인물들이 서로 피드백 없이 독자적으로 움직이고 있는 모습을 형상화한다. 그렇다면 제각기 움직이는 대상들을 굳이 광범위한 공간에서 추출하여 현재진행형으로 구현한 이유는 무엇일까. 위 시의 제목이 일컫는 "우주"란 이렇듯 구심점 없이 흘러가는 세계다. 세계를 투명하게 이해하고 싶은 화자의 열망과 이성으로 이해할 수 없는 세계의 연결고리 간의 대립에서 각자가 절연된 인물들의 움직임이 발현된다. 이렇게 이성으로 이해할 수 없는 현재진행의 움직임들은 시간의 흐름에 따라 유기적으로 성장하면서 예측할 수 없는 미래를 향해 나아간다. 이러한 잠재적 관계야말로 우주를 이루는 내재적 원리임을 위 시는 드러내고 있다. 현재진행형은 과거, 현재, 미래를 잇는 시간의 지속성을 통해 움직임의 잠재성을 현실화하고 연대기적인 연속을 통해 미래를 호출한다.

　이러한 시간의 특성을 그림으로 살펴보면 다음과 같다.

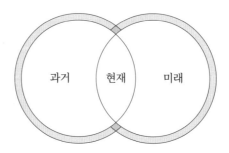

[그림10] 날이미지 시의 시간(1)

　날이미지 시에서 현재 진행되는 시간은 과거를 만들고 미래를 향해 나아간다. 즉 날이미지 시는 과거, 현재, 미래가 현재진행형을 통해 풀려지고, 그것은 대상의 본성을 직관할 수 있도록 여운을 남긴다. 날이미지 시의 풍경은 현재에 계속적으로 움직이고 있으나 그 현재는 과거가 되며, 미래를 향해 나아가므로 날이미지 시의 현재진행형은 그림에서 두 원의 교집합을 이룬다.

　이처럼 '원거리 쇼트'의 영상을 통해 날이미지 시를 살펴보면 객관적인 현상이 지속적으로 진행되는 과정이 쉽게 심상화된다. 이는 문장 단위의 분절이나 시제를 통해서 파악하기 어려운 '지속성'을 해결할 수 있다는 점에 의의를 갖는다. 이러한 지속성은 근원적으로 결국 과거와 현재, 그리고 미래가 서로 묶여있으며, 대상의 본연적 속성을 자연스럽게 도출한다.

2.2. 동시적 시간과 관계 형성

날이미지 시는 한 대상에 집중하지 않고 다양한 대상들의 모습을 보여준다. 이른바 "연관된 사물과 공간적 배경은 시인이 의도하는 이른바 '상호 수평적 연관관계의 구조'"[16]를 살펴보기에 적합하다. 이러한 특징을 오규원 시인은 '두두물물'의 세계라고 칭한다. 다음 그의 시론에 나와 있는 글을 살펴보기로 한다.

> '두두'며 '물물'은 관념으로 살거나 종속적으로 존재하지 않으며, 세계도 전체와 부분 또는 상하의 수직 구조로 되어 있지는 않다. 세계는 개체와 집합 또는 상호 수평적 연관 관계의 구조라고 말해야 한다. 숲에 있는 한 그루 나무를 보라. 그 나무는 숲의 부분이거나 종속적 존재가 아니라 그 자체로 진리며 실체인 완전한 개체이다. 시의 세계 또는 작품의 세계도 그러하며, 그러므로 그 것들은 현상적 사실과 상호 연관 관계의 언어인 '개방적 구조'로써 말을 하기도 한다. 나의 시 또한 그러한 개방적 이미지와 구조이기를 꿈꾼다.[17]

이처럼 날이미지 시의 두두물물이란 다양한 개체들이 서로 연관 관계를 맺은 개방적 구조이며 풍경 속 대상이 아니더라도 대상이 풍경에 종속되지 않는다. 다양한 개체들이 그 자체로서 진리이자 실체로서의 대상이 될 수 있는 이유는 대상들이 '동시적'으로 움직이며 관

---

16) 강웅식, 「문화산업 시대의 글쓰기와 '날 이미지'의 시 -오규원의 시를 중심으로」, 『돈암어문학』통권 제15호, 돈암어문학회, 2002. 12, 30쪽.
17) 오규원, 앞의 책, 81쪽.

계를 형성할 때 비로소 전체의 풍경이 완성되기 때문이다. 대상들 간의 관계를 살펴보기 위해서는 다양한 대상들을 동시에 포착할 수 있는 거리 유지가 필수적이며, 날이미지 시의 객관적 현상을 미루어 생각해볼 때 이는 영화기법 중 '원거리 쇼트'와 유사하다. 다양한 대상이 한꺼번에 포착되는 원거리 쇼트는 대상들의 움직임이 '동시적'으로 일어나는 현상을 객관적으로 관찰하기에 유리하다.

다음 시를 통하여 동시적 시간을 살펴보도록 한다.

> 강과 나 사이 강의 물과 내 몸의 물 사이 멈추지 못하는 강의 물과 흐르지 못하는 강의 둑 사이 내가 접히는 바람과 내가 풀리는 강물 소리 사이 돌과 풀 사이 풀과 흙 사이 강을 향해 구불거리는 길과 나를 향해 구불거리는 길 사이 온몸으로 지상에 일어서는 돌과 지하로 내려서는 돌 사이 돌 위의 새와 새 위의 강변 사이 물이 물에 기대고 있는 가물과 풀이 풀을 붙잡고 있는 둑 사이 내 그림자는 눕혀놓고 나만 서 있는 길과 갈대를 불러 모아 흔들리는 강 사이
>
> 「강과 나」 전문

위 시의 "사이"라는 부사는 공간적 위치를 지시할 뿐만 아니라 시간적 개념의 '사이', 즉 '그 순간에'라는 의미로도 이해할 수 있으므로 중의적 의미를 가진 단어다. 즉 위 시에서 "강"과 "나" 사이의 대상들은 동시적으로 드러나며, 이러한 풍경은 '롱 쇼트'의 영상적 표현을 통해 묘사된다. 대상들의 동시적 나타남을 통하여 "강"과 "나" 사이에 있는 "물", "풀", "흙", "길", "돌", "새", "갈대" 등은 하나의 풍경이 된다. 날이미지 시에서 집중적으로 조명하는 대상이란 없다. 하나의 대상은 여러 대상들 간의 관계를 통하여 위치가 결정되어 발현되는 것이다.

위 시에서도 "강"과 "나"를 포함한 여러 대상들이 하나의 풍경이 될 때 "강"과 "나"는 그 풍경 속에서 자리 잡은 대상으로서 의미가 있다.

동시성은 다양하게 해체된 대상들이 유기적으로 연결되어 통합적 재현을 이루어 내는 시간적 요소로서 날이미지 시는 단순히 한 풍경으로 집약되는 것이 아닌, 카오스적 세계 속에서 다른 대상들을 통해 각자 대상들의 의의가 살아난다. 즉 대상들의 의의는 대상들 간의 관계가 성립되기 때문이며, 이러한 관계는 마치 세포분열을 하듯이 무한한 관계로 증식할 수 있다. 위 시의 "강과 나"라는 제목에서 "과"라는 접속조사는 '관계'를 문법적으로 확인할 수 있는 단어다. 강과 나뿐만 아니라 "강의 물"과 "내 몸의 물", "강의 물"과 "둑" 등의 관계는 "사이"를 통해 연결되어 다양한 관계를 만들어낸다.

움직임의 총체성을 미세하게 살펴보기 위하여 오규원 시인은 풍경을 해체하여 묘사하고 '관계'를 통해 다시 통합시킨다. 이러한 과정에서 대상들은 유기적으로 연결되어 서로의 움직임이 서로의 움직임을 돕는다. 이 과정은 도미노처럼 연결된 세계가 움직임을 통해 무한히 개방되어 있음을 보여주며, 하나의 개체는 '열린 세계' 속에서 다른 개체들과 더불어 존재할 때 자신을 드러낼 수 있을 뿐이다.

다음은 앞서 살펴본 시와 같이 "사이"와 같은 언술적 특징이 없음에도 동시적 시간의 특징이 드러나는 시를 살펴보겠다.

아파트 단지의 작은 연못에
비단잉어가 꼬리를 흔들며
졸고 있다 더럽지만 그러나
하늘과 한몸이 된 물은 잔잔하고
하늘과 한몸인 물을 몸에 넣고

비단잉어의 몸이 둥글둥글
부풀어 있다 물가의 바랭이와
개쑥갓에 몸을 두고
나비 두 마리 더듬이를
펴고 물을 말아올린다
길 어디선가 돌 돌 돌
돌 부딪치는 소리가 난다
더듬이가 하늘에서 물까지
걸쳐진다 그러나 나비의
더듬이는 하늘만 말아올린다
얼마나 말아올렸는지
아파트 건물이 나비 쪽으로
기우뚱하다가 바지를 내리고
오줌을 갈기던 아이 하나
놀라 줄기를 뻗고 있는
고추를 잡은 채 길고 긴
나비의 더듬이를 보고 있다

「民畵3」 전문

위 시는 대상들의 움직임을 나열한다. 나열의 형태는 '시간의 순차
성'에 의할 수도 있으며, 단순히 대등한 층위를 열거한 것일 수도 있다.
대상들의 움직임을 시에 나타난 순서대로 정리해보면 다음과 같다.

　　① 아파트 단지 작은 연못의 비단잉어의 움직임
　　② 하늘이 비치는 작은 연못

③ 더듬이를 말아올리는 나비 두 마리

④ 길에서 나는 돌 부딪히는 소리

⑤ 하늘을 비추는 물을 말아올리는 나비의 물 그림자

⑥ 물결에 의해 나비 쪽으로 기우뚱하는 아파트의 물 그림자

⑦ 나비의 더듬이를 보며 오줌을 갈기는 아이

①과 ⑦까지 살펴보면 차례로 진행되는 현상이 아님을 알 수 있다. 예로 ①비단잉어가 움직인 후에 ②연못에 하늘이 비춰지진 않았을 것이다. 즉 위 시는 '동시적'으로 움직인 대상들의 모습을 부분별로 언술해놓은 작품이다. 위 시는 대상들을 한꺼번에 포섭한 이미지이므로 대상들과 거리를 둔 '롱 쇼트'의 영상과 유사하다.

롱 쇼트는 다양한 대상들의 움직임을 동시에 포착하여 있는 그대로 재생한다. 위 시와 같이 동시다발적으로 움직이는 다양한 대상들의 현상 그대로를 묘사한 날이미지 시는 그러므로 롱 쇼트의 영상과 유사할 수밖에 없다. 대상들은 동시에 움직이면서 서로의 존재를 돕는다. "물"에 "하늘"이 비치자 "하늘과 한몸인 물"을 몸에 넣고 "비단잉어"는 둥글게 부푼다. "물"에 "하늘"이 비치기 때문에 "나비"는 "더듬이"로 "하늘"을 말아올릴 수 있다. "나비"가 "더듬이"로 "하늘"을 말아올릴 때 "아파트" 물 그림자가 "기우뚱"하는 재미있는 우연이 일어난다. "오줌을 갈기던 아이 하나"는 "놀라"서 "나비의 더듬이를 보고 있다". 여기서 인과관계에 따라 의미가 개입될 여지가 생긴다. 예로 비단잉어의 몸이 둥글게 부푸는 것은 하늘이 물에 비친 것 때문에 그런 것일 수도 있으며, 나비가 더듬이를 말아올렸기 때문에 아파트의 물 그림자가 기우뚱해지고 이러한 모습으로 인해 아이가 놀랐을 수도 있다. 그럼에도 날이미지 시는 있는 그대로의 현상에서 맺어진 관계

에 대하여 어떠한 의미나 의도도 부여하지 않는다. 다만 모든 대상들이 닫힌 주체가 아닌 '열린 주체'로서 더불어 존재하는 세계를 완성하고 있음을 보여주고 있는 것이다. 이때 대상들은 세계로부터 노출된 채 다른 대상들과 더불어 자신을 드러낼 수 있을 뿐이다. 자연스러운 관계 형성에 의해 날이미지 풍경은 의도적으로 제작되는 것이 아니라 있는 그대로 자신을 드러낸다.

날이미지 시의 동시적 관계를 그림으로 살펴보면 다음과 같다.

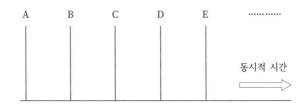

[그림11] 날이미지 시의 시간(2)

언술구조에서 동시성을 드러내는 시제어미란 없다. 이러한 문제를 해결하기 위해 원거리 쇼트를 통해 날이미지 시를 살펴보는 작업은 '동시적 시간'을 관찰하기 용이한 방법이다. 원거리 쇼트는 공간 속의 여러 대상들의 움직임을 한꺼번에 포착하며, 이는 날이미지 시에서 한 대상이 아닌 여러 대상들의 동시적 움직임을 관찰하는 특징과 일맥상통하기 때문이다.

A, B, C, D. E는 한 공간에 포착될 때 동시적으로 움직이면서 주체적인 가능성을 발현하며 서로의 영역에 미치게 되는 영향을 통해 '관계'를 맺게 된다. 이때 맺게 되는 관계는 세계 내 존재의 의의를 드러낸다. 주체는 다른 대상, 즉 타인을 조건으로 자신의 움직임을 만들

어내며, 그러한 유대와 공존을 통하여 자신을 발현시킨다. A계열만 해도 A-B, A-C, A-D, A-E의 관계가 성립된다. 이런 식으로 동시성은 다양한 관계를 통하여 서로를 향해 존재가 열려있으며, 그것을 통해 자기의 가능성을 실현하는 것이다. 이러한 관계는 단지 제시될 뿐 어떠한 의미에 의해 구속되지 않으며 구심점을 형성하지 않는다. 서로는 '상호주체적인 관계'로서 관계를 맺으며 개방적 구조를 형성하고 그 자체로서 순수한 현상의 진리를 드러낼 뿐이다. 날이미지 시의 동시적 시간은 이와 같은 관계가 어떻게 세계를 유기적으로 발현하고 있는지 관찰할 수 있는 사유의 지점이라 볼 수 있다.

이처럼 날이미지 시를 원거리 쇼트의 영상적 표현으로 이해할 때 현재진행형의 '지속성'이 과거, 현재, 미래를 아우르며 풍경의 본연적 속성을 펼쳐내며, '동시성'을 통하여 대상들이 상호주체적인 관계를 맺고 있음을 자연스럽게 확인할 수 있다.

3. 이성복 시의 시간과 자아 성찰

이성복 시는 대체적으로 시간 양상을 살펴볼 때 하나의 시간을 선형적으로 따라가기보다 다양한 시간이 공존하는 양상을 보인다. 즉 그의 시는 "의식 속에서 수없이 재구성된 심리적 차원에서 형상화 된다. 현실을 굴절하고 파편화시켜 현실과 분리된 듯한 풍경을 창조하는 것은 이성복의 시의 고유한 특징"이며, 다양한 시간이 공존할 수밖에 없는 이유다. 현실 그대로를 재현하는 것이 아닌, 파편화된 현실이나 기억을 '재구성'하여 새로운 풍경과 감각을 형성하는 그의 시는

1980년대에 새로운 모더니티를 개척해낸다. 그리하여 그의 시는 "일상 생활의 습관적 인식의 속박들에서 절연되어 파편화된 주관의 명민한 감각으로 경험한 여러 가지를 표현하는, 전형적인 근대적 삶"[18]을 표출해내는 것이다.

이러한 시간의 혼용 양상은 영화기법으로 볼 때 '몽타주'와 유사하다. 몽타주는 동일한 시공간 단위인 쇼트를 이어붙여 조합한 결과물이기 때문이다. 이때 쇼트 간의 연결 의도를 파악하는 일은 중요하다. 예로 들어 미소를 촬영했을 때, "이 미소가 무엇을 지칭하는지, 그것이 무슨 감정을 자극하는지, 그 효과와 극적인 의미는 무엇인지, 이 모든 것은 앞뒤 쇼트와의 연관성 속에서만 파악될 수 있는 것"[19]이기 때문이다. 그리하여 몽타주를 통해 이성복 시의 시간의 혼용을 살펴본다는 것의 의의는 시간 간의 연결 의의를 살펴보는 것에서 우선 찾아볼 수 있다.

또한 같은 시간의 혼용이라 하더라도 '고전적 몽타주'인지 '현대적 몽타주'인지에 따라 층위가 다른 세계를 창조할 수 있다. 전자는 의식의 층위에서 시간이 전개되지만 후자는 의식을 넘어 무의식을 바탕에 두고 시간이 엮어진다. 이는 '시제 어미'만으로는 알 수 없으며, 시제 어미로 볼 때 같은 시간의 혼용이라 할지라도 영화기법으로 봄에 따라 구분할 수 있는 부분이다.

이성복 시에서 시간의 혼용은 자아 안에서 시간이 재편성되어 나타나는 현상이다. 결국 주체인 '자아'에 의해 시간의 양상이 정해지는데, 이러한 점에서 몽타주에 따른 시간의 흐름은 결국 자아를 드러낼

---

18) 류철균, 「고향과 근대-이성복을 찾아서」, 『현대시세계』6권, 1990.3, 25쪽.

19) 벨라 발라즈, 앞의 책, 137쪽.

수밖에 없다.

이번 장에서는 다양한 시간들이 어떻게 연결이 되는지 '연결의 원리'를 살펴보고 그것에 따른 의식과 무의식의 층위가 나타남에 있어 어떻게 자아가 드러나는지 알아보도록 한다. 또한 시제 어미만으로는 알 수 없는 '시간의 틈새'의 기능까지 아울러 살펴보도록 한다.

3.1. 유기적 시간과 의식의 문제

이성복 시에서 대부분은 시간이 혼용되어 나타나는데, 이때 시간 간의 단절이 있다 하더라도 이 단절이 전체의 흐름 속에 근거한 채 연결되는 경우가 있다. 이러한 시간의 흐름은 고전적 몽타주와 양상이 유사하다. 지나가버린 과거, 지금 진행 중인 현재, 아직 도래하지 않은 미래로서의 선형적 시간을 전제로 전체적 맥락 하에 다양한 시간적 편린들이 연결될 때 그러한 시간을 이 책에서는 작품 전체로 수렴되는 '유기적 시간'이라 칭한다.

그렇다면 이러한 시간의 편집이 어떠한 사유로 이어지는지 다음 작품을 통해 살펴보도록 한다.

비탈진 공터 언덕 위 푸른 풀이 덮이고 그 아래 웅덩이 옆 미루 나무 세 그루 갈라진 밑동에도 푸른 싹이 돋았다 때로 늙은 나무도 젊고 싶은가보다

기다리던 것이 오지 않는다는 것은 누구나 안다 누가 누구를 사랑하고 누가 누구의 목을 껴안은 듯이 비틀었는가 나도 안다 돼지 목 따는 동네의 더디고 나른한 세월

때로 우리는 묻는다 우리의 굽은 등에 푸른 싹이 돋을까 묻고
묻지만 비계처럼 씹히는 달착지근한 혀, 항시 우리들 삶은 낡은 유
리창에 흔들리는 먼지 낀 풍경 같은 것이었다

　　흔들리며 보채며 얼핏 잠들기도 하고 그 잠에서 깨일 땐 솟아
오르고 싶었다 세차장 고무 호수의 길길이 날뛰는 물줄기처럼 갈기
갈기 찢어지며 아우성치며 울고불고 머리칼 쥐어뜯고 몸부림치면
서……

　　그런 일은 없었다 돼지 목 따는 동네의 더디고 나른한 세월, 풀
잎 아래 엎드려 숨죽이면 가슴엔 윤기나는 石炭層이 깊었다

「다시 봄이 왔다」 전문

　　위 시는 다양한 시간이 복합적으로 혼용되어 있다. 1문단에서 화
자는 현재 "비탈진 공터"에 "푸른 풀"이 덮이고 "밑동"에도 "푸른 싹"이
돋는 모습을 보며, 그 모습에 "늙은 나무도 젊고 싶은가보다"라고 주
관적 의미를 부여한다. 2문단에서는 현재의 화자가 지내온 과거에 대
해 "돼지 목 따는 동네의 더디고 나른한 세월"이라는 추상적인 표현
을 사용하면서, "기다리던 것이 오지 않는" 인생에 대해 회한을 느낀
다. 3문단에서 화자는 "우리의 굽은 등에 푸른 싹이 돋을까" 묻는다.
이러한 물음은 1문단의 "푸른 풀"이나 "푸른 싹"처럼 불구의 자신에게
도 그러한 것을 기다리는 화자의 바람을 나타낸다. 그러나 2문단에서
밝힌 바와 같이 기다리는 것이 오지 않는 인생에서, 역시 그러한 일이
일어날 가능성이 희박하므로 화자는 "삶은 낡은 유리창에 흔들리는
먼지 낀 풍경 같은 것"이라고 다시 한 번 정의를 내리며 자아 성찰을
이루어 낸다. 그리고 4, 5문단에서 한 번 더 성찰이 일어난다. 4문단
에서 "세차장 고무 호수의 길길이 날뛰는 물줄기"처럼 "솟아오르고 싶

었"던 과거에 대해 언급하며, 5문단에서 "그런 일은 없었다"라고 회고하는 화자는 "가슴엔 윤기나는 석탄층이 깊"어갈 뿐이라고 고백한다. 이와 같이 3문단과 4, 5문단에 걸쳐 두 번의 자아 성찰이 일어나는데, 이러한 성찰은 현재의 현상과 질문에 대해 과거로 돌아가 다시 현재의 답을 내리는 구성을 취하고 있다. 즉 1문단의 "푸른 싹"과 대비되는 2문단의 "나른한 세월"이 병치되면서 3문단에서 "먼지 낀 풍경"의 이미지로 집약되는 과정이나, 4문단의 "길길이 날뛰는 물줄기"와 대비되는 5문단의 "나른한 세월"이 서로 병치되면서 가슴의 "석탄층"으로 집약되는 과정은 에이젠슈테인의 변증법적 몽타주와 유사하다. 에이젠슈테인은 유기적-행동적인 몽타주의 무반성적인 행동의 유대 맥락을 비난하고 쇼트 간의 충돌이나 대립을 통한 새로운 의식을 획득하고 혁명적 자극이 일어나길 바란다.

여기서 파편적 시간이 엮이는 원리는 자아에 대해 스스로 질문하는 자세에서 비롯된다. 즉 "늙은 나무도 젊고 싶"듯이 푸른 싹이 돋아나는데, "우리의 굽은 등"에도 "푸른 싹이 돋을까"하는 질문이 그것이다. 그러나 "기다리던 것이 오지 않"으므로 "돼지 목 따는" 일처럼 "더디고 나른한 세월" 속에서 화자는 "세차장 고무호스의 길길이 날뛰는 물줄기"처럼 끊임없이 새로 "솟아오르고 싶"었다. 그럼에도 "그런 일은 없었"으므로 화자는 여전히 "돼지 목 따는 동네의 더디고 나른한 세월"을 겪고 있고, 마음속엔 "석탄층"이 깊어가는 것이다. "다시 봄이 왔다"는 제목처럼 자연은 봄에 접어들지만 자신은 그와 대비적으로 언제나 굽은 등에 솟아오르지 못하는 불구의 자아로 묘사된다. 위 시는 비록 다양한 시간층을 섭렵하고 있음에도 서로 연상되고 연관되는 구조를 취하고 있으며, 다양한 시간들이 유기적으로 엮여 작품의 전체를 형성한다. 개 견(犬)과 입 구(口)가 결합해, 짖을 폐(吠)가 되듯이 이미지의 충돌과 결합은 작품 전체에서도 작동한다. 이때 전체 안에 시간은 작동되며, 전체 밖으로 비집고 나아가는 시간은 전무하다. 유기적 시간은 작품에서 제기하는 불구의 자아를 성찰하고 구현하는 사유 구조로 작동한다. 이러한 시간은 자신을 돌아볼 수 있는 '의식' 층위에서 편집되며, 끝내 자신의 모습을 어렴풋이 확인할 수 있다. 불구의 자아는 큐비즘과 같이 다양한 시간을 통해 비춰지며, 작품 전체의 구심점을 이룬다.

요컨대 유기적 시간은 과거·현재·미래가 구분되는 선형적 시간을 전제로 '의식의 층위' 안에서 그러한 시간을 조합하여 비교적 명확한 자기 성찰을 구현해낸다. "전체는 계속해서 질적으로 변화하며 스스로를 창조하는 생성인데, 그러한 변화와 창조가 가능하려면 전체는 결코 닫힌 것이 되어서는 안 된다."[20] 그러므로 비록 전체의 맥락에 수렴되는 시간의 연결이라 하더라도 시간들의 조합은 끊임없이 새로운 시적 에너지를 솟아오르게 하는 지속으로 작동한다. 그러므로 특정한 논리를 통해 시간이 흘러가면서 불구의 자아를 드러낼 수 있으나 그것의 의미가 닫혀있는 것은 아니다. 여러 풍경의 충돌 속에 "석탄층이 깊"어가는 자아는 끊임없이 자아 성찰의 의미를 다양하게 열어놓는다.

이번에는 유사성을 통한 연상 논리에 따른 유기적 시간의 흐름을 살펴보도록 한다.

> 중학교에서 고등학교 갈 때 아버지가 우겨서
> 딴 이름의 학교로 옮기게 되었습니다
> 나는 친구들 보기 창피하다고 울었습니다
> 아버지가 원하던 학교 들어가 처음 교복 입고

---

20) 이지영, 앞의 논문, 225쪽.

노란 교포 달린 모자 쓰고 찍은 내 사진을
아버지는 늘 지갑 속에 넣고 다니셨습니다
점심 값 아끼느라 호떡이나 인절미 사 먹고
그 먼 퇴근길 버스도 안 타고 걸어오시던
아버지는 그토록 내가 자랑스러웠나 봅니다
시험 잘 보고 와도 칭찬 한번 안 하던 아버지,
뭘 좀 잘못하면 눈만 흘기시던 아버지,
정말 내가 잘못한 날에는 자기 종아리 걷고
혁대 풀어, 나보고 때리라고 하였습니다
언제까지 아버지가 지갑 속에 내 사진을
넣고 다니셨는지 모르지만, 올여름이면
아버지 돌아가신 지 십 년, 지금 내 지갑 속엔
이십 년도 더 된 아이들 사진이 있습니다
어느 봄날 아파트 공터에서 첫째는 동생 목을 감고
둘째는 쪼그리고 앉아 소리 지르고 있습니다
지금 녀석들 대학 졸업하고, 군대 갔다 오고
취직도 안 하고 빈둥거리지만, 지갑 속에서
아이들은 언제나처럼 깔깔거리고 있습니다
지금 내가 지갑 속 그 아이들을 바라보듯이,
육십 년대 후반 회사 그만두고 쉬는 동안
아버지는 이따금 내 사진을 들여다보셨겠지요
빳빳한 교복 컬러에 턱을 묻은 그 아이가
언젠가 그의 가난과 실직과 시들한 살림살이를
하루아침에 바꿔주길 바라셨겠지요
평생 울컥, 화내는 취미밖에 없었던 아버지,

돌아가시기 며칠 전에도 경로당 두루마리 휴지를

한 움큼 뜯어 오다 창피당한 아버지였습니다

그리고 나는 유리문 너머 아버지 입관하실 때도,

영정사진 앞세우고 산을 오를 때도

눈물 한 방울 안 흘린 독한 아들이었습니다

「사진」 전문

위 시는 다양한 시간의 결집체다. 그럼에도 화자가 학창시절 때의 이야기와 화자가 어른이 되었을 때의 이야기로 크게 나누어 살펴볼 수 있다. 시는 아버지-나-아들 간의 삼대 사이에 반복되는 일을 중심으로 진행된다. 화자는 "아버지가 원하던 학교"를 들어가 "교복 입고 노란 교표 달린 모자"를 쓰고 사진을 찍었고 아버지는 그런 화자의 사진을 "늘 지갑 속에 넣고 다니셨"다. 이제 화자는 아버지가 되고 화자의 "지갑 속엔/이십 년도 더 된 아이들 사진이 있"다. 이제 자식들은 "대학 졸업하고, 군대 갔다 오고/취직도 안 하고 빈둥거리지만, 지갑 속에서/아이들은 언제나 깔깔거"린다. 아버지가 화자의 사진을 갖고 다닌 일과 화자가 자식의 사진을 갖고 다니는 일은 시간의 격차가 크지만 사진을 가지고 다닌다는 연상을 통해 연결고리가 생성된다. 이러한 연결 방법은 에이젠슈테인의 어트랙션 몽타주에서 "연상적 비교"[21]에 해당하며, 시간은 화자의 주관대로 편집하여 두 가지 사례를 통해 아버지의 죽음 앞에서조차 "눈물 한 방울 안 흘린 독한 아들이었"다는 자신의 성찰이 이루어진다. 화자는 아버지가 사진을 갖고 다니신 이유를 자신이 아버지가 된 후 자식들의 사진을 갖고 다니

---

21) 김용수, 앞의 책, 124쪽.

며 알게 된다. 아버지가 화자에게 "그의 가난과 실직과 시들한 살림살이를/하루아침에 바꿔주길 바라셨"듯이 자신도 취직도 안 하고 빈둥거리는 자식들에게 언젠가는 그리 해주리라 믿고 있는 것이다. 이처럼 시간은 과거에 품었던 의문을 현재의 유사한 경험을 통해 풀어나가면서 자신을 성찰하는 사유의 방향으로 흘러간다.

> 방천 둑에 봄풀이 우거지고
> 물가엔 비린내 풍겼네
>
> 그대 그림자
> 물 아래 밀리는 모래에 두고
> 긴 봄날 강은 흘렀네
>
> 비린내, 비린내 풍겨
> 물 속을 들여다보면
> 오, 거기 학살이 있었네
>
> 몸뚱이 잘리고
> 눈만 남은 물고기들
>
> 그들의 눈은 그들에게나
> 소중했는가, 내 사랑
> 나에게나 소중했던가
>
> 「비린내」 전문

위 시는 화자가 "방천 둑"의 "물가"에서 "몸뚱이 잘리고/눈만 남은 물고기들"을 보는 현재의 시간과 "학살"이 일어난 과거의 시간이 등장한다. "물 속을 들여다보면"서 화자는 "오, 거기에 학살이 있었네"라며 연상을 해내고 있는 것이다. 여기서 눈만 남은 물고기들을 보며 화자가 "학살"을 연상해낸 부분은 어트랙션 몽타주의 특징인 '연상적 비교'와 동일한 관계에 놓인다. 화자는 눈만 남기고 죽은 물고기들을 보며 물고기에게나 "그들의 눈"이 소중했던 것처럼, "내 사랑"도 "나에게나 소중"한 것임을 깨닫는 것이다. 이때 "내 사랑"은 "학살"이 일어난 동기이자 순수한 정신으로 해석된다. 자기 성찰로 인해 느껴지는 회의적 감정은 후각적 심상인 "비린내"와 겹친다. 이처럼 위 시는 자기 성찰을 위하여 다양한 시간들이 연결고리를 맺으며 특유의 감성을 완성한다.

비록 시간의 층위가 다르다할지라도 이질적 시간들이 지속을 유지한 채 유기적으로 엮이는 이유는 파편적 시간들이 자아성찰이라는 전체적 맥락을 형성하기 때문이다. 시간을 편집하는 주체는 화자 자신으로서 이때 편집의 의도는 자아의 의식 속에서 확인되는 자신의 성찰을 근본으로 한다. 다양한 시간들은 자신이 과거에 가졌던 문제나 의문점을 풀어나가려는 의도를 통해 엮이며, 화자의 의식을 전제로 편집되기 때문에 비교적 명확한 성찰 결과를 가질 수 있다.

이러한 시간을 그림을 정리하면 다음과 같다.

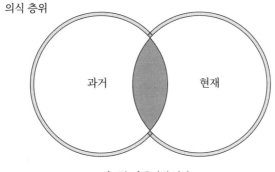

의식 층위

과거 　 현재

[그림12] 유기적 시간

　이성복 시에서 관찰되는 다양한 시간의 혼용은 '과거'와 '현재'가 구분된다. 즉 일반적인 선형적 시간에 바탕을 둔 시간의 편린들을 화자의 의도에 따라 연결시켜 시간의 지속성을 만들어낸다. 위 그림에서 과거와 현재의 교집합이 바로 시간의 연결고다. 이 연결고리는 유비, 상반, 대조, 상이 등 여러 논리적 연상 및 연관성을 통해 이루어지며, 자아 성찰이 이루어지는 부분이기도 하다. 자아성찰은 현재의 아픔이 왜 일어날 수밖에 없는지 과거를 통해 성찰하는 과정으로 결국 Ⅱ장에서 다룬 공간적 특성과 통하는 부분이 있다. 다양한 시간들을 의도에 맞게 연결하여 작품의 전체를 형성하기 위해서는 화자의 의식 층위에서 이루어져야 마땅하다. 시간의 혼용이라 하더라도 의식 층위가 아닌 무의식 층위에서 이루어질 수 있기 때문에, 이는 시제 어미만을 통해서 판단하기에는 한계가 있다. 고전적 몽타주는 다양한 시간의 조합이 연결고리를 통해 접합되어 열린 의미를 가진 전체를 형성하며, 의식의 층위에서 이루어지는 특징을 지닌다. 그러므로 비록 다양한 시간의 편린들이 등장해도 과거·현재·미래로 나누어지는 선형적 시간을 전제로 하기 때문에 그 시간의 파편들이 과거인지, 현재인지, 미래인지 명확하다. 다만 자아 성찰을 사유하기 위하여 시간의 파편들은 논리적으로 연결되며, 화자는 다양한 시간의 연결을 통해 문제의 답을 어렴풋이 발견해내고, 그 진리와 마주하면서 성찰을 수행하는 것이다.

3.2. 불연속적 시간과 무의식의 문제

이성복 시에서 나타나는 다양한 시간들은 논리적 연결고리를 통해 유기적으로 작품을 형성하는 경우도 있으나 시간과 시간 사이가 연결되지 않아 일반적인 시간인 과거·현재·미래의 선형적 시간이 깨지고 '새로운 시간 형태'가 솟아오르는 경우도 있다. 불연속적 시간들은 기존 지식과 원리를 기반으로 한 세계를 수용하고 재현해내기보다 상투성을 없애고 새로운 시간 감각인 '병렬'의 형태로 계열적 시간 형태를 갖는다. 이때에는 시간이 무작위로 솟아오르며 관계를 해체하고 비정상적이고 일탈적인 운동 양상을 보인다. 이러한 시간 양상은 '현대적 몽타주'의 특징과 유사하다. 연결고리에 의해 지속을 유지하여 다양한 시간들의 지속성을 보였던 고전적 몽타주는 열린 전체를 형성하여 전체라는 틀 안에 새로운 의미를 생성하였다. 이에 반해 현대적 몽타주는 '전체'라는 개념이 적용되지 않는다. 현대적 몽타주는 '전체의 바깥(Dehors)'을 향해 나아가며, 시간과 시간 사이의 틈새가 바깥을 향해 나아가는 통로가 된다. 이러한 전체의 바깥은 사유되지 않는 것을 사유해야하는 것으로 사유의 무능력을 경험하게 되고, 이러한 무능력과 함께 사유의 역량이 상승하는 것으로 연결된다.

다음 시를 통해 불연속적 시간이 이루어내는 사유를 살펴보기로 한다.

> 가끔 담배를 사고 그냥 두고 나온다 아니면
> 담배 대신 거스름돈을 놓고 나온다 방금 만난
> 친구도 생각이 안난다 기껏, 누구를 만난 것 같은데…
> 그의 목소리와 웃음과 눈짓은 흘러내린다 집과 나무와
> 전봇대도 흘러 내린다 그러면 아버지와 어머니와 누이도
> 흘러 내린다 그러면 나는 날아 오른다 금요일, 목요일, 수요일,
> (중략)
> 올라가서도 연탄 끄는 때절은, 붉은 말을 만난다 나는
> 말에게 큰절 한다 〈모든 게 힘들고 어렵다는 느낌뿐이예요〉
> 너무 어지러우면 뛰어 내린다 그 참, 안전하다
> 나는 아직 다쳐 본 적이 없다 이목구비가 썩어가도
> 모든 게 거짓말이다

「기억에 대하여」 부분

위 시의 언술들은 현재어미로 이루어져 있으나 시간은 현재 진행과 같이 일반적으로 흘러가지 않는다. 위 시에 등장하는 시간은 파편적이며, "담배를 사고 그냥 두고 나"오는 시간, "담배 대신 거스름돈을 놓고 나"오는 시간, "방금 만난/친구도 생각이 안"나는 시간, 친구와 가족이 "흘러내"리는 시간, 화자가 "날아 오"르는 시간, 화자가 "붉은 말을 만"나는 시간, 화자가 "뛰어 내"리는 시간 등으로 구성되어 있다. 비록 같은 시제로 이어져 있으나, 위의 시간들은 유기적으로 연결되기 어려우며 서로 균열을 이룬다. 단지 "기억에 대하여" 다양한 시간들이 병렬을 이루고 있다. 이러한 시간 양상은 현대적 몽타주를 통해

살펴볼 수 있다.

현대적 몽타주에서 "시간은 '계열(系列)'로서 이해된다."[22] 들뢰즈는 이러한 시간의 연결을 거짓 연결이라 보고, "거짓 연결은 지속하는 전체의 존재를 증거해 주는 것이 아니라, 경계를 낳고, 간격 그 자체를 만들어내는 방식으로 의미가 변화하면서, 새로운 몽타주의 법칙이 된다"고 언급한다. 이러한 거짓 연결은 연속적인 시간 대신 '연속적은 틈새'일 뿐이며, "연접적인(conjonctive) 가치가 아닌 이접적인(disjonctive) 가치를 갖는다." 이접적 종합은 관계없는 관계로서 화자의 의식이 아닌 '무의식'을 전제로 한다. 무의식의 세계는 의식과는 달리 논리적 연결이 없으므로 자유롭고 어떠한 의미로 수렴되지 않으며 열린 전체, 즉 열린 의미조차 생성되지 않는다. 다만 시간은 미지의 답을 사유하기 위해 사유를 창조하는 것이다. 그러한 예로 화자는 "붉은 말"을 만나고 심지어 그 말과 대화를 한다. 이것은 화자의 의식에서 발견할 수 있는 기억이라 볼 수 없다. 또한 지인들의 모습들이 "흘러내"리는 모습도 이와 같다. 위 시는 자신을 사유하기 위하여 실제 있었던 일과 환상이 혼합되어 나타난다. 이렇게 되면 어디까지가 실제의 기억이고, 환상인지 의심을 가지게 하여 판별이 불가능하다. "너무 어지러우면 뛰어내"리는 모습이나, "이목구비가 썩어"간다는 언술은 화자의 고백인지 환상인지 애매모호하다. 화자가 기억에 대해 언급한 언술들은 "거짓말"과 고백 사이에서 방황을 하게 되는 것이다. 따라서 시간은 무의식 층위에서 해결할 수 없는 문제에 대해 끊임없이 사유를 창조하며 방황하는 지속의 양상으로 드러난다. 이때 방황은 무의미한 것이 아니라, 문제를 극한으로 밀고가 들여다보는 치열한 연구의 과

22) 쉬잔 앰 드 라코트, 앞의 책, 28쪽.

정이다.

거짓과 진실이 구분이 되지 않을 때, 자기성찰에 대한 사유는 환상과 현실 사이에서 다양한 면모들을 통해 구현된다. 화자가 "모든 게 거짓말이다"라고 하는 언술까지도 진짜인지 거짓인지 판별이 되지 않으므로 자신의 기억에 대한 불신과 그것에 대한 성찰은 무의식 속에서 끝없이 탐색 과정에 놓인다.

이번에는 전반적으로 환상이 나타나 무의식을 드러내는 시간의 혼용을 살펴보도록 한다.

1
눈알은 개구리알처럼 얼굴을 떠다니고
목구멍까지 칼끝이 올라왔다
누가 내 손을 끌어 당기면 길게 늘어났다
이젠 도저히 늘어날 수 없다고 생각했을 때
또 쉽게, 쉽게 늘어났다

방바닥에서 개 짖는 소리가 올라왔다
떠나는 거다
어슬렁거리며 하룻밤, 편히 쉴 곳을 찾아
잠은 든든한 天幕이요 나날은 떨어지는 빗방울이니

2
일어나라, 일어나
내 어머니 부르실 때마다
황폐한 무덤을 허물고 나는 일어섰다

누이의 뺨에는 살얼음이 반짝이고
내 노래는 주르르 흘러 내리기도 하였다
방마다 치욕은 녹슨 못처럼 박혀 있었다
나는 그곳에 옷이랑 가족 사진을 걸었다
고개 떨구면, 누룽지 같은 記憶들이 일어나고
손 닿지 않는 곳엔 뽀오얀 곰팡이가 슬었다

아침부터 내 신발은 술로 가득 차 있었다
아버지,
가능하면 이 잔을 치워 주소서……

3
그러나 방바닥은 패어 있었고
조금씩 빗물이 고였다
家族들은 말을 하는 대신
뚜-뚜-뚜 통화중 신호만 보냈다
나는 기다렸다 이윽고!
붉은 새털을 단 화살이 뒤통수에 꽂혔다
소리 없이 눈동자가 돌아눕고
나는 보았다 어두운
內臟 속에서, 연두색 물개 한 마리가
허공을 치켜보는 것을

「處刑」 전문

위 시의 시제는 시종일관 과거 시제 어미로 일관한다. 그럼에도 이미지들 간에 순차적으로 일어난 일이라고 보기에는 어렵다. 또한 현실에서 있음직한 일도 아니어서 시간의 측정을 어떻게 해야 할지 난해하다.

위 시는 실제 일어나는 일과는 거리가 먼 이미지들로, 파편적 '환상'을 엮은 작품이다. 환상 속에서 실제의 시간은 소멸된다. 즉 과거, 현재, 미래의 선형적인 시간은 전무하고 작품의 제목과 같이 "처형"에 관해 무의식에서 환상을 건져 올린다. "프로이트는 이와 같은 무의식적인 무대 연출과 그 산물을 '환상'이라 정의했다."[23] 그렇다면 이러한 파편적 환상은 어떠한 의의를 갖고 있을까.

현대적 몽타주는 불연속적 이미지가 연속적인 틈새를 통하여 전체의 바깥, 즉 의미의 바깥 세계인 무의식 속에서 새로운 시간 형태가 출몰한다. 그러므로 환상의 계열을 이루는 시간은 환상에 관한 사유를 끊임없이 창조하는 가운데 새롭고 낯선 이미지와 감각을 발현시킬 수 있는 것이다.

시간이 의식의 세계를 벗어나 무의식의 세계로 진입하면 창조적이고 상상에 의한 세계에서 상징으로부터 잘려나간 실재를 향해 나아갈 수 있다. 위 시의 1에 언급된 화자는 "눈알"이 "얼굴을 떠다니고/목구멍까지 칼끝이 올라"오는 환상, "내 손"이 "길게 늘어"나는 환상, "방바닥에서 개 짖는 소리가 올라"오는 환상을 겪는다. 각기 다른 시간들은 어떠한 맥락을 갖고 있지 않다. 다만 화자가 괴로운 상태에 있음을 암시하는 장면들이 '계열'을 이루고 있을 뿐이다. 각각의 환상 사이의

---

23) 최애영, 「무의식, 환상 그리고 문학적 허구」, 『인문학연구』38권, 계명대학교 인문과학연구소, 2005.12, 19쪽.

틈새는 시에서 언급하지 않은 "처형"과 같은 화자의 괴로움의 실재에 다가가는 통로이자 막이 된다. 이러한 환상의 계열 속에서 '관계'는 해체된다. 다만 인간의 이성을 굴복시키는 사유의 불가능과, 그것으로 인한 사유의 증폭만이 시에 남아있을 뿐이다.

2에서 화자는 극기야 "황폐한 무덤"에서 일어나고, "누이의 뺨"은 "살얼음"으로 반짝이며, "녹슨 못"과 같은 치욕, "누룽지 같은 기억", "곰팡이", "술로 가득 차 있"는 신발 등의 이미지가 시에 나열된다. 파편적인 시간들의 계열은 화자의 무의식 속에서 욕망을 기제로 출현한다. 그 예로 화자가 무덤에서 일어나는 장면이다. 비록 힘들고 역겨운 생활 속에서라도 화자는 "어머니"가 부르시면 "황폐한 무덤을 허물고" 일어난다. "환상이 무의식적 욕망과 밀접한 관련이 있다"[24]는 사실은 꿈의 작동 방식과도 비슷하다. 2에서 나오는 이미지들은 화자가 꿈을 꾸는 것인지, 환상을 겪는 것인지 판별이 되지 않는다. 다만 삶 가운데 "처형"을 당한 화자가 겪는 고통의 파편들이 창조적으로 발현되며 사유를 증폭시킨다.

3에서는 패인 방바닥에 "빗물"이 고이는 환상, 가족들과 "통화중 신호"로 대화하는 환상, "화살이 뒤통수에 꽂"히는 환상, "내장 속에서" "연두색 물개 한 마리가" "허공을 치켜보는" 환상이 나오며, 마찬가지로 파편적 환상들이 힘든 인생 속에서 "처형" 당한 화자의 다면적인 모습들을 형상화한다.

이러한 환상들은 현실을 재현하기보다 환상들 간의 비(非)관계, 절단적 시간을 통해 수렴이 아닌 발산의 형태로 끊임없이 출몰한다. 화자는 무의식 속에서 자신을 되돌아보며 살피는 성찰을 행하지만 의

24) 앞의 논고, 19쪽.

식 세계에서 이루어지는 성찰이 아니므로 그 대상이 명확하지 않으며, 따라서 자기 성찰은 문제를 해결하기보다 문제의 본질에 대해 깊이를 형성하는 양상으로 나아간다.

현대적 몽타주가 관찰되는 이성복 시의 시간을 그림으로 살펴보면 다음과 같다.

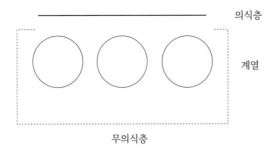

[그림13] 불연속적 시간

몽타주는 시공간을 조합하는 편집 기술이다. 몽타주가 형성되기 위해서는 '연결고리'가 중요한 요체이며, 연결고리의 원리를 통해 몽타주의 특성을 살펴볼 수 있다. 이성복 시에서 시간의 혼용은 시제만으로는 알 수 없는 경우가 있다. 의식의 층위가 아닌 무의식의 층위에서 시간을 다룰 때에는 과거, 현재, 미래의 선형적 시간에서 일탈한 시간이 파편적으로 병렬되어 계열을 이루기 때문이다. 따라서 언술의 시제어미는 같다 하더라도, 서로가 다른 상황을 지칭하는 언술들은 이질적인 시간층을 이룬다.

현대적 몽타주의 영상적 표현이 관찰되는 이성복 시에서는 시간의 지속성이 아닌, 시간의 틈새를 통해 전체의 바깥을 지향한다. 의식 속에서 전체의 맥락을 이루는 시간은 과거, 현재, 미래가 명확하게 구분이 되나, 무의식 속의 시간은 선형적이지 않으므로 지속이 아닌 '단절'을 통해 깊이 있는 사유를 행한다. 이때 사유의 깊이는 시간의 계열로 이루어진 문제의 다면적 관찰을 통해 이루어지며 서로 다른 시간의 틈새가 전체의 바깥인 무의식층을 사유하는 기폭의 장이 된다. 왜냐하면 시간의 틈새는 사유할 수 없으나 사유되어야 하는 지점이기 때문에 사유의 무능력을 유발하고, 이는 사유를 더욱 확장시키는 지점으로 작동하기 때문이다. "발산과 중심이탈을 긍정한다고 말해지는 이 이미지들의 계열들은 그러므로 한 방향의 연쇄가 아닌 재연쇄, 뒤집기, 절단, 분재의 방식으로 읽혀야 하는 것이다."[25] 그러므로 현대적 몽타주의 영상적 표현이 관찰되는 이성복 시의 시간은 자아의 문제에 대하여 새로운 사유를 창조하고 환상을 만들어 문제의 본질을 드러내고 끊임없는 재연쇄를 통한 문제의 다각적인 면모를 발산한다.

이처럼 이성복의 시는 언술의 시제로 단순히 시간의 혼용을 살펴보기보다 영화기법인 '몽타주'를 통해 살펴보았을 때 의식과 무의식을 통해 자신의 내면을 되돌아보며 살펴보는 입체적 성찰을 해내고 있음을 알 수 있다. 의식의 층위에서 자신의 문제를 성찰할 때는 기존의 시간 방식인 과거, 현재, 미래의 선형적 시간을 전제로 시간을 편집하기 때문에 문제에 대해 해결 및 성찰 대상이 비교적 명확하다. 그러나 무의식의 층위에서 자신의 문제를 성찰할 때에는 기존의 시간에서 일탈한 새로운 시간 감각인 계열로서의 시간이 등장하며, 무의식 속에서 꿈이나 환상 같은 이미지들을 통해 사유를 창조한다. 이러한 시간은 자신의 문제에 대해 성찰하고 해결하기보다 끝내 문

---

25) 이지영, 앞의 논문, 243쪽.

제를 해결하지 못한 채 성찰하는 과정, 즉 문제 그 자체에 대해 깊이 사유하는 형식으로 나아간다. 이처럼 시간의 혼융 양상에 따라 의식과 무의식을 드러내는 이성복 시는 시간의 흐름에 따른 새로운 효과를 구사하여 고유한 모더니티를 완성한다.

V. 결론

필자는 현대시의 이미지를 언어를 통해 분석하는 기존의 연구 방법을 탈피하여 영상의 특질을 가장 잘 드러내는 영화기법으로 새롭게 해석해보고자 하였다. 시인은 세계를 내면화하여 이미지로 심상화하고 그것을 언어로 표현해낸다. 따라서 시는 언어를 매질로 이미지가 구성되며, 지금까지 시의 이미지에 대해서는 단어, 구, 문장의 단위를 바탕으로 비유나 상징을 찾거나 오감에 의한 감각적 이미지를 나타내는 언술을 찾아 연구하는 방법이 주를 이루었다. 그러나 언어의 경계 너머로 드러나는 실재를 언어를 통해 파악하기란 한계가 있다. 영상적 이미지는 언어가 놓치는 실재의 이미지를 내포하기도 하며, 그것의 징후나 사유의 운동 양상을 시공간의 흐름으로 살펴볼 때 유리한 연구 대상이다.

영상을 통하여 시적 이미지를 연구하기 위해서는 영상을 다루는 기술이 발달한 영화기법을 활용해야 한다. 지금까지 영화와 문학의 교차 지점을 연구한 논문은 다수 있으며, 이와 같은 논문들의 공통점은 '이미지'에서 출발한다는 것이다. 영화의 서사적 특징은 소설과 관련이 깊지만, 이미지의 사용과 연상논리에 따른 촬영기법과 편집 방법은 시와 관련이 깊다. 따라서 이 책에서는 촬영 기법 중에서 '근거리 쇼트'와 '원거리 쇼트', 편집 방법 중에서 '몽타주'를 선택하여 시의 이미지를 연구하는 기제로 활용하였다.

1980~1990년대 이후 김기택, 오규원, 이성복이 각기 보여준 새로운 시창작 방법은 영화기법의 영상적 특질과 관련이 깊어서 현대시의 영상적 표현 양상을 살피기에 적합하다. 김기택은 내부를 통찰하는 관찰과 묘사를 통해 한 대상을 집중적으로 나타내는데, 이때 작은 대상을 시의 세계로 확대함으로써 해부학적 상상력을 발현한다. 이러한 시작 방법은 영화기법에서 클로즈업, 익스트림 클로즈업을 포함하는 '근거리 쇼트'의 영상과 유사하다. 오규원의 날이미지 시는 한 대상이 아닌 여러 대상들을 한꺼번에 보여주는 '풍경'을 나타내는데, 이는 '있는 그대로'의 이미지를 드러낸다는 점에서 사실성을, '살아있는' 이미지를 드러낸다는 점에서 시간의 지속성을 특징으로 삼는다. 이처럼 풍경이면서 시간을 반영한 이미지는 풀 쇼트, 롱 쇼트, 익스트림 롱 쇼트를 포함하는 '원거리 쇼트'의 영상과 유사하다. 이성복은 파편적인 이미지들을 이어 맞추어 조립하는 방식을 택한다. 이질적인 이미지들 간의 연결고리의 원리는 이성복 시의 모더니티를 규명할 수 있는 주요한 지점이며, 이러한 연결고리의 원리는 몽타주와 유사하다. 몽타주는 쇼트를 연결하는 방법에 있어 다양한 양태들을 시도하며 그것의 효과를 활용하는 방법이기 때문이다.

이와 같이 이 책에서는 1980~1990년대에 각자의 모더니티를 구축한 김기택, 오규원, 이성복의 시를 실례로 그들의 새로운 시창작 방법을 영화의 영상기법을 통해 모색함으로써 이미지의 독특한 구조과 그것의 의의를 고찰해보았다.

우선 II장에서는 김기택, 오규원, 이성복 시가 어떻게 영화기법의 영상과 친연성이 있는지 살펴본 후 그것과 관련된 수사적 원리를 알아보았다.

  II장의 1에서는 김기택 시와 근거리 쇼트와의 관련성을 살펴보았다. 김기택 시에서 섬세한 관찰에 의한 결과로서의 이미지라고 하기에 해결되지 않는 '감정과 의미의 유도'는 근거리 쇼트를 통해 그 원리를 고찰해볼 수 있다. 우선 1.1에서 '감정 유도와 명료한 이미지'를 살펴보았다. 근거리 쇼트는 카메라 기술을 통해 대상 속에 숨겨져 있던 세계를 확대할 수 있으므로 대상의 감정을 유도해내고 대상과 가까운 거리에 의해 그러한 감정이 내면화되기 쉽다. 이러한 특징은 김기택 시에서 제시되는 감정들이 설득력을 가질 수 있도록 돕는다. 또한 명료한 이미지를 구현해내기 위해 클로즈업의 영상적 표현은 부분 공간을 선택하는 만큼 다른 공간을 제외시키는데, 이때 선택된 공간에 의해 주관적 의미가 발현된다. 이러한 주관적 의미는 낯설고 새로운 시적 의미로 이어진다. 1.2에서는 근거리 쇼트의 영상적 표현을 제유적 원리로 살펴보았다. 근거리 쇼트의 영상적 표현에 있어 명료한 이미지는 부분 대상에 집중할 때 나타나는 이미지로, 이때 부분에 대한 주관적 의미나 감정은 제유의 유기적 구조에 의해 전체의 범위로 확장된다.

  II장의 2에서는 오규원 시에서 원거리 쇼트의 영상적 표현을 살펴보았다. 날이미지 시에서 특이점은 '있는 그대로'의 '살아있는' 이미지를 표현해내는 것이며, 이는 사실성과 지속성을 전제로 한다. 그럼에도 시는 언어의 한계로 인하여 날것의 현상을 그대로 표현하기에 한계가 있을 뿐만 아니라 분절된 문장으로 이루어져 지속적인 흐름을 표현해내기 힘들다. 원거리 쇼트의 영상은 이러한 날이미지 시가 본질적으로 구현해내려 하는 사실성과 지속성을 효과적으로 드러낼 수 있는 영화기법이다. 2.1에서는 '사실 구현과 풍경 이미지'를 살펴보았다. 원거리 쇼트는 대상과 거리를 둔 영상으로 최대한 대상의 감정에 영향을 받지 않는다. 이는 날이미지 시에서 있는 그대로의 자연스러운 움직임을 묘사하는 기법과 유사하며, 이러한 이미지는 인위적이지 않은 풍경으로 존재의 본질과 본원적 욕망에 대한 사유를 촉진시킨다. 또한 원거리 쇼트 영상의 사실 구현은 이중성을 갖고 있는데, 이는 카메라가 객관적 기록을 하지만 그것이 놓이는 위치가 주관적이기 때문이다. 이러한 이중성은 날이미지 시의 이중성, 즉 의도에 따라 이미지를 배치한 사실적 이미지와 같은 맥락에 놓인다. 원거리 쇼트의 영상적 표현이 활용된 풍경 이미지는 파편화 이전의 전체적 세계를 회복하여 유기적 연결망으로서의 현상을 복원한 결과이며 시공간이 같은 층위에서 흘러가고 있는 모습도 부분적으로 관찰된다. 2.2에서는 원거리 쇼트의 영상적 표현을 환유적 원리로 살펴보았다. 환유는 현실적이고 사실적인 수사이기 때문에 사실적인 현상을 구현하는 원거리 쇼트의 영상과 유사하다. 풍경 이미지는 수평적 차원에서 통합적 결합으로서 환유적인 끈으로 연결된 세계이다. 또한 시공간이 같은 층위로 흘러가는 양상은 두 관계를 환유적 원리인 인접성에 의한 결과로 해석할 수 있게 한다. 이와 같이 환유의 인접을 통한 통합성은 인간의 관념으로 인해 파편화되기 이전의 세계를 복귀시킨다.

Ⅱ장의 3에서는 이성복 시와 몽타주 기법과의 연관성에 대해 살펴보았다. 이성복 시에서 다양한 시공간이 전체적 맥락의 유무에 따라 서로 다른 특성을 지닌 채 연결된다는 점과 유사·대조 등의 다양한 연상경로 및 감성의 확충 문제는 몽타주를 통하여 살펴볼 수 있다. 3.1에서는 '통합적 시선과 불연속적 이미지'에 대해 고찰해보았다. 통합적

시선은 파편적 이미지가 전체적 맥락을 형성하는 고전적 몽타주로 살펴볼 수 있다. 고전적 몽타주에서 에이젠슈테인의 '어트랙션 몽타주'는 대조나 유사성을 통한 '비교적 연상'에 의해 파편적 이미지들 간의 연결 고리가 존재하며, 의도에 따라 파편적 이미지들을 조립하므로 '통합적 시선'이 만들어진다. 그러나 파편적 이미지들이 불연속적으로 이어지면서 현실과 비현실의 구분이 어려운 경우가 있다. 이때는 현대적 몽타주의 영상적 특질로 살펴보아야 한다. 3.2에서는 '몽타주의 은유적 원리'에 대해 알아보았다. 고전적 몽타주의 영상적 특질과 유사한 '통합적 시선'의 이미지는 '유사성에 의한 연상'과 '자아와 세계의 동일화를 통한 정서적 확충'이라는 특징을 갖으며, 이는 '은유'의 구조와 일맥상통하다. 현대적 몽타주의 영상적 특질과 유사한 '비연속적 이미지'는 비은유로서 차연에 의한 의미 해체를 통해 그 구조를 탐색해 보았다.

Ⅲ장에서는 영화기법을 통한 시의 공간과 실재, Ⅳ장에서는 영화기법을 통한 시간과 사유에 대해 논의해보았다. 이는 Ⅱ에서 밝혔던 영화기법의 영상과 시와의 친연성을 전제로 한다. Ⅲ장에서 공간을 영화기법의 영상으로 살펴보는 이유는 작품 안에서 공간들이 어떻게 흘러가고 있는지를 '전반적인 공간의 양상'을 통해 살펴봄으로써 실재를 탐구하기 위한 시도였다.

Ⅲ장의 1에서는 '김기택 시의 공간'을 근거리 쇼트의 영상적 표현을 통해 살펴보았다. 1.1에서는 김기택 시의 공간이 '투사'와 '재언술'의 형태로 반복되고 있음을 확인하였다. 김기택 시의 공간은 '틈의 세계'이다. 그의 시에서 '틈'은 시의 세계로 확장되기 때문이다. 근거리 쇼트는 한 공간 속의 내면을 바라보는 이미지로서, 이러한 특징을 통해 김기택 시에서 공간이 내면으로 투사되는 양상을 살펴볼 수 있다. 또한 김기택 시에서 동일한 공간이 재언술되는 양상은 근접화면의

모호하고 다의적인 세계가 하나씩 해석되는 과정이다. 두 양상 모두 한 공간의 다양한 특질들이 점차 풀려나가면서 강렬한 이미지를 발현한다. 이 과정에서 '새로운 특질'이 발견되며, 이는 김기택 시의 '시적 발견'에 해당한다. 결국 동일한 공간의 반복적 서술은 객관적인 물질 상태로부터 주관에 의한 잠재적 성질을 불러일으키는 양상을 보인다. 이때 공간이 투사되거나 재언술되기 위해서는 그 공간에 '불확실하고 모호한 특질'이 내재되어 있어야 한다. 알 수 없는 대상을 향해 동일한 공간은 계속적으로 묘사되고 있는 것이다. 1.2에서는 이러한 양상의 원리를 실재인 대상 a를 통해 규명해내었다. 라캉은 욕망의 원인이자 대상을 대상 a라고 부른다. 그것은 상실을 증언하며, 그것을 채울 수 없다는 점에서 결여를 생산하는 대상이다. 이러한 결여는, 근거리 쇼트에 의한 근접화면도 비결정성이나 의미화가 되지 못해서 생겨나는 의미의 잉여와 상응된다. 공간에 대해 완벽히 구현하려 하지만 이처럼 대상 a와 같은 상징계로 인한 결함은 동일한 반복을 계속 묘사하려는 시적 에너지로 작용하게 된다. 이와 같은 공간의 양상에서는 대상 a에 부응하는 환상 공식을 따라 '환상'이 발현되기도 한다.

Ⅲ장의 2에서는 원거리 쇼트의 영상적 표현을 통해 오규원 시의 공간에 대해 살펴보았다. 2.1에서는 날이미지 시에 나타나는 '공간의 고정과 흐름'을 관찰해보았다. 날이미지 시는 대부분 풍경을 다루며, 이는 원거리 쇼트의 영상과 일치한다. 이때 풍경의 공간이 고정될 때는 공간 안의 대상들을 통해 공간의 성질이 유동적으로 변화되고 발현되며, 풍경의 공간이 흘러갈 때는 공간 간의 긴장 관계를 통해 그곳의 분위기가 고조된다. 2.2에서는 날이미지 시의 공간 유형의 원리를 '이미지의 실재화'를 통해 살펴보았다. 공간이 고정되는 이유는 날이

미지 시의 공간 자체가 실재이므로 욕망의 연쇄작용이 일어나지 않아도 그 자체로서 충족되기 때문이다. 또한 날이미지 시의 공간은 의미에 구속받지 않으므로 자유롭게 흘러갈 수 있다. 이는 실재적 이미지의 화음을 만들어 간다. 이러한 공간의 양상은 의도가 의미화되지 않으므로 '암시'의 형태로 등장하며, 매번 의미가 다양하게 변화할 수 있다.

Ⅲ장의 3에서는 이성복 시의 공간을 살펴보았다. 3.1에서는 '연상적 공간과 산발적 공간'을 알아보았는데, 연상적 공간은 고전적 몽타주, 산발적 공간은 현대적 몽타주를 통해 공간의 전반적인 양상을 관찰하였다. 고전적 몽타주는 공간 간의 연결고리가 있으며, 고전적 몽타주를 통해 살펴볼 수 있는 이성복 시의 연상적 공간은 연결고리가 '아픔이나 고통'으로 존재한다. 현대적 몽타주는 연결고리 없이 공간이 산발적으로 진행되며, 이성복 시의 공간들도 아픔이나 고통의 편린들로 나열된다. 이러한 경우에는 공간 간의 틈을 통하여 작품 전체의 바깥이 사유된다. 따라서 현대적 몽타주로 관찰할 수 있는 이성복 시의 산발적 공간은 공간 간의 틈새를 통해 아픔이나 고통의 근원을 추적하는 형태로 파편적 공간들이 나열된다. 3.2에서는 아픔이나 고통을 형상화하는 공간들이 반복적으로 등장하는 이유를 트라우마를 통해 분석해보았다. 트라우마는 상징화되지 않은 외상으로서 그것을 드러내기 위해 반복 강박을 갖는다. 따라서 아픔을 드러내는 공간이 반복적으로 나타나는 이유는 그것이 언어화될 수 없는 트라우마이기 때문이며, 이는 화자의 트라우마를 다면적으로 관찰할 수 있는 효과를 낳는다.

Ⅳ장에서도 이 책의 문제제기 취지와 마찬가지로 시의 전반적인 시간의 양상을 살펴보기 위하여 영화기법의 영상적 특질을 활용했다. 이렇게 살펴본 시간 양상은 언술의 시제어미를 통해서는 알 수 없

는 시적 시간을 살펴보기 유용하다. 시는 과거·현재·미래의 선형적 시간을 따라 이미지가 흘러가는 것이 아니라, 이미지를 통해 새로운 시간을 형성한다. 따라서 시적 시간을 알아보기 위해 이미지의 흐름을 추적하여 시의 시간을 파악해보는 작업은 중요하다.

Ⅳ장의 1에서는 근거리 쇼트의 영상적 표현을 통해 김기택 시의 시간과 내재성을 살펴보았다. 1.1에서는 김기택 시의 시간을 '현실의 시간과 이면의 시간'으로 분석해보았다. 이러한 시적 시간은 근접화면의 영상적 표현을 통해 부분 대상을 전체로 확대시키면서 대상이 '탈영토화'되고, 시공간이 추상화되기 때문에 일어나는 시간의 굴절현상이다. 김기택 시는 현실의 시간에 균열을 내면서 다른 세계로 진입하는데, 이는 현실의 시간에서 대상의 시간으로 초월하므로 일어나는 현상이다. 대상의 시간은 현실의 시간을 기반으로 같이 흘러가며, 이 책에서는 이렇게 현실의 시간을 근간으로 흘러가는 대상의 시간을 '이면의 시간'으로 칭하였다. 이면의 시간은 대상의 현실 세계와 그 내면 세계를 동시에 이끌어가는 시간으로, 이를 통해 대상의 겉과 속을 입체적으로 포착하여 그것의 본질을 드러낸다. 1.2에서는 현실의 시간과 연속적 시간을 살펴보았다. 근접화면은 특질에 특질을 물고 이어지는 특징을 갖고 있으며, 이때 대상의 시간은 현실의 시간과 동행하지 않고, 단지 현실의 시간을 시작점으로 하여 대상의 시간이 독단적으로 흘러가게 된다. 이 책에서는 대상의 이러한 독단적 시간을 잠재적 시간이라 칭하였다. 잠재적 시간은 현실과 동행하는 이면의 시간과는 달리 대상 자체의 깊숙한 잠재성을 들추어내어, 표면적 현상보다 대상에 잠재되어 있는 새로운 특질을 발견하거나 극적 의미를 향해 나아가는 데 집중한다.

Ⅳ장의 2에서는 원거리 쇼트의 영상을 통해 오규원 시의 시간과

두두물물의 본연적 속성에 대하여 고찰해보았다. 2.1에서는 날이미지 시의 현재진행형의 지속성을 원거리 쇼트의 영상을 통해 관찰해보았는데, 이는 문장 단위의 분절이나 시제를 통해서 파악하기 어려운 '지속성'을 해결할 수 있다는 점에 근거한다. 날이미지 시에서는 과거, 현재, 미래가 현재진행형을 통해 풀리고, 대상의 본연적 속성을 자연스럽게 드러내 보인다. 2.2에서는 원거리 쇼트의 영상적 표현을 통해 날이미지 시의 동시성을 관찰해보았는데, 이는 원거리 쇼트가 공간 속의 여러 대상들의 움직임을 한꺼번에 포착할 수 있기 때문이며, 시제로는 '동시성'을 파악할 수 없음에 연구 방법의 의의를 갖는다. 동시성은 대상들이 서로를 향해 열려 있기 때문에 상호주체적인 관계를 통해 개방적인 구조를 형성한다.

　Ⅳ장의 3에서는 몽타주를 통해 이성복 시의 시간과 자아성찰에 대하여 살펴보았다. 이성복 시에 나타나는 시간의 혼용은 전체적 맥락을 이루는지의 여부에 따라 고전적 몽타주, 현대적 몽타주를 통해 살펴볼 수 있다. 이러한 논의는 시제어미 만으로는 판단하기 어려운 의식과 무의식 층위의 구분을 할 수 있다는 점에서 의의를 가진다. 3.1에서는 이성복 시의 '유기적 시간과 의식의 문제'를 고찰해보았는데, 유기적 시간은 고전적 몽타주를 통해서 살펴볼 수 있다. 이는 선형적 시간을 전제로 시간을 편집하기 때문에 과거, 현재, 미래의 구분이 명확하며, 따라서 자아성찰에서 깨달음을 얻는다. 3.2에서는 '불연속적 시간과 무의식의 문제'를 고찰해보았는데, 불연속적 시간은 현대적 몽타주를 통해서 살펴볼 수 있다. 이는 기존의 시간에서 일탈한 새로운 시간 감각인 계열로서의 시간으로, 무의식 속에서 꿈이나 환상 같은 이미지들을 통해 사유를 창조한다. 이러한 시간은 자신의 문제에 대해 해결하기보다 문제 그 자체를 깊이 사유하는 성찰의 형식으로 나아간다.

지금까지 필자는 김기택, 오규원, 이성복 시에서 영화 기법의 영상적 표현을 살펴보고 그것의 의의를 고찰해보았다. 시적이미지와 영화의 영상은 서로 장르가 다를지라도 '이미지'의 활용에 대하여 교차 지점이 구축될 수 있다. 영화기법은 영상의 특질과 양상을 살펴볼 수 있는 기제로서 시에서 언어만으로 분석하기 어려운 이미지의 특성들을 밝혀내는 데 유용한 고찰 방법이다. 앞으로 본 연구를 경유하여, 한국 시 세계에 있어 모더니티로 불릴만한 새로운 시 창작 방법들의 역동적인 이미지 연구 방안으로서 영상적 특질을 통한 고찰이 더욱 활발히 이루어지길 기대한다.

Ⅰ. 기본자료

김기택, 『태아의 잠』, 문학과지성사, 1991.

_____, 『바늘구멍 속의 폭풍』, 문학과지성사, 1994.

_____, 『사무원』, 창작과비평사, 1999.

_____, 『껌』, 창작과비평사, 2009.

_____, 『갈라진다 갈라진다』, 문학과지성사, 2012.

오규원, 『길, 골목, 호텔, 그리고 강물소리』, 문학과지성사, 1995.

_____, 『토마토는 붉다 아니 달콤하다』, 문학과지성사, 1999.

_____, 『새와 나무와 새똥, 그리고 돌멩이』, 문학과지성사, 1999.

_____, 『두두』, 문학과지성사, 2013.

이성복, 『뒹구는 돌은 언제 잠 깨는가』, 문학과지성사, 1980.

_____, 『남해금산』, 문학과지성사, 1986.

_____, 『그 여름의 끝』, 문학과지성사, 1990.

_____, 『호랑가시나무의 기억』, 문학과지성사, 1993.

_____, 『아, 입이 없는 것들』, 문학과지성사, 2003.

_____, 『달의 이마에는 물결무늬 자국』, 문학과지성사, 2012.

_____, 『래여애반다라』, 문학과지성사, 2013.

II. 국내논저

1. 학위논문

김나영, 「이성복 시 연구 - 몸·감각을 중심으로」, 고려대학교대학원 석사학위 논문, 2008.

김성민, 「이성복 시의 서사적 구조」, 동아대학교 대학원 석사학위 논문, 1997.

김연환, 「차연과 은유에 관한 연구 - 데리다의 '초월적 미학'이란 무엇인가」, 홍익대학교 대학원 석사학위 논문, 2003.

배문경, 「김기택 시의 대상과 미적 거리 연구」, 고려대학교 인문정보대학원 석사학위 논문, 2006.

안승범, 「시와 영화의 방법론적 상관성 연구」, 경희대학교 박사학위 논문, 2010.

양인경, 「한국 모더니즘시의 영화적 양상 연구」, 한남대학교대학원 박사학위 논문, 2008.

우지량, 「김기택 시 연구 - 식욕과 음식 표상을 중심으로」, 고려대학교 인문정보대학원 석사학위 논문, 2010.

유하은, 「오규원 후기 시 이미지 연구 - 이미지의 지표성을 중심으로」, 중앙대학교 대학원 석사학위 논문, 2013.

이은숙, 「김기택 시 연구 - 몸의 언어를 중심으로」, 중앙대학교예술대학원 석사학위 논문, 2010.

이정은, 「오규원의 '날이미지시'의 구조적 특성 연구 - 시집 『토마토는 붉다 아니 달콤하다』를 중심으로」, 동국대학교문화예술대학원 석사학위 논문, 2001.

이해운, 「오규원의 날이미지시 연구」, 숭실대학교대학원 석사학위 논문, 2009.

최민성, 「멀티미디어시대의 시적 이미지 연구」, 한양대학교 대학원 박사학위 논문, 2002.

함종호, 「김춘수 '무의미시'와 오규원 '날이미지시' 비교 연구 - '발생 이미지'를 중심으로」, 서울시립대학교대학원 박사학위 논문, 2009.

홍인숙, 「이성복 초기시 연구- 서사 구조와 해체적 기법을 중심으로」, 한국교원대학교대학원 석사학위 논문, 2003.

2. 평론 및 논문

강대석, 「실존주의적 페미니즘의 시각에서 본 한(恨)의 문제」, 『철학논총』제35집, 새
    한철학회, 2004. 1.

강영준, 「김기택 시 연구를 위한 시론-반(反)속도의 미학」, 『국어문학』42권, 국어국문
학회, 2007.

강웅식, 「문화산업 시대의 글쓰기와 '날 이미지'의 시 - 오규원의 시를 중심으로」, 『돈
    암어문학』통권 제15호, 돈암어문학회, 2002. 12.

권순정, 「라캉의 환상적 주체와 팔루스」, 『철학논총』제75집, 새한철학회, 2014, 1.

권채린, 「틈의 詩學 - 김기택론」, 『고황논집』제31집, 경희대학교대학원, 2002. 12.

권혁웅, 「영화의 문법과 시의 문법」, 『한국문학이론과 비평』9호, 한국문학이론과비평
    학회, 2002. 9.

_____, 「날이미지시는 날이미지로 쓴 시가 아니다 - 오규원 시집, 『토마토는 붉다 아
    니 달콤하다』」, 『시와 반시』, 2007 가을.

금동철, 「은유」, 『詩論』, 황금알, 2008.

김교식, 「시적 대상과 상상력의 거리」, 『시와정신』, 시와정신사, 2005 여름.

김상환, 「데리다와 은유」, 『기호학연구』5권, 한국기호학회, 1999.

_____, 「기표의 힘과 실재의 귀환」, 『철학사상』제16권, 서울대학교 철학사상연구소,
    2003.

김수이, 「가족 해체의 세 가지 양상- 1980~90년대 이성복·이승하·김언희의 시에 나
    타난 가족」, 『시안』, 2003 여름.

_____, 「1990년대 '몸' 시의 반란에 대한 기억-최승호, 김기택, 김혜순을 중심으로」,

『내일을 여는 작가』, 내일을여는작가, 2004 겨울.

김애령, 「데리다의 "여성" 은유」, 『해석학연구』24권, 한국해석학회, 2009.

김용희, 「생명을 기다리는 공격성의 언어 - 김기택론」, 『문학과사회』, 문학과지성사, 1992. 11.

_____, 「시와 영화의 문법과 현대적 미학성」, 『대중서사연구』제 15호, 대중서사학회, 2006. 6.

김은영, 「한국 현대시와 영화의 영향관계 연구 - 1950년대 〈후반기〉 동인의 시를 중심으로」, 『배달말』32권. 배달말학회, 2003. 1.

김종갑, 「클로즈업의 수사학 - 그레타 가르보의 얼굴」, 『문학과영상』제4권, 문학과영상학회, 2003. 12.

김주성, 「1970년대 모더니즘시 경향에 대한 일 고찰 - 노향림·김승희·이하석·이성복을 중심으로」, 『고황논집』제36집, 경희대학교대학원, 2005. 7.

김주연, 「신체적 상상력-직선에서 원으로 - 김기택의 시 세계」, 『본질과 현상』, 본질과현상사, 2008. 9.

김진석, 「소내(疏內)하는 힘 - 김기택의 시『바늘구멍 속의 폭풍』속으로」, 『문학과사회』, 1995.8.

김진수, 「세 사람의 시인, 또는 숨쉬기 위한 노래들」, 『현대시세계』, 1991. 12.

_____, 「'날이미지시'의 의미론적 차원 - 오규원의 시집『새와 나무와 새똥 그리고 돌멩이』와 시론집『날이미지 시』」, 『시와반시』, 2007 가을.

김진희, 「출발과 경계로서의 모더니즘」, 『시에 대한 각서』, 새움, 2004.

김헌선, 「집 없는 시대의 서정적 묘사와그 전망」, 『문학과사회』, 1990 겨울.

김현, 「따듯한 悲觀主義」, 『현대문학』, 1981. 3.

김혜순, 「정든 유곽에서 아버지 되기」, 『문학과사회』, 1993 가을.

김혜원, 「오규원의 '날이미지시'에 나타난 사진적 특성 - 롤랑 바르트의『카메라 루시다』를 중심으로」, 『한국언어문학』제83집,한국언어문학회, 2012. 12.

김홍진, 「부정의 정신과 '날이미지'의 시 - 오규원론」, 『문예연구』2007 가을.

노철, 「파르마콘의 세계-이성복론」, 『시선』, 시선사, 2004 가을.

동시영, 「이성복의 〈금촌 가는 길〉 분석」, 『한양어문연구』제14호, 1996. 12.

라기주, 「김기택 시에 나타난 몸의 기호작용 - '훼손된 몸'을 중심으로」, 『한국문예비
        평연구』제23집, 2007. 8.

류철균, 「고향과 근대;이성복을 찾아서」, 『현대시세계』6권, 1990. 3.

문혜원, 「오규원의 날이미지 시론」, 『시와 반시』, 2007 가을.

_____, 「날이미지시의 특징과 변모 양상」, 『시와 반시』, 2007 가을.

박선자, 「IMAGE와 詩와의 관계」, 『철학논총』제2집, 새한철학회, 1985.

박성창, 「수사학의 뜨거운 감자, 제유와 환유」, 『한국프랑스학논집』36집, 한국프랑스
        학회, 2001.

박유희, 「영화 원작으로서의 한국소설 - 2000년 이후 한국소설의 영화화 동향을 중
        심으로」, 『대중서사연구』제16호, 대중서사학회, 2006.12.

박찬부, 「기억과 서사 - 트라우마의 정치학」, 『영미어문학』제95호, 2010. 6.

박철웅, 「알폰소 쿠아론의 롱케이크 미학 -〈이투마마〉,〈칠드런 오브 맨〉을 중심으
        로-」, 『영화연구』45호, 한국영화학회, 2010.9, 164쪽.

박한라, 「현대시의 수사학과 영화적 표현의 유사성 연구」, 『비교문학』65집, 한국비교
        문학회, 2015. 2.

_____, 「영화적 기법을 통한 현대시의 공간과 실재」, 『한국문학이론과 비평』68집,
        한국문학이론과 비평학회, 2015.9.

_____, 「영화적 기법을 통한 현대시의 시간과 사유」, 『현대문학이론연구』65집, 한국
        문학이론학회, 2016.6.

박현수, 「제유」, 『時論』, 황금알, 2008.

박현수, 「수사학의 3분법적 범주 - 은유, 환유, 제유」, 『한국근대문학연구』17권, 한국
        근대문학회, 2008. 4.

배상식, 「하이데거 사유에서 '시간성(Zeitlichkeit)'의 의미」, 『동서철학연구』제40호, 한국동서철학회, 2006. 6.

손보욱, 「사실주의 영화에서의 클로즈업의 특성」, 『씨네포럼』제14호, 동국대학교 영상미디어센터, 2012. 5

손은진, 「비움 그 虛寂의 공간」, 『현대시학』, 1994. 12, 203쪽.

_____, 「실직의 심리적 차원-김기택, 「화석」」, 『한국 현대시의 정신과 무늬』, 새미, 2003.

_____, 「시와 영상예술의 상호 관련성 연구」, 『어문학』제100집, 한국어문학회, 2008. 6.

송희복, 「시와 영화의 상호관련성 연구」, 『동학어문논집』제34집, 동학어문학회, 1999. 2.

심영덕, 「시의 영화화에 따른 소통미학 고찰」, 『반교어문연구』23권, 반교어문학회, 2007.

심재민, 「생성과 가상에 근거한 니체의 미학」, 『뷔히너와 현대문학』17권, 한국뷔히너학회, 2001.

안숭범, 「시와 영화의 수사론적 비교 연구 - 시집 『지하인간』과 영화 〈강원도의 힘〉을 중심으로」, 『문학과영상』, 9권3호, 문학과영상학회, 2008. 12.

_____, 「시적 수사로서 병치 은유의 영화적 발현방식에 관한 시론」, 『한국시학연구』26호, 한국시학회, 2009. 12.

_____, 「시적 은유로서 몽타주와 영화적 '무딘 의미'- 〈비몽〉에 나타난 몽타주 분석을 통해」, 『문학과영상』10권 3호, 문학과영상학회, 2009. 12.

_____, 「시와 영화의 수사학에 관한 정신분석적 일고찰 -라깡의 '은유'와 '환유' 개념을 중심으로」, 『한국문학이론과 비평』45집, 한국문학이론과 비평학회, 2009. 12.

안영순, 「다카하타 이사오의 리얼리즘 연구-〈반딧불의 묘〉를 중심으로」, 『외국문학연구』27권, 한국외국어대학교 외국문학연구소, 2007. 8.

오생근, 「삶의 세부에 대한 강인한 관찰과 시적 고행」, 『동서문학』, 동서문학사, 2002. 3.

오연경, 「'날(生)이미지'와 사건의 시학 - 오규원의 후기시에 대하여」, 『문학·선』, 2009 봄.

오영숙, 「타락한 여성/고아 청년 - 사회적 트라우마와 1960년대 멜로 드라마」, 『현대영화연구』22권, 한양대학교 현대영화연구소, 2015.

오형엽, 「잠과 웃음의 방식 - 김기택론」, 『신체와문체』, 문학과지성사, 2001.

유문학, 「구체성과 몸의 시학 - 이성복 시집 『아, 입이 없는 것들』을 중심으로」, 『경원어문논집』제9·10집, 2005. 8.

윤재웅, 「불쌍한 몸, 불쌍한 마음-김기택의 『바늘구멍 소의 폭풍』」, 『문학비평의 규범과탈규범』, 새미, 1998.

이광호, 「투시적 상상력의 힘」, 『문학정신』, 열음사, 1991.2.

_____, 「텅 빈 무게의 몸」, 『바늘구멍 속의 폭풍』, 문학과지성사, 1994.

이석영, 「『노인과 바다』 - 실존주의적 읽기」, 『현대영미어문학』28권, 형대영미어문학회, 2010. 11.

이승훈, 「한 시인의 내면공간」, 『현대문학』, 1986. 11.

이영광, 「한국시의 시행 엇붙임과 시의식에 대한 연구 - 1960 - 80 년대 시를중심으로」, 『현대문학이론연구』13권, 현대문학이론학회, 2000.

이재복, 「몸과 물성의 언어 - 김기택론」, 『현대시학』, 현대시학사, 2000.6.

이종열, 「환유와 은유의 인지적 상관성에 관한 연구」, 『언어과학연구』19권, 언어과학회, 2001. 6

이지영, 「몽타주 개념의 현대적 확장 - 들뢰즈의 논의를 중심으로」, 『시대와 철학』제22권, 한국철학사상연구회, 2011.

이창기, 「시각적 인식의 두 유형 -김기택과 김휘승」, 『문학과사회』, 문학과지성사, 1992.2.

이혜원, 「시적 긴장과 이완의 거리 - 김기택·유하·김영승」, 『세계의문학』, 민음사, 1991.8.

　　　, 「거대한 침묵」, 『소』, 문학과지성사, 2005.

이희중, 「한굴 세대 시인의 지형과 독법」, 『세계의 문학』, 1990 겨울.

　　　, 「생명의 회복과 식물성의 꿈」, 『서정시학』, 1992. 6.

　　　, 「해부학적 상상력과 진정한 소리의 터」, 『기억의 지도』, 하늘연못, 1998.

임지연, 「확대경 투시경 내시경」, 『시작』, 2005 겨울.

　　　, 『지상의 천사』, 천년의 시작, 2015.

장석주, 「방법론적 부드러움의 詩學; 李晟馥을 중심으로 한 80년대 시의 한 흐름」, 『세계의문학』, 1982 여름.

전병준, 「침묵과 허공은 서로 잘 스며서 투명하다 - 오규원 시집, 『새와 나무와 새똥 그리고 돌멩이』」, 『시와반시』, 2007 가을.

정과리, 「이별의 '가'와 '속'」, 『문학과사회』, 1989 여름.

정문선, 「모더니즘 시와 영화기법 - 박인환 시의 시간의식과 화자의 시선 이동을 중심으로」, 『시학과 언어학』1권, 시학과 언어학회, 2001. 6.

정은경, 「과육과 소음」, 『현대시』, 현대시, 2005.4.

조영복, 「김기림 시론의 기계주의적 관점과 '영화시'(Cinepoetry)」, 『한국현대문학연구』26집, 한국현대문학회, 2008. 12.

조용훈, 「한국 현대시에 나타난 영화적 양상 연구 - 백석 시를 중심으로」, 『시학과언어학』제15호, 시학과 언어학회 2008. 1.

주혁채·이승하, 「영화와 시의 상호 영향에 관한 연구 - 장정일과 유하를 중심으로」, 『현대문학이론연구』39권, 현대문학이론학회, 2009. 12.

진순애, 「방법으로서의 사물 놀이, 혹은 타자로서의 길 놀이 - 오규원 시집, 『길, 골목, 호텔 그리고 강물소리』」, 『시와 반시』, 2007 가을.

최동호, 「시와 이미지」, 『시를 어떻게 만날 것인가』, 작가, 2005.

최민성, 「한국 현대시의 영화적 기법」, 『한국언어문화』17집, 한국언어문화학회, 1999. 12.

최애영, 「무의식, 환상 그리고 문학적 허구」, 『인문학연구』38권, 계명대학교 인문과학연구소, 2005. 12.

최종철, 「죽음의 혐오의 사진, 실재의 징후, 그리고 사진의 정신분석학적 계기들 -안드레 세라노의 〈시체 공시소(The morgue)〉를 중심으로」, 『현대미술학』18권, 현대미술학회, 2014. 12.

최창근, 「1950년대 실존주의의 유행과 '불안'에 대한 고찰」, 『감성연구』제6집, 전남대학교 호남학연구원, 2013. 2.

최현식, 「이성복론 - '관계' 탐색의 시학」, 『현대문학의 연구』10권, 한국문학연구학회, 1998.

_____, 「삶의 틈과 틈의 삶-김기택론」, 『문학과사회』, 2005 봄.

_____, 「시선의 조응과 그 깊이, 그리고 〈몸〉의 개방」, 『현대문학』제39권 3호, 2007. 3,

피종호, 「들뢰즈의 시간 - 이미지 또는 이미지로서의 시간」, 『뷔히너와 현대문학』제35호, 한국뷔히너학회, 2010. 11.

함종호, 「시와 영화의 이미지와 시간이미지」, 『시선』, 2006. 가을.

_____, 「현대시의 영화적 기법 수용 양상」, 『시선』, 2006 겨울.

_____, 「박목월 초기시의 이미지 발생 구조 -영화기법과의 상관성을 중심으로」, 『인문연구』제52호, 영남대학교 인문과학연구소, 2007.

허혜정, 「마야(Maya)의 물집」, 『작가세계』, 2003 가을.

홍용희, 「비린내와 신생의 주술력 - 사무원」, 『창작과비평』, 창작과비평사, 1999 가을.

황도경, 「몸의 시」, 『창작과비평』, 창작과비평사, 1995 봄.

황현산, 「새는 새벽 하늘로 날아갔다」, 『길, 골목, 호텔 그리고 강물소리』, 문학과지성사, 1995.

3. 단행본

권혁웅, 『한국 현대시의 시작방법 연구』, 깊은샘, 2001.

김용수, 『영화에서의 몽타주 이론』, 열화당, 2012.

김욱동, 『은유와 환유』, 민음사, 1999.

_____, 『모더니즘과 포스트모더니즘』, 현암사, 1992.

김윤식·김우종 외, 『한국현대문학사』, 현대문학, 2005.

김준오, 『시론』, 삼지원, 2009.

오규원, 『날이미지와 시』, 문학과지성사, 2005.

올리비에 르불, 박인철 옮김, 『수사학』, 한길사, 1999.

유종호, 『시란 무엇인가』, 민음사, 2008.

이상섭, 『문학비평용어사전』, 민음사, 2007.

이형식, 『영화의 이해』, 건국대학교출판부, 2010.

홍창수, 『역사와 실존』, 연극과인간, 2006.

로버트 리처드슨, 이형식 옮김, 『영화와 문학』, 동문선, 2000.

루이스 자네티, 박민준·전기행 옮김, 『영화의 이해』, k-books, 2012.

모리스 메를로-퐁티, 오병남 옮김, 『현상학과 예술』, 서광사, 1983.

벨라 발라즈, 이형식 옮김 『영화이 이론』, 동문선, 2003.

앙리 베르그손, 황수영 옮김, 『창조적 진화』, 아카넷, 2006.

앨런 스피겔, 박유희·김종수 옮김, 『소설과 카메라의 눈』, 르네상스, 2005.

에른스트 곰브리치, 차미례 옮김, 『예술과 환영』, 열화당, 1989.

엠마뉴엘 시에티, 심은진 옮김, 『쇼트』, 이화여자대학교출판부, 2006.

자크 라캉, 맹정현·이수련 옮김, 『자크 라캉 세미나 11』, 새물결, 2008.

조엘도르, 홍준기·강응섭 옮김, 『라캉 세미나·에크리 독해 Ⅰ』, 아난케, 2009.

질 들뢰즈, 유진상 옮김, 『운동-이미지』, 시각과 언어, 2002.

_____, 이정하 옮김, 『시간-이미지』, 시각과 언어, 2005.

W.J.T. 미첼, 김전유경 옮김, 『그림은 무엇을 원하는가』, 그린비, 2012.

박한라

1987년에 논산에서 태어나 고려대학교 문예창작학과에서 박사학위 취득 후 현재 고려대, 대전대에서 강의 중이다. 2012년에 〈내일을여는작가〉에서 시인으로 등단했다.

현대시에 나타난 영상적 표현 연구

초판1쇄 인쇄 2018년 1월 5일
초판1쇄 발행 2018년 1월 15일

지은이 박한라
펴낸이 이대현
책임편집 이태곤 / **편집** 권분옥 홍혜정 박윤정 문선희
디자인 안혜진 홍성권
마케팅 박태훈 안현진 이승혜

펴낸곳 도서출판 역락 / **출판등록** 1999년 4월19일 제03-2002-000014호
주소 서울시 서초구 동광로 46길 6-6 문창빌딩 2층 (우06589)
전화 02-3409-2060 / **팩스** 02-3409-2059
블로그 http://blog.naver.com/youkrack3888 / **이메일** youkrack@hanmail.net

ISBN 979-11-6244-117-6 93810

- 정가는 뒤표지에 있습니다.
- 잘못된 책은 바꿔드립니다.

「이 도서의 국립중앙도서관 출판예정도서목록(CIP)은 서지정보유통지원시스템 홈페이지(http://seoji.nl.go.kr)와 국가자료공동목록시스템(http://www.nl.go.kr/kolisnet)에서 이용하실 수 있습니다. (CIP제어번호: CIP2017035912)」

〈대전광역시 대전문화재단의 후원을 받았습니다.〉